上海社会科学院文学研究所学术研究文丛

上海社科院城市文化创新研究院智库文丛

城 市 软 实 力 研 究 系 列

主编 徐锦江　执行主编 包亚明

文 学 城 市

文 化 想 象 与 本 土 实 践

上海社会科学院文学研究所中国文学研究室　编

上海人民出版社　上海远东出版社

图书在版编目(CIP)数据

　　文学城市:文化想象与本土实践 / 徐锦江,包亚明,
上海社会科学院文学研究所中国文学研究室主编. —上
海:上海远东出版社,2021

　　(城市软实力研究系列)

　　ISBN 978 - 7 - 5476 - 1753 - 3

　　Ⅰ.①文… Ⅱ.①徐… ②包… ③上… Ⅲ.①中国文
学-当代文学-文学研究 Ⅳ.①I206.7

　　中国版本图书馆 CIP 数据核字(2021)第 203310 号

责任编辑 陈占宏
封面设计 徐羽情

上海社会科学院文学研究所学术研究文丛
上海社科院城市文化创新研究院智库文丛

城市软实力研究系列
主编　徐锦江　　执行主编　包亚明

文学城市:文化想象与本土实践
上海社会科学院文学研究所中国文学研究室　编

出　　版　**上海远东出版社**
　　　　　(201101　上海市闵行区号景路 159 弄 C 座)
发　　行　上海人民出版社发行中心
印　　刷　上海中华印刷有限公司
开　　本　635×965　　　1/16
印　　张　18.75
插　　页　2
字　　数　261,000
版　　次　2021 年 10 月第 1 版
印　　次　2021 年 10 月第 1 次印刷
ISBN 978 - 7 - 5476 - 1753 - 3/I · 356
定　　价　79.00 元

致谢与编写说明

特别感谢本书各位作者在城市文学研究方面贡献的卓识，并慷慨授权支持本书的编辑。

本书的编选基于由王进、贾艳艳、袁红涛、朱红、许蔚、张炼红、王毅等中国文学研究室同仁在城市文学研究与文献整理方面所做的大量工作和前期积累。全球前沿研究部分则由李汇川博士进行编译和综述，他在广泛阅览的基础上选择重要文章、梳理重要观点、提示研究前沿。最后由袁红涛、李汇川编定全书。

上海社会科学院文学研究所中国文学研究室

2021 年 10 月

总 序

　　《毛诗序》中最早出现"城市"二字："文公徙居楚丘,始建城市而营宫室。得其时制,百姓说之,国家殷富焉。"《共产党宣言》说："资产阶级使农村屈服于城市的统治。它创立了巨大的城市,使城市人口比农村人口大大增加起来,因而使很大一部分居民脱离了农村生活的愚昧状态。"城市社会学家亨利·列斐伏尔说："离开了城市生活和城市社会的实现,人类社会的进步,将不可想象。"城市规划理论家刘易斯·芒福德说："这城市,象征地看,就是整个世界。这个世界,从许多实际内容来看,已变为一座城市。"

　　今天,全世界已有超过一半人口生活在城市。在中国,城镇化率也已在 2020 年达到了 63.89％,尽管城市起源仍然众说纷纭,尽管中国一些原始城邑遗址仍被含混地称为"文化城",但这并不妨碍我们进行深入的城市研究。作为解开这个世界和我们自身之谜的一个途径,为了让城市更美好,为了实现人的全面发展,城市文化研究已然成为拥有智慧的人类必须承担的使命。

　　创建于 1979 年的上海社会科学院文学研究所(以下简称"文学所")一直以文学研究为己任,但随着社会发展和学科发展,以及所属的上海社会科学院在 2015 年成为首批国家高端智库试点单位,文化研究也逐渐成为文学所的重要科研方向，并形成了学者辈出的研究团队。而身处全球超大城市上海的区位优势，也自然而然地使城市文化研究成为历任文学所决策层的心之所属，成为文化研究的一个重要方向。2005年，文学所确认"城市文化研究"为重点学科，以此为基础，将城市文化理论研究、城市文化应用研究、文化产业研究、国际文化比较研究互相结合，互通有无，互相促进，使其既具有基础学科的厚实，又具有现实关怀的敏锐，学科建设得以较全面地发展。2006年，在上海社会科学院新一轮重点学科建设中，文学所的"城市文化研究"名列其中，并确立了城市文化理论研究、城市文化现实问题研究、城市文化史研究、城市文化国际比较研究四个研究方向。为了更好地整合研究力量，在文学所中国文学、科技人文、公共文化、城市文化、文化产业、国际文化交流和比较文学、民俗和非遗保护开发七个研究室科研成果的基础上，在国家对外文化交流研究基地、上海文化研究中心等派生机构的先导下，2020年文学所自主增设二级学科"城市文化"申报成功，2021年3月，经上海社会科学院党政联席会议批准，以文学所作为运行主体，正式成立了院属城市文化创新研究院，旨在将文学所多年来积累的包括城市文学、城市科技人文、城市公共文化、城市文化创意产业、国际城市文化交流、城市民俗等学科领域在内的研究力量进一步聚焦整合。用志不分，乃凝于神，持之以恒，期有所成。

城市文化研究在世界范围内的展开历史虽然不是很长，但在西方学界已具备了基本的学术规范和学科体系，并出现了格奥尔格·齐美尔、瓦尔特·本雅明、刘易斯·芒福德、亨利·列斐伏尔、曼纽尔·卡斯特尔、大卫·哈维、简·雅各布斯、莎伦·佐金等一批学界先驱。时至今日，随着中国城镇化和以超大城市为中心的都市圈的高歌猛进，丰富而生动的中国城市创新实践必然呼唤中国特色的城市文化理论。借2021年世界城市文化论坛举办之际推出的《海派文化新论》、"城市软实力研究系列"、"海外亚洲汉学中的上海文学研究系列",以及"文学所青年学者研究丛书",体现了近年来文学所和新成立的城市文化创新研究院在城市文化方面的初步研究成果,与历年出版的《上海文化发展蓝皮书》《上海文化》(文化研究版)一起成为所院学术成果的展示平台。在此请益行家里手,并接受社会各界检验,恳请不吝指教,批评匡正。

衷心祈愿城市让生活更美好。

上海社会科学院文学研究所所长、研究员
上海社会科学院城市文化创新研究院院长

2021 年 8 月 1 日于砥石斋

文化为魂的城市软实力

　　城市软实力,是软实力概念在城市研究中的具体运用,是指区域文化、价值观念、制度机制、城市形象、市民素质等方面所具有的感召力、吸引力、凝聚力和影响力。城市软实力是建立在城市文化、城市环境、人口素质、社会和谐等非物质要素之上的一种合力,这一力量最终通过内部公众(市民)对城市的认可和城市对外部公众(其他地区居民)的吸引而产生作用。城市软实力为城市发展提供了"无形有质"的动力,对城市竞争力具有极为重要的协调、扩张和倍增效应。如果说城市的发展速度和规模是由城市的经济水平决定的,那么城市发展的高度和质量则是由城市软实力决定的。

　　迈克尔·波特(Michael E. Porter)在《国家竞争优势》一书中认为:初级生产要素主要包括自然资源、气候、地理位置、非技术人工及资金等,高级生产要素包括通讯、信息、交通等基础设施,以及受过高等教育的人力、科研机构等。迈克尔·波特认为初级生产要素可以继承或者从外部获得,而高级生产要素很难从外部获得,须通过投资创造而得。随着社会的发展与进步,对初级生产要素的需求逐渐降低,初级生产要素的重要性也因此减弱,而高级生产要素对于获得竞争优势的重要程度日渐彰显。延伸到城市竞争力领域,迈克尔·波特所说的初级生产要素和高级生产要素，分别对应城市竞争力中的硬实力和软实力。在城市竞争力形成和提升的前半程，硬实力的驱动是软实力无法替代的，但在城市竞争力基本成型，特别是向外辐射之时，城市软实力就开始明显发力了，而城市竞争力发展到更高阶段时，硬实力的功效反而较难发挥，城市软实力则能够显著促进城市竞争力的可持续发展。城市软实力服务于城市发展的两个目标：一是推动城市经济社会可持续发展，这就要求形成以创新及其服务、应用等为核心的软实力增长模式；二是助推城市全面融入全球城市网络，在全球竞争中走向繁荣。

英国文化协会在 2013 年的《影响力与吸引力：21 世纪的文化和软实力竞赛》报告中明确了"软实力"与"文化"之间的关联，并涉及传播、教育、企业和政府组织。就城市发展而言，文化本身就是一种资本性的城市竞争力，与经济资源、关系网络一样，是决定一个城市创造力的各种潜力和可能性。文化是一座城市的灵魂和根基，城市文化影响着本地居民的精神面貌与价值取向，城市文化的影响力既有对外的辐射作用，也有向内的凝聚作用。文化既是城市的创造基因，也是城市可持续发展的重要指标和组成部分。英国国家品牌研究学者西蒙·安浩特(Simon Anholt)在其著作《竞争性身份认同：国家、城市与地区品牌创新管理》认为，一个国家、城市或地区形象的改变及品牌竞争力的提升，80％靠创新，15％靠协调一致，5％靠传播。尽管对于具体权重可能有争议，但这至少说明：创新是重中之重，而文化则是城市软实力中最能体现创造能力和创新特色的组成部分。文化堪称城市软实力当之无愧的灵魂。

本丛书是一套以文化为魂的城市软实力读本，是由上海社会科学院城市文化创新研究院和文学研究所共同策划，由文学研究所下属六个研究室通力合作完成的。本丛书共分为六个主题："创意城市：空间生产与城市活力""全球城市：文化维度与国际经验""文学城市：文化想象与本土实践""城市民俗：时空转向与文化记忆""公共文化：城市实践与文化服务"和"文化产业：创意经济与中国阐释"。本丛书的编选框架是：每个主题基本按照理论视野、城市实践、上海经验和全球前沿四个板块进行编选。本丛书确立这一编选思路，是希望从文化的视角审视城市软实力中的重要资源、潜能和活力，并通过理论阐释、城市实践、上海经验和全球前沿四个方面来讨论城市软实力，特别是城市文化软实力提升的重要路径和动力来源。上海实践的板块是对独具地方经验的城市软实力的考察，之所以列入这一相对特别的板块是基于如下的考量：上海作为移民城市，本身并没有现成的完整形态的文化传统，许多文化现象都是随着移民文化逐渐形成的，这在后发展国家的城市发展进程中颇具代表性。上海城市文化是在江南传统文化的基础上，融合开埠后源于欧美的近现代工业文明而逐步形成，这使得上海城市文化既有江南文化的古典与雅致，又有国际大都市的现代与时尚，明显区别于中国其他区域文化。开放性与创新性，既是上海城市文化与生俱来的鲜明特质，又是自成一体的独特品味与精神气质。上海城市文化的创造"力度"，正在缔造富有活力的城市生活和精彩纷呈的创意城市。

城市文化软实力是城市直面挑战、干预复杂社会结构、重新配置社会网络、创建可持续发展社区、推动社区参与、推广文化创意的内在驱动力。城市文化软实力为经济社会和文化创新发展注入了城市活力，不仅关系到城市空间的变迁、城市面貌的焕新和 GDP 发展水平及增速，也关系到对城市现代化程度的认同度和城市发展生命力的认同度，"生机"和"活力"已经成为全球新增长城市的共同特征。文化与创新合璧是城市未来发展的双引擎。独特的创新精神和强大的文化力量，代表着城市独特的软实力，将持续驱动城市未来的发展；文化特色的认知水平、文创类产品与服务的购买、世界文化遗产的认知水平、居民参与文化活动的程度等构成的文化实力,塑造了强大的城市软实力,彰显着城市最卓越和最充满魅力的一面。

上海社会科学院城市文化创新研究院执行院长

包亚明

目　录

第三部分　文学上海

第四部分　全球前沿

理 论 视 野

城市文学：
一个有意义的文学命题

蒋守谦[*]

科学的文学命题，不仅对于进行正确的文学分类、揭示各种形态文学的特征、阐明文学的历史过程具有重要意义，而且对于正在兴起的文学潮流，它也常常起着及时肯定并推动其更迅速发展的作用。只要想想"伤痕文学""反思文学""改革文学"这些文学命题的确立，对于我们认识我国新时期十年中出现的一些文学形态的特征，及时地肯定它们的价值，梳理其发展脉络曾经起过怎样的积极作用，就不难理解寻求、确立科学的文学命题的重要性了。

对于同一文学现实，人们可以出于不同的考虑，从不同的角度去揭示它，得出不同的命题。在"伤痕文学"——"反思文学"——"改革文学"相继迭出，它们在相当大的程度上反映出十年来新时期文学的进程因而被人们所普遍接受的同时，评论界出于对某些作家群或地域特点在新时期文学中所具有的特殊意义，又提出了"知青文学""女性文学"和"西部文学"等命题；出于对作家审美意识、文学观念和作品样式、形式、手法趋于多样化的考虑，还提出了"朦胧诗""拟意识流小说""纪实小说""寻根文学"等命题。尽管在有些命题是否具有科学性的

* 蒋守谦，中国社会科学院文学研究所研究员。本文原载《文学自由谈》1988 年第 1 期。

问题上人们之间尚存在争议，但有一点是共同的，那就是要反映新时期文学多姿多彩的发展态势，必须根据各类作品的实际，给予科学的概括。"城市文学"这一命题的提出，也如此。

如果广义地理解，在新时期文学中，凡是以城市生活为描写对象的作品，都可以名之曰"城市文学"。属于城市生活范畴的工人生活、知识分子生活、党政机关干部生活、城市平民生活、商业职工生活、学生生活、及至学龄前儿童生活，反映到作品中来，这就在创作上形成了"城市文学"多层次的题材系统。没有这样一个题材系统，或者这个题材系统不健全，要论新时期文学的价值，那简直是不能想象的事情。特别是在今天，我国经济僻制改革的重点正在由农村转入城市，城市生活在整个社会生活中的地位和作用愈益显得重要，创作中已经出现了像《沉重的翅膀》《钟鼓楼》《花园街五号》《故土》《新星》《夜与昼》等长篇巨制，以及大量的脍炙人口的中短篇小说、戏剧和报告文学，提出"城市文学"的命题，这对于研究"城市文学"的创作经验，推动作家更深入地思考、表现当今城市改革中出现的新变化、新课题，强化新时期文学的现实性，都是至关重要的。

提出"城市文学"的命题，人们很容易把它同中国古代文学史上主要由话本和戏曲构成的"市井文学"联成一体。这当然有一定的道理。但是"市井文学"的主要特点在于它从思想内容到艺术格调上都是为适应古代的城市平民要求而创作的，正如鲁迅在分析宋代话本兴起的原因时所说的那样，因为当时的"一般士大夫都讲理学，鄙视小说"，"而一般的人民，是仍要娱乐的；平民的小说之起来，正是无足怪讶的事"。（《中国小说的历史变迁》）话本的内容相当芜杂，除了反映市井生活之外，还有历史传说、名人传记、佛经故事等等，它不像我们现在的"城市文学"主要以城市生活作为描写对象。更重要的是，话本是作为与当时士大夫文化相对立的平民文化而产生和存在的，它的读者对象也大体上限于一般的城市平民；而我们现在的"城市文学"则是用全民族所一致认同的社会主义的文化意识来探讨当代城市生活的特点和走向，它的读者对象非但不限于城市居民的某一阶层，而且遍及国内外。

"城市文学"这一命题的提出，显然是以题材为标准来进行文学分类的。韦勒克、沃伦在《文学原理》里认为按题材进行文学分类"是一种社会学的分类法"，"循此方法去分类，我们必然会分出数不清的类型……"，其实并不尽然。"城市文学"的命题恰恰可以帮助我们对那些"数不清的类型"加以高层次的概括。比如，我们可以把蒋子龙的《乔厂长上任记》《一个工厂秘书的日记》《拜年》《开拓者》《赤橙黄绿青蓝紫》等列入"工业题材"类型中去，研究他在写工厂生活、特别是在表现工业改革主题方面所作出的开拓性贡献；与此同时，我们当然也要认真研究他反映城市饮食服务行业生活的《锅碗瓢盆交响曲》，反映演员生活的《长发男儿》和《蛇神》，反映科学家生活的《阴错阳差》，等等。注意到题材上的差别，既可使我们了解作家本人在创作过程中生活视野扩展的情况，也可以在按题材进行综合研究时考察这个作家在某一类题材开掘上的独特视角和独到的深度。因此，在做了如上分类以后，我们还可以把蒋子龙的创作放到，"城市文学"这一新的层次上同别的作家进行比较，从而发现他的风格特色。比如和蒋子龙同处天津，同样都是以天津的城市生活为描写对象的冯骥才和航鹰，其作品中的艺术世界就各不相同。冯骥才以儒雅潇洒的风度，融写实和传奇于一炉，既着力于当今天津文化领域里人们心迹的探寻，又着意于天津历史风情的点染，从思考现实的社会问题到剖析民族文化心理，使他的艺术世界逐渐由平实而走向空灵，其作品的现实意义也因此而变得更加深刻。航鹰主要是在各阶层妇女心灵世界里作业，探讨伦理道德问题，在她的笔下，"东方女性"那固有的温和、善良、贤惠而又坚强不拔的传统美德，一旦同社会主义事业和崇高的人格目标联系起来，就放射出了璀璨绚丽的时代光彩。她的作品，于细腻明快的笔墨中洋溢着浓郁的诗意，对现实人生的执着思索同追求美好理想的浪漫情怀融为一体。而蒋子龙则对处在生产或科研第一线上人们之间发生的种种矛盾特别敏感。他热烈赞美那些勇于向社会积垢冲击的改革者和开拓者，又深感改革和开拓的艰难；他重视表现改革者、开拓者同外部世界的冲突，同时也注意揭示他们内心冲突和感情的波涛；严峻的社会现实和心理现实同作者慷慨悲歌的激情、质朴粗犷的笔调在作品中浑然一体，焕发出一种既热烈又深沉的感人力量。在做了这样一番简单比较之后，我们便可以更清楚地了解蒋子龙在"城市文学"创作中，特别是在反映天津的历史和现实生活方面所处的独特地位了。

如果对新时期反映城市生活的作家作品做更广泛和细微一点考查，我们就会发现"城市文学"也还有广义和狭义的区别。广义的"城市文学"创作，作家们都很注意他们的人物、故事同城市这种特殊环境的关系。但是，他们的真正着力点却不在这种"关系"上，而在于人物性格和故事情节内在价值的发掘上；或者，他们在表现人物、故事同所处城市环境的依存关系时，这个"城市"在他们的心目中只是具有与农村、军营相区别的意义，它特有的历史政治经济文化地位、社会心理特征、风俗习惯等等，往往居于次要的甚至是被忽略的地位。上述蒋子龙、航鹰的作品，以及冯骥才的部分作品，都有这种情况，所以他们基本上应属于广义"城市文学"作家。读陆文夫的两本《小巷人物志》，我们的感受就不同了。象朱源达那样的卖馄饨的小贩，朱自治那样的因"吃"成"精"的"美食家"、唐巧娣那样的"翻身"女工、徐丽莎那样的死于小市民意识戕害的工程师，他（她）的性格和命运，不仅是由变幻莫测的时代风云铸成的，同时也是由苏州所独有的历史政治经济文化环境、社会心理特征、风俗习惯所铸成的。作者描写人物、展开情节，可以说也就是在展示苏州这座江南古城的独有风貌和它的今昔变迁。如果排除掉苏州小巷里黄昏以后馄饨挑子的主人公为招徕顾客而敲击的有节奏的"笃笃笃、笃笃笃、的的的笃"的竹梆子声及其起落和消失的过程，排除掉苏州小巷水井边家庭妇女们那种叽叽喳喳的议论和上班之前必须提着竹篮子到菜市上买小菜的生活方式，排除掉苏州出神入化的烹饪技艺和一些因"吃"成"精"的特殊的社会阶层，就不会有朱源达、徐丽莎、朱自冶这样一些独具特色的人物形象了。同样的，邓友梅在《那五》和《烟壶》里描写的满清贵族遗胄那五、乌世保生活、命运和心理上的沧桑之变，如果离开北京这个中国千年古都的特殊环境，就无从发生。作者不是把北京的历史和风俗文化作为一般的背景来描写的。而是说，那五、乌世保只能是这种特殊生存环境的产物，塑造那五、乌世保形象及其生活、命运、心理上的深刻变化，就是要从一个特殊角度给读者提供认识北京在近百年间政治、经济、文化上的急遽变化及其历史原因。同邓友梅相比，刘心武的《立体交叉桥》《5·19长镜头》《公共汽车咏叹调》《王府井万花筒》等中短篇则主要着力于表现北京在改革过程中所呈现出来的一些新矛盾、新的景观和新的社会文化心态。这些"新"的东西反映着今天北京生活的律动，也是昨天、乃至前天北京生活发展的必然结果。北京的历史和现状正是造成作品中那些各具个性人物喜怒哀乐的外在根据。特别值得一提的是刘心武的长篇小说《钟鼓楼》，它描写的对象几乎包含着北京居民的各个阶层各种类型人物的生活和心理。它的典型意义，与其说在于作品中那些具有各种职业、各种身世和性格的人物，毋宁说就在于"钟鼓楼"下大杂院里所呈现出来的独具北京地区特色的那种生态。因为那些人物已经被作家强烈的"北京意识"和北京的生活氛围化为一个整体了。如果说广义"城市文学"中的各种类型的作品，我们还可以按它所描写的具体对象再进行诸如工业题材、知识分子题材、城市平民题材来加以区分的话，像《钟鼓楼》这样的作品却不能再细分了。除了用狭义的"城市文学"这个命题，我们很难再从其他题材的角度对它的审美价值进行概括。苏叔阳的《邻居》，柯云路的《夜与昼》，张洁的《他有什么病》，陈冲的《大雨滂沱》等，都有这种情况。所以，我觉得对于"城市文学"的命题，还应该作出广义和狭义的区分。这二者都是必要的，但狭义的"城市文学"更反映了作家们在反映城市生活方面的自觉。

当然，"城市文学"，作为一个从题材角度提出的文学命题，我们在看到它的重要意义的同时，也还要看到它的局限。一方面，在我国今天的作家队伍中的许多作家，由于他们经历的复杂和视野的开阔，其取材范围往往是城市和农村兼而有之。既是像蒋子龙这样以写城市工厂生活见称的作家，他也写出了《燕赵悲歌》式的农村改革题材作品，至于王蒙、谌容、邓友梅、张强、韩少功、莫应丰、王安忆、张抗抗、张辛欣、铁凝等，在农村生活和城市生活的题材选用上更是左右开弓，得心应手，你很难把他们归入"城市文学"或"农村文学"作家行列中去。因此，用"城市文学"这一命题来归纳创作中某一种文学形态，不无意义；用它来研究作家，就难以纵观作家的创作全貌。就这一点来说，它不如按创作方法或风格流派来进行文学分类更准确、更方便。另一方面，也是更重要的，随着作家艺术思维空间的日趋开阔，有些作品所反映的生活几乎是揽城市、农村、历史、现实、天上、地下于一瞬，它所着重抒发的是作家的一种心绪、一种意境，而不在于反映某种生活本身。你从题材的角度来考察它们，反而容易忽略了它们的主要价值。这种情况多见于诗歌、电影，话剧中的《野人》（高行健），小说中的《旋转的世界》（陈继光）亦然。由于这种情况，所以只有把"城市文学"这一命题放到文学研究的形态系统中来辩证地加以运用，它的意义才能恰如其分地表现出来。

城市文学：无法现身的"他者"

陈晓明[*]

当代"城市文学"是中国社会转型的产物。20 世纪 90 年代以后，中国城市化发展迅猛，城市成为新的生产力和生产关系的集散中心，其发展方向是后现代消费性城市。按照鲍德里亚的看法，这种城市更重要的是符号生产的中心，城市成为传媒与文化的生产基地。因此，随着城市文化的兴盛，"城市文学"开始引起人们的兴趣[①]。"城市文学"表达了当代人渴望了解城市，表现城市文化的历史愿望。

准确地说，只有那些对城市的存在本身直接表现，建立城市的客体形象，并且表达作者对城市生活的明确反思，表现人物与城市的精神冲突的作品才能称之为典型的城市文学。按此标准，在当代文学史中，这样的作品显然少之又少。纵观中国现当代文学史，与城市相关的作品倒是不少，但与城市构成内在关系的还并不多见。显然，按我们给出的定义来看，我们现在讨论的"城市文学"更侧重于关注那些表现大都市的作品，关于大都市的生活经验具有更强烈的城市感，小城市与乡村相去未远，其现代感并不强烈。正因为这些，城市文学也经常被称之为"都市文学"。

---

[*] 陈晓明，北京大学中文系教授。本文原载《文艺研究》2006 年第 1 期。
[①] 参见拙作：《表象与状态：后新时期城市小说概论》，《文艺争鸣》1994 年第 4 期。

　　城市文学承载着新兴的文学观念、生活经验以及新的美学范式进入文学场域，它令人兴奋、激动和不安。它显然遭遇到主流的乡土文学的抵抗和排斥，在这场角逐中到底何者会获胜？城市文学可以存在下来吗？如果乡土中国文学依然力量足够强大，那么"城市文学"还不能占据要津。如果我们看到乡土文学本身的主导地位乃是历史的特殊情势造成的结果，那么，城市文学的胜利结果也必然是同归于尽。因为乡土文学走向终结，城市文学也就不存在了。到那时，文学就是文学，无法也无必要划分为乡土/城市。中国的城市文学始终是生不逢时，它遭遇乡土中国永不衰竭的历史力量，尽管它也具有强大的历史活力，但它只能是遭遇主导历史排斥的"他者"，一个"大他者"①。由于这个他者也带着历史的合法性力量介入主体的历史，它又是不可抗拒的要反过来质询主体，因而这个他者是"大他者"。"城市文学"在这种角逐中，其本质是一场后现代与现代（以及前现代）的角逐。然而，这种替代性的、不断变革和前进的观念，又是典型的现代性观念，后现代也要借助现代性的观念来获得它的未来。

　　由此也就不难理解，纵观现代以来的历史，城市文学若有若无地以不完全的形式和幽灵化的方式在不同的阶段显现，没有一部完整的历史，也不可能有其完整的自身。也就是说，它是一种不充分的他者化的存在，因为它不能被本质化，也无法被历史化，它是逃脱、缺席和不在场的一种踪迹。我们越是接近它，它越是像他者的幽灵——只是我们需要的他者的幻影而已。

――――――――――

　　①　"大他者"是齐泽克提出的概念，这个概念显然是对拉康理论发挥的结果。"他者"的概念同时吸收了列维纳斯的观点。拉康式的齐泽克的主体是无法完成自身的存在者，主体是被"大他者"质询的对象；而"大他者"反倒是一个巨无霸式的不在场而又能撕裂主体的一种绝对之物（参见［斯洛文尼亚］斯拉沃热·齐泽克：《意识形态的崇高客体》，季广茂译，中央编译出版社，2002年版，第243页）。在我这里，"大他者"反倒是无法实现自身的主体的那种存在者，主体是无限大的在场的主导历史。因此，我的他者概念更接近列维纳斯的原意。这个他者既是被主体排斥的，也是无法实际为主体的，但它又是不可抗拒的要反过来质询主体，由于这个他者也带着历史的合法性力量介入主体的历史，因而它是"大他者"。

一、无法建构的"他者"史：怪影重重

中国的都市文学并不是从 80 年代开始，早在 20 世纪三四十年代，中国的城市（或都市）文学就在中国的现代性历史展开中留下踪迹。穆时英、刘纳鸥、施蜇存这些人创作的"新感觉"派小说，写的就是都市场景和都市生活。李鸥梵的《上海摩登》就把这些小说作为中国现代都市消费文化的最生动体现的文本来对待，在其中他看到上海早期现代性蓬勃旺盛的欲望和活力。但中国的都市小说以及对现代性都市文化更早表现的作品，在王德威的《被压抑的现代性》一书中还是被往前推了半个世纪。在王德威看来，韩邦庆的《海上花列传》不只是这个早逝的落魄才子的个人生活的写照，更重要的意义在于，它"凸显上海为一特定的地理场所，为有关沪上的故事提供了空间意义。作为中国第一座'现代'城市，19 世纪末上海的都会气息不同于传统城市。它造就了新的社会群体、经济关系与消费习惯……。《海上花列传》将上海特有的大都市气息与地缘特色熔于一炉，形成一种'都市的地方色彩'，当是开启后世所谓'海派'文学先河之作"①。在这里，《海上花列传》以对上海大都会形形色色人物的生活的表现，以及对上海新兴的都市面貌场景的表现，当可看成最早的现代都市小说。在这里提到的所谓"海派"文学，也可以看成是都市文学的另一种说法，或者说是其最有力的佐证。但"海派"文学并不是都市文学这个概念能够吞没得了的，也并不是"海派"文学看得上眼的绰号，在大多数情况下，这不过是"都市文学"的自作多情罢了。这正如 20 世纪三四十年代的穆时英们的"新感觉"派小说，那也是在早期"现代派"的意义底下来论述的，"都市"不过是现代派的佐证。相对"现代派"来说，"都市文学"这

---

① 王德威：《被压抑的现代性：晚清小说新论》，北京大学出版社 2005 年版，第103页。

种说法既像旁门左道，又像花言巧语，在整个现当代文学史的叙述中，它始终处于"进入"与"离去"的双重状态。

即使像张爱玲写下《倾城之恋》这种作品，我们也无法在"都市文学"给定的框架系统内加以论述。几乎所有的论者都会把这篇小说作为"情爱"小说来对待，都会在个人"情爱"与历史变动的关系上来讨论这篇小说。"倾城"之恋，其实与城无关，张爱玲这个城里的女人，这个上海滩上颇具摩登气息的女子，主要过着深居简出的生活，如果不是胡兰成的出现打破了她生活的宁静，她几乎与上海正在发生的现代变化没有关系。她讲述的是旧时代的家的故事，讲述的是女人的内心。而"倾城之恋"的城市背景只是香港在兵荒马乱年代的破败混乱，"倾城"只是"倾心"的更夸张的修辞表达而已。但在小说的叙事上，"倾城"就像一个空降的词语，它的点题既勉强又诡秘。小说这样写道："香港的陷落成全了她。但是在这不可理喻的世界里，谁知道什么是因，什么是果？谁知道呢，也许就因为要成全她，一个大都市倾覆了。成千上万的人死去，成千上万的人痛苦着，跟着是惊天动地的大改革……流苏并不觉得她在历史上的地位有什么微妙之点。她只是笑盈盈地站起身来，将蚊烟香盘踢到桌子底下去。"这样的"倾城"是对"倾心"的替换和消解，一种来自中国传统文化暗示的客观神秘主义的宿命论偷换了张爱玲再也无法正常表述下去的小资产阶级情爱神话。对于张爱玲来说，封建主义的少奶奶蒙受的家的压抑，不过是资产阶级小女人对浪漫情爱的幻想的一个必要前提，这种双重性印刻在她的每一个人物的心灵上。张爱玲对前者总是津津乐道，驾轻就熟，而对后者则只能随便张望几下。她是家族制及其文化最后的小说家，但她表达了中国传统社会的核心"家族制"文化的崩溃，她对城市的随意眺望，以及她没有来源的莫明的"倾城之恋"，都表明她所表征的中国资产阶级的情感表达渴望在城市空间里获得极其有限的表达维度。

然而，历史正如"倾城之恋"所表达的那样，小资产阶级的白流苏与范柳原遭遇兵荒马乱的动荡年代，他们的爱没有更为从容细致的表达场所，昔日白公馆已经残破不堪，范柳原依旧因袭着他的历史轨迹生活下去。现代性的小资产阶级情感依然是一个孤傲不群的"小自我"，无法在历史巨大的变动中获得生长的天地。"城市"对于中国早期的小资产阶级的情感表达来说，存在着难以逾越的历史断裂，那是一个"大他者化"的客体。

中国现代的城市小说只是在左翼革命文学中才真正显露出它的宏大面目。一方面在于现代小说形式的成熟；另一方面在于现代小说开始具有更强烈的社会意识。左翼革命文学才具有这两方面的优势，也正因此，革命文学并不顾及中国现代性的情感及表达方式的循序渐进的模式，那是西方资产阶级文学走过的路程，世界历史的现代性在中国这里采取了最激进的形式，那么文学更是主动地创建着中国现代性的激进意识。革命文学在城市的空间一度获得了它的表达维度，蒋光慈一类的"革命＋恋爱"不过小试牛刀，直到茅盾的《子夜》出来，革命文学与城市真正遭遇，这也就是中国革命的历史与阶级意识在文学中最全面而深刻的表达。革命文学直到这里，还没有摆脱中国现代性原来的轨道，那就是中国的现代性不管是在经济上、还是文化上，依然离不开中国的资产阶级建构起的基础，中国的文学亦如此，也要从中国的资产阶级文化与文学中来创建它的未来。在这里，本来作为他者的左翼革命文学携带着历史的合法性力量与占据主体地位的资产阶级启蒙文学决战，左翼文学倡导的无产阶级革命观念，这无疑是一种立足于城市革命的观念，左翼文学对城市知识分子和进步人士都有强烈的吸引力，左翼文学更有可能以城市叙事完成历史的主体化。

但中国的革命以它激进的方式否定了历史亦步亦趋的方案，革命采取了中国特殊的形式，也在文学上采取了它的特殊形式。本来，更有可能是，中国的现代性文学会从城市资产阶级的生活中来获取它的内容和形式，会在城市的街道、消费主义的剧院和咖啡馆，或是资产阶级的客厅和卧室来展开它的叙事现场，不用说，中国文学家正开始熟悉这些场所。左翼的无产者作家只是相对于资产阶级而言处于相对贫困的状态，他们的生存方式相比较资产阶级来说，更具有城市的特征，他们更能体会城市的精神气息、形体状态和活动方式。本来中国的现代性文学从上海的左翼作家这里最有可能产生出城市文学，或者说以城市生活为主导内容的文学更有可能构成中国现代性文学的主流方向。

然而，历史在这里出其不意地拐了大弯，左翼文学没有在资产阶级启蒙理想的引导下去推进以个人情感为中心的现代性主题，而是转向了更加激进的政治革命。中国的左翼文学转向了乡土，在那里去发掘激进革命更有效的素材。中国的现代文学迅速被革命理念引领而转向中国本土的历史意识，不再是被西方的现代性理念推动的资产阶级的个人主义文学，它成为民族国家解放事业的一部分。而"中国革命的首要问题就是农民问题"（毛泽东语），中国的左翼文学在激进革命的道路上更进一步，摆脱了它熟悉的城市小资产阶级的生活空间，转向对被压迫的农村和城市贫民的生活表现。正如丹尼尔·贝尔所说的那样，20世纪的知识分子无法拒绝革命始终是一个令人困惑的现象，20世纪的中国文学也不能拒绝革命，相反，它积极主动地从革命中汲取了充分的历史动力。中国革命转向农村包围城市，中国的革命文学也转向书写乡土，革命成为中国现代历史的主导动力，文学也只有顺应这个主导动力。因此，毫不奇怪，中国20世纪的文学主流就是乡土文学，城市文学只是作为一些若隐若现的片断，作为被主体排斥的边缘化的"他者"偶尔浮出历史地表。

二、革命对城市的驱魔：乡土的胜利

迄今为止，我们梳理了所谓"城市文学"的简史，看得出来，这样的梳理异常吃力，这样一种历史始终是一个未能验明正身的"他者化"的历史，几乎没有一个完整的历史线索或图谱。在整个20世纪的文学中，城市文学是什么？存在哪里？有过它成为主体的完整身影吗？

1949年以后，中国文学的主流叙事就是乡村叙事，乡土文学以及叙述的乡土的文学构成了文学全部历史。从赵树理作为中国新文学的方向起，革命文学一直在努力获得人民群众喜闻乐见方面疲于应付，传统中国在精神上和文化上成为社会主义革命的对象，但在审美趣味上奇怪地成为革命文学梦寐以求的归宿，这意味着代表现代文明的城市在审美趣味上将要忍受被排斥的命运。"城市"在文化上和审美表达上就奇怪地变成一个被遗忘的角落，一个要被驱逐的幽灵。居住在城市的中国作家对城市完全没有任何感觉，不想也不愿意去感受它的存在。萧也牧的《我们夫妇之间》试图表达"革命干部"进城后发生的变化，城市第一次成为生活的背景，革命一旦陷入城市，就再也摆脱不了它的纯粹性，小资产阶级情绪几乎油然而生。在1956年的"百花齐放"时期，王蒙的《组织部新来的青年人》也呈现出一些城市生活的局部，但赵慧文唤起的记忆完全是小资产阶级的情调，几乎是不经意地勾联起五四文学叙事中的那种感伤浪漫的情愫。不用说，这些文学作品只是极为有限地触及到城市生活的某个侧面，但它们无法与革命的生活主流融为一体，即使是用批判眼光也不行，革命的乌托邦与文学想象的城市乌托邦无法调和在一起，中间横亘着的不只是中国现代性历史的断裂，还有西方资产阶级启蒙文化的根本冲突。

中国革命的性质决定了中国文学的性质，那就是以农民农村为叙事主体的文学。努力去除现代资产阶级的思想、情感和审美趣味，这是无产阶级文化建构的首要任务。而无产阶级在文化上并没有自己的资源——无产阶级是没有文化的阶级，是被现代城市资产阶级剥夺文化的群体，它是附属于现代资产阶级的文化，被资产阶级作为启蒙的对象来处理的沉默的阶级。而中国的无产阶级本质上是农民阶级，建构新型的农民的文化就要驱除现代城市资产阶级的文化。新中国成立后,中国的社会主义文化是一种肯定性的文化,资产阶级的现代文化本质上是一种否定性的文化,资产阶级的现代文化表现在艺术上就是自我批判的文化。从浪漫主义、现实主义到现代主义,资产阶级文化的主导倾向都是批判性的,都是精神分裂式的。资本主义就在文化和审美的批判中来展开其文化实践,获取面向未来的可能性。资本主义的文化本质上是一种个人主义的文化,因而也是一种城市文化。但中国的革命文化在其初级阶段则是农村文化,在回到文化的民族本位和历史本位,都不得不借助乡土文化的资源。中国的社会主义要把历史重新建构在最广大的贫困农民的基础上,建立在土地的基础上,这就使得在文化上要开创一种新的历史,那就是把中国现代性开始建立的以民族资产阶级为基础的文化驱除出去,把文化的方向确立在以农民农村为主体的基础上。就这一点而言,毛泽东的《在延安文艺座谈会上的讲话》已经非常明确地阐述了革命文艺的方向。

这种激进的文化导向并没有激进的审美表现形式,罗兰·巴尔特说:"革命要在它想要摧毁的东西内获得它想具有的东西的形象。"[①]但中国革命的左翼文学并未在资产阶级的文艺形式中获得形式,相反它转向了被民族资产阶级启蒙革命颠覆了的传统。革命的意识形态愿望与其语言的贫困构成惊人的历史悖论,激进的革命不得不从传统中,从既定的审美表达的前提中去获取形式。革命不只是信赖乡土——这种沉默的不具有语言表达的历史客体,同时要依赖乡土——围绕乡土建立起来的更具有亲和性的美学表达。那些表达本质上也是非乡村的[②],但因为其外表的相似性,被当作它们本身具有

---

① [法]罗兰·巴尔特著,李幼蒸译:《符号学原理》,生活·读书·新知三联书店1988年版,第108页。

② 例如有人论述过华兹华斯写的《汀腾寺》,那是对法国后革命时期的汀腾寺周边乡村的并不忠实的描写,那时的汀腾寺周边正是饿殍遍野的时候。在华兹华斯的描写中,那却是一派浪漫风光。同样的情形在中国20世纪五六十年代的乡土文学作品中也随处可见。

相同的客观性。乡村景物和大自然这是自从有文学的古典时代起就构成文学表现的对象，不管是古典时代的借物咏志，还是现代浪漫主义发展起来的关注自然风景描写，乡村的自然环境构成文学的本性的一部分。所有关于乡村的表达都具有乡村的朴实性和实在性，正如所有关于城市的表达，都具有城市的狂怪奇异一样。乡土的氛围就这样悖论式地然而又如此融洽地与激进革命的书写融为一体。因此，不难看到，革命的乡土文学中的人物与他生长的环境是如此紧密地融为一体，乡村景色：土地、树林、田野、河流、茅舍，以及农具和动物，是如此亲密地与人组成一个和谐的生活情境，革命文学在乡土的叙事中获得了美学上的本体、和谐与安慰。

　　社会主义文学在相当长的一段时期内是对城市（文学）采取他者化的策略，也就是驱魔的策略，城市总是在行使批判性的叙事意向时才作为背景存在，而本质上与城市相关的人物总是被驱魔的对象，这就必然连同城市一道驱魔。最典型的作品当推周而复的《上海的早晨》。这部作品的主题是描写中国历经的社会主义革命对城市资产阶级的改造，显然，这里出现的真正属于城市生活的场景，花园、洋房、客厅、宴会上的酒、轿车等等，这些城市文化的符号都是与要驱除出历史舞台的资产阶级的主人及其后裔相关。小说也写到城市的街道和工厂，但在这种场所中，革命的气氛完全压倒客体事物，革命总是以破坏性和摧毁性为目的，它不会与客体事物构成一致性的关系。《上海的早晨》倒是写出了中国的城市如何随同资产阶级驱除出历史舞台而消失在当代文学的视野内，城市意味着现代化、西方化、资本主义、私有财产、情爱、欲望、身体，等等，与城市相关的符号，也就是城市的外表和内心都与中国社会主义初级阶段的革命及其文化想象格格不入，它被驱除是理所当然的。但城市又带着历史的合理性也要实现为主体，这个幽灵般的他者也要以各种隐晦的形式出现在革命文学作品中。在漫长的十七年乡土叙事占据统治地位的年代，阅读和写作一样无法忍受没有"城市"他者的显现。我们还是能以变相的形式看到一些中国早期城市的生活场景,那些与资产阶级或小资产阶级生活方式联系在一起的城市情调。例如,在《野火春风斗古城》《小城春秋》《三家巷》,甚至《青春之歌》等作品中,都会出现初具现代文明的中国城市,以及相关的一些生活场景。在这里,城市及其某种生活情调附身于革命出场,革命要颠覆旧城市的统治者,要改造旧社会的城市,城市以其幽灵化的形式模仿死亡从而获得新生。

当代"城市文学"在80年代于不知不觉中显现,之所以说是"不知不觉",是因为它被其他更急迫的主题所遮蔽。准确地说,"城市文学"这个概念依然难以成立,80年代与描写城市有关的小说,都是附属于其他的主题名下,"城市"还没有作为一个主题或论题突显出来。很显然,因为中国现代化的推进,城市生活和城市中的人们成为现代生活的一种标志,但是描写城市生活并不能构成醒目的城市文学,城市生活只有被打上强烈的"现代化"印记才能被指认为真正的城市生活。这就与乡土文学很不相同,所有描写乡土的文学都可以被称之为"乡土文学";但描写城市的不行,因为中国的城市从农村脱胎而来,它经常是放大的乡村,城市的街道、市井与胡同,离乡村并不遥远,那里的人们也依然带着泥土的气息,具有农民的朴实与执着。很显然,城市必须被进一步放大,直到离乡村足够远,看不到多少乡土中国的影子,甚至它就是西方大都市的模仿或翻版时,那样的城市才构成城市文学想象的对象。80年代以后,几乎是封闭了半个多世纪的西方文化进入中国,这给急切寻求现代化的中国人提供了借鉴的对象。在文学上,现代主义就成为文学现代化的努力目标。在现代化的纲领底下,文学开启了现代主义的潮流,与其说这给文学表现城市提供了契机,不如说文学几乎是不得不转向城市。与城市相关的文学叙事,几乎都是在对现代主义意识的支配下来展开的,"城市"的符号,或者关于城市的意识,不过是现代主义意识的副产品。"八五新潮"的现代主义小说,刘索拉的《你别无选择》，徐星的《无主题变奏》，这是中国当代文学中最鲜明表现城市生活状况的作品，那种情绪、精神和价值向度都是现代城市的，但对现代主义的急迫追求，使"城市意识"退居二线，甚至基本被忽略了。与此同时的"寻根文学"，也同样的在现代主义名下，那是对城市的逃离，因为作为知青的作家群体，韩少功明确地表达过对城市生活把握的吃力，只是借助拉美魔幻现实主义的法术，"寻根"在逃回乡土中国时具有现代主义的创新（时尚）特征。

"城市文学"与城市的兴起相关，而城市不只是因为地理面积的扩大，建筑群的扩张，更重要的是要有一种城市生活方式，要有城市独特的人群。在相当长的时期，中国的城市不过是乡村的放大形式，那里面的生产方式与生活方式与乡村没有多大区别，那里居住的人们与乡村也没有多大区别。直到80年代后期，中国城市初具规模，特别是一些北京、上海、广州与深圳等大都市的形成，与之相适应的城市产业经济和城市文化也建立起来，城市变成最有活力的经济中心和文化符号生产中心。城市那些高大的建筑是经济神话和时代扩张精神的卓越见证，它穿越历史压抑的地表而成为时代的象征。在这样的历史背景下，有一种历史情绪通过对城市的叙事表达出来，城市文学在这种情绪中获得超越现实的表达形式。人们热衷于表达时代的表象，热衷对生活外表的呈现，这就使文学叙事可能对城市投去热烈的目光。80年代后期，特别是90年代初期，有一部分小说带有强烈的时代气息，带有一种追寻个人意识的情绪，这种情绪与中国正在发生变化的现实结合在一起。也许可以说更多的城市小说就这样应运而生了。其中，王朔可能是最贴近城市的一个人，他的一系列小说，《一半是海水，一半是火焰》《橡皮人》《浮出海面》《顽主》，在1988年全部被改编成电影。但是王朔依然难逃现代主义的驯服，电影改编和文学批评的阐释都加大了现代主义编码的力度。王朔后来也更倾向于向现代主义靠拢，他的《玩的就是心跳》《千万别把我当人》，几乎可读出"存在主义"的意

味。更为外在化的城市生活、新型的有活力的城市语言被现代主义的
象征和隐喻程序替换了。王朔的经验不过再次证明，像他这样特立独
行的人都不能逃脱时代潮流的驯服，中国文学遭遇的历史化就是简单
的同质化。

　　新型的文学经验在 80 年代后期顽强地要突破历史场域，在寻求
新的文学语言和叙事策略时，本来最有可能在当下的城市生活中找到
表现的资源的语汇，但当代中国文学的转型依然与城市文学擦肩而
过。莫言、马原、残雪，都是写作地域性的乡土文学，甚至像马原那样
在玩弄异域神秘主义时来完成当代语言文学的转型。这样的转向显
得很不彻底，经历过十多年的转向，这依然是一个未竟的方案。80 年
代末期，先锋派文学以其语言和叙事方法的实验把汉语文学推到一个
形式主义的高地，但是，先锋小说的形式主义是一项不得已接受的事
实，因为其故事的现实性被删除了。那些历史年代不明的故事也包含
着对人性和人类存在历史的深刻表达，但过于深邃和晦涩难以被读
出，人们可以感受到是形式主义和形而上的观念。先锋小说无法在现
实性的叙事同时来展开语言和叙事方法的实验，只有年代不明的历史
空间给予其提供实验场域。先锋派小说的激进语言实验奇怪地与中
国当下迅速发展变动的城市化现实脱节，这不得不成为先锋派有限性
的缘由。随后，90 年代初，"晚生代"展开了对现实热烈的描写，也表现
了中国当代正在变动的现实，特别是市场化经济现实中人们的激烈变
化，这包括生存方式和价值观念的变化。晚生代的一群人，如何顿、述
平、朱文、韩东、刁斗、罗望子、鬼子、李洱、东西、李冯……都写作当代城
市现实的故事，但他们的作品并不能被归结为典型的城市小说，他们的
小说表现当代现实中的人们的精神状况，其主题要宽泛得多，并不限于
当代城市中的人对城市的感受与反思，也不强调城市文化符号。

　　在"晚生代"中，也许只有邱华栋的小说具有强烈的城市意味，邱
华栋热衷于写作现代人在城市生活中的困扰，他似乎是作为一个城市

囚徒的身份在写作城市。但他又对城市的存在有着惊人的敏感，他每时每刻都对城市的外表津津乐道。在《时装人》里，他不断地写到电视，写到表演，写到时装人。他的叙事本身是对已经艺术化的、审美化的城市生活的表现。对于邱华栋来说，这些城市外表既是他的那些平面人生存的外在的他者，又是此在的精神栖息地。邱华栋热衷于描写城市的街景，城市没有内心，城市只有外表，这就是城市的本质，这也就是城市惊人的存在方式。邱华栋越是抨击城市，竭力撕去城市的外表，他就越是陷入对城市的想象。在那些充满对城市攻讦的词句背后，掩盖着对城市深挚的迷恋。邱华栋与其他作家不同，他的城市是具体的、客观的、实际存在的北京。他的小说中出现的地点场景，都是北京真实的地方，那些豪华饭店、歌厅舞厅、街道和住所，都是真有其名。象长城饭店、中粮广场、建国门、工人体育馆、东单、三里河、海淀区等等，邱华栋从来都直呼其名，城市在邱华栋的叙事中，不再是冷漠的异在，就是我们经验可以触及的现实实在。然而，在邱华栋的叙述中，这些实际的城市地名却更像是虚构的空间，反复的书写再也捕捉不到"原初"的城市生活现实，一切都已经被审美幻象化了，城市本身已经成为超现实。1998年邱华栋出版《蝇眼》一书，这部被标上"新生代长篇小说"的作品，实际可能是数个相近的中篇小说汇集的结果。和过去的小说相比，这些小说的故事和叙事方式没有多大变化，但可以看出邱华栋的小说写得更流畅，也更犀利得多。其中《午夜狂欢》和《遗忘者》，可以反映他对城市的态度与表现方式。邱华栋对城市生活的批判延续了现代主义的观念，从人们的自我意识，从人们精神状况去思考城市的问题。环境污染，城市化带来的人口拥挤、能源、交通、治安与法制、城市中的政治强权与经济强权、现代传媒构成的文化霸权、商业主义的审美专制，等等。这些现实问题并不在邱华栋的城市视线之内，对于他来说，城市出了问题依然是一个观念的、先验的形而上方案。出路也只有现代主义式的老路——丢弃城市，崇尚大自然，就能获得暂时的解决。

城市在它的厌弃者那里获得存在的肉身，厌弃者的态度、心理和情绪就是城市存在的情态。2000年，《大家》第4期发表巴桥的小说《一起走过的日子》。小说讲述一个城市游手好闲的叫做巴乔的青年与一个外来妹的情爱故事。可以看出这个叫做巴乔的边缘性人物，与王朔当年的城市痞子有血缘关系。他有意逃避主流社会。显然，他的人生选择与主流社会的价值观格格不入。但在巴桥这里表达的价值认同则是更多另类的含义。在巴桥的小说中，这个城市的厌弃者和多余人却选择了一个来自乡村的女子，并且这个女子很有可能被主流社会认为是"坏女人"（按摩小姐）。显然，这里的情感认同根本是反主流社会的。在巴桥的叙述中，这个叫小晴的女子吸引巴乔是从肉体开始的。小说的第一节"白色的身体"，一开始就写到"软软的""暖暖的""丰厚的腹部"……，对肉感身体的迷恋成为情爱的基础。这既是对纯粹的身体的迷恋，也是对作为身体延伸的乡村的自然本性的迷恋，而这种迷恋是反抗城市的全部依据。这种自然的人本主义使人想起卢梭对现代文明的态度。巴乔借助一个来自乡村的肉体，在城市里就实现了对城市的逃离。这种颓废和堕落的情调在逃离的同时，也更深地进入城市的内心，因为这也是现代城市最内在精神的一部分。

事实上，这种叙事意向隐藏在中国相当多的作家的文本之内，只是大部分隐藏得太深而难以觉察。例如，张炜就是如此。在张炜大部分的作品中，都隐含着对"城市"的厌弃，而这一点正构成他对乡村过分迷恋的依据。在张炜的《外省书》等作品中，可以看到张炜的城市总是在乡村的景致和抒情的反面若隐若现。2001年《能不忆蜀葵》把这种情绪推到极致。陶陶姨妈那丰腴肉感的身体，与巴乔的小晴的身体如出一辙，那是乡村自然、纯朴、丰饶的象征物，在大地母亲的替代性的怀抱里，对城市投去轻蔑的一瞥。所有对城市的批判仅仅源自对乡村的恋母情结，这些卢梭之子正是以其天真的稚拙书写着城市破碎不堪的怪物般的形象。随后在《丑行与浪漫》中，张炜对乡村也陷入爱恨交加的情绪，在那种表达中显示出他独有的深刻性。不在场的城市构成了张炜叙事的某种"潜文本"，其意味无穷而诡秘。

迄今为止我们叙述到的城市文学依然是在现代主义的形而上观念意义上对城市的反思，真正与城市融合一体的对城市的表达，那只有激进的消费主义时尚文化本身，也就是说，文学只有融合到消费文化中去，成为其中的一部分，才能与城市文化打成一片，成为当代城市文化激进的表达部分，而不是站在其对立面来表达反思性。这一任务，历史地落到女性作家的身上，准确地说落到了"美女作家"群身上。这些被定义为美女作家的女性作家们，对当代中国正在兴起的消费社会有着天然的亲和性，她们生长于经济高速发展的 90 年代，她们与乡土中国已经相去甚远，与当代城市生活密切相关。全球资本与中国市场的互动构成她们写作的经济文化背景。她们已经没有多少意识形态的政治记忆，对宏大的民族、国家的命题与理想主义不感兴趣，她们对消费社会正在发生的时尚潮流却如鱼得水，她们表现这样的现实正是表现她们生存于其中的个人经验。她们乐于寻找生活的刺激；各种情感冒险和幻想；时尚生活和流行文化；漂泊不定而随遇而安……总之，一种城市的后现代消费文化成为她们写作的主题。在这些作家中，卫慧和棉棉既是最有争议的作家，也是最有代表性的作家。

卫慧的《像卫慧那么疯狂》是一篇颇有冲击力的小说。这篇小说讲述一个青春期的女子相当怪戾的心理和躁动不安的生活经历。这个叫"卫慧"的人物（当然不能等同于实际作者卫慧），在少女时代丧父，内心深处对继父的排斥酿就奇怪的被继父强暴的梦境。逃避继父这个莫名其妙的举动，看上去像是弗洛伊德恋父情节的颠倒。躁动不安的孤独感构成了这类人物的基本生存方式，她们处在闹市却感受着强烈的孤独感，她们也只有处在闹市中才感受到孤独感，这并不是无病呻吟，这就是这代青少年普遍的生存经验。这篇小说的情节并不重要，无非是年轻女孩逛酒吧、歌厅，遇到一些男人的情爱故事，但那种对生活的态度和个人的内心感受却被刻画得非常尖锐。卫慧的叙事能抓住那些尖锐的环节，把少女内心的伤痛与最时髦的生活风尚相混合，把个人偏执的幻想与任意的抉择相连接，把狂热混乱的生活情调与厌世的颓废情怀相拼贴……卫慧的小说叙事在随心所欲的流畅中，透示出一种紧张而松散的病态美感。这一切都被表现得随意而潇洒，这才是一种符合城市后现代性的叙事风格。城市消费文化的时尚特征就是一种激进/颓废的美感。卫慧的人物绝不是一些幽闭的女孩子，她们渴望成功，享乐生活，引领时尚。她们表面混乱的生活其实并并有条，卫慧确实写出了这代人独有的精神状态——那种历史终结之后的混乱和出奇的平静相混淆的状况。

卫慧的小说叙述充满了动态的感官爆炸效果。她不断地写到一些动态的事物，街景，闪现的记忆，破碎的光和混乱的表情等等，这些日益建构着当代城市乌托邦失控的表象，它们是对乡土中国纯静风景的狂热悖离。《蝴蝶的尖叫》(《作家》，1998/7)同样是一篇相当狂乱的小说，把生活撕碎，在混乱中获取生活变换的节奏，体验那种尖利的刺痛感，在各种时尚场景行走，构成了卫慧小说叙事的内部力量。她能把思想的力量转化为感性奇观，在感性呈现中展示商业主义的审美霸权，这一切都使她的小说给人以奇特的后现代感受。2000 年，卫慧的《上海宝贝》引起一阵骚动。这部小说是卫慧以往的小说的一次总结与冲刺。青年人的爱欲，反社会的行为，流行的时尚趣味被表现得更加激进。没有人像她那样津津乐道地描写当代上海的时尚文化，尽管带着极端的夸大其词的笔调，但她叙述了一个与殖民时期的旧上海一脉相承的绮靡的上海。那些色情味浓重的酒吧，疯狂的迪斯科，欲望勃发的身体，对西方男人的情欲，毫无节制的夜生活，卫生间或浴缸里的情欲……，所有的这些，都散发着颓废放纵的气息，一个在全球化时代正在旺盛生长的大上海，在它的欲望与颓废的夜色中获得了后现代的全部形状——这无疑是把上海妖魔化的叙事，也是对驱魔化的历史的反动。《上海宝贝》在艺术上充满了悖论，一方面，它与当下流行的时尚趣味相去未远，这些故事、感觉和体验，可以在各类小报和流行的时尚杂志上读到；另一方面，它有着激进前卫的感觉和异常鲜明的语言修辞策略。身体的颓废主义再次在它的献祭中诱惑了城市，因为城市的妖魔在这样的时刻全部附身于如此放浪的身体上，这是城市幽灵最为渴望成为的肉身。城市本质的他者化，并且始终以他者另类的形式表现出来，城市在这一意义上实现了它的主体化。

与卫慧同居上海的棉棉，以及她的同代作家：戴来、魏薇、金来顺、周洁茹等人也都有风格各异的关于城市的小说发表。这些 70 年代出生的女性作家俨然已经构成一个不小的群落，她们虽然未必具有什么革命性的冲击，但却可能改变传统文学的审美趣味和传播方式。这些关于城市情爱的叙事，已经最大程度地改变了经典小说所设定的那些人物形象模式和价值取向，提示了完全不同的生活经验与社会场景。这些作品已经不只是在故事和生活景观方面远离乡土中国，重要的是它所表征的审美趣味远离了中国的现实主义主流文学。她们的写作更接受消费文化，成为城市时尚的一部分①。更多的年青的女作家参加进来，她们的写作经常配备身体写真，再通过互联网广为传播，显示出文学在生产、传播和影响上完全不同的前景，她们也变成一群不可预测的城市精灵。

三、历史永不终结：城市他者化的延搁

90 年代后期，特别是进入 21 世纪，中国的城市无疑在近几年获得

---

① 但是历史并不会因此终结，主流的和传统的力量依然强大，女作家走向成熟就回到主流和传统。值得注意的倒是戴来和魏薇在最近几年的转向，她们不再讲述具有时尚特征的小说，而转向讲述小城镇的底层妇女的故事，她们似乎在现实主义和乡土中国的那种历史叙事中找到了走向成熟和主流化的途径。

更大的发展空间。按照存在决定意识或经济基础决定上层建筑的理论，城市小说应该在这几年有更大规模的发展，激进的时尚前卫更具潮流的领导能力。但是事实上，近几年的城市文学反倒成为一个被遗忘的话题。卫慧因为特殊的缘由旅居海外，她的书在海外获得畅销。但卫慧在中国并不只是遭遇主流意识形态的狙击，就是在文学界和大众文化的读者圈，卫慧被正面认同的程度也不高。在主流文学界卫慧充其量只是一个初入文学门槛的青春写手；而在大众那里，对卫慧的热烈阅读与对她的轻蔑并行不悖，并且读者大众都以对卫慧的攻击和贬斥为乐趣。只要看看网上对卫慧的评价就足够了，这些评价少有从正面给予充分肯定的。相对于主流文学界和读者市场来说，卫慧不过是一个病态的另类，她像某种流行病一样，迅速到来，又迅速消失。很显然，卫慧这样的代表着城市激进的时尚文化的写作，无法构成一种持续的潮流，相反，主流文学依然走着原来道路。"城市文学"遭遇到的历史并未在这里终结，乡土中国依然具有一个巨大的力量，那种典型的现代性（或后现代）的"都市"在文学的写作中依然具有非法性。因为这样的"都市"、这样的"都市意识"与西方资本主义文化是一种他者的书写，是对他者的写作，也是写作的他者。

　　城市是属于青年群体的，因为只有青年群体才会把生活与行动，把爱与恨，把渴望与绝望，把进入与逃离都与城市全面联系在一起。城市属于那些另类，那些波西米亚式的流浪者，那些反对城市、逃离城市的人，而不是居住在城市的"家"中的人。被称之为是城市小说，或者是对城市进行表现的小说，其最基本的城市的态度就是把城市作为一个精神和精灵，在人与城市发生关系的任何一个行动中，牵动的都是城市的存在意识。因为他（她）体验到的都是城市的心灵与精神，他（她）把自己当作城市精灵，每时每刻感受到城市的整体性存在。那就是一种城市的拜物教，那就是使城市在写作中幽灵化。显然，这是一种不可能性。中国当代文学氛围和个人经验不可能发展出这样的一种城市意识。我们当然不能把城市本质化，认为存在一种城市本质化的城市概念，或者一种本质化的城市小说，但我们说的是有一种对城市小说的基本理解和认识。尽管迄今为止的文学史也存在过关于城市的作品，但它们都没有达到它那个时代对城市的超越性表达，这种表达本身就构成城市精神，就是城市幽灵的附身。有些表达偶尔可能存在过，发生过，但那种历史不会存在下来，不会延续，没有延续性。因此就依然是一种无法现身的他者，被无限期延搁于主体的历史之侧。

例如，卫慧的《上海宝贝》或许可以被称之为典型的后现代城市小说，但这样的小说写作不会被历史化，不会被确认为一种历史，不会具有历史的正当性，它被主流化的历史拒绝就表明它的现身（于历史）的不可能性。另外，即使卫慧这样的小说，也不是单纯的或纯粹的城市小说，它是关于女性用身体自恋"去民族/国家性"的一种叙事话语。那个上海宝贝倪可，不再把自己放置进民族国家的文化秩序中，她把个人的身体欲望抬高到唯一性的地步，并把它奉献给来自发达资本主义的德国男人，在那里她获得心理和身体的全面满足。她宁可把自己当作全球化的祭品，这是身体的献祭，就像现代性之初上海被迫敞开它的身体，被帝国主义蹂躏一样，现在卫慧不过是自愿用一具鲜活的肉体呈现给全球化时代的资本主义男人。卫慧的写作遭遇到具有民族主义和国家主义情结的男人和女人的全面反对，这就不算冤枉了。这种写作在历史的语境中只是以幽灵化的方式获得美学的合法性。这种城市叙事，进入到城市体内的叙事，不会获得可伸展的可能性，也无法建构起未来的可能性。即使在后来的时间中具有的可能性，也是以断裂的方式来呈现的。没有一种完整的自身历史化的可能性，它被注定了被历史他者化，被主流的历史以排斥方式作为幽灵纳入其谱系来历史化。

同样居住于上海的王安忆，她的小说的主要生活背景可以说都是与城市生活有关的，但奇怪的是，人们从来不会把王安忆的小说归类为城市小说。城市小说总是与新兴的城市经验相关，总是与激进的思想情绪相关。不管是叙述人，还是作品中的人物，总是要不断地反思城市，城市在小说叙事中构成一个重要的形象，才会被认为这种小说城市情调浓重而被归结为城市小说。王安忆的小说更加关注人，这些人的存在主要是与其过去的历史相关，人的历史、现实以及命运，在王安忆的叙事中是一种生活史，它与此前的强大历史经验联系在一起，从过去——王安忆的过去不会是久远的传统，而是更具有现实性的一种"前此"，它与我们始终经历的历史相关。王安忆的《纪实与虚构》《长恨歌》以及《富萍》，都与上海相关，按理其城市意味很浓，但这里面显然没有城市本身存在的那种构成性的意象，没有城市新兴生长的历史情势。城市只是传统的市井，市民只是城市的居民。弄堂和胡同里的市民与农民没有本质区别；正如机关里的干部与城市也没有太多的关系一样。城市在小说的叙事中一定是与"世界都市"的历史联系在一起，是"世界都市"的黑格尔式的绝对精神的外化，才会在文学叙事中形成一种城市体系。王安忆在近年发表的一篇小说《新加坡人》（2002 年，《收获》第 4 期），就是一篇描写全球化时代上海城里的跨国文化交往的状况。按说这篇小说应该很具有都市文化意味，王安忆也非常频繁地描写了那些代表着大上海都市特征的文化符号和生活场景，但它就是不像城市小说。根本原因在于王安忆主要还是透视人物的性格、行为和心理，也就是说，叙述视点透过城市直接进入到人物，并不关注人物本身与城市的交流，也不关注人物之间如何依靠城市进行交流，那些现代化的城市代码在小说叙事中并不起到重要的关联作用。在这篇小说中，可以看出王安忆对人物的性格、心理的观察几乎是炉火纯青，王安忆始终有一双洞悉一切的眼睛在看那个新加坡人，他的一举一动越是不露声色，越能显示出叙述人的敏感和锐利。城市在这里只是一个外在空间，城市的繁华外表只是在那个买时装的场景中起到一点作用,但人物与环境发生关系还是重点体现在小环境中,与城市并没有直接的关系。在这里,更重要的也许在于一种美学原则,这种美学原则是以人为中心的叙事法则,这是现代性小说由来已久的美学原则,从现实主义到现代主义始终没有放弃以人为中心来建构小说叙事。人与人的交往构成小说叙事的主体,尽管人与物的关系构成在现代小说兴起的时期起到一种作用,例如在巴尔扎克的小说中,资本主义的物质与人的关系不只表现在人的物质欲望的表达方面,也不只是资本主义生产关系对旧有的生产关系的革命性取代方面,更重要的是物质环境描写对人感觉和心理所起到的作用。现代主义的小说因为孤独感之类的个人主义主题,人物很少与他人发生关系,人物与特质环境的关系也被强调。但在中国的乡土叙事中,人物与物质环境的关系渐渐地淡化,因为农村除了自然风景没有更多的物质可供与人物发生关系,而风景描写经常是与乡土叙事中的主角相脱节的。人的文学转化为斗争的文学,特别是斗争的文学上升到支配地位,小说中的人物关系就是人与人之间的斗争关系,这是所谓的"人学"发展的极致,在"人学"居于统治地位的美学规范中,人与物质环境、与城市的交流被压制到最低限度。

过分关注人物之间的关系,是现实主义美学的表现原则,现实主义文学依靠人物之间的矛盾来建立小说叙事的推动机制,从而产生戏剧性转变和高潮。而在关于"人与物"的文学中,那是人与自我的关系,物如何内化人的自我意识的一部分。人化与物化构成心理转换机制,这使现实主义的故事性无法实现,因此这种叙事是现实主义所避免的。王安忆的小说艺术无疑代表了中国现实主义小说的高峰,在这种小说叙事中,"城市"很难从人物关系的叙事中突显出来,她太熟悉她笔下的人物,她把她笔下的人物都看透了,她始终是看她的人物,她的目光不会投向人物以外的世界。在这里,没有任何理由以是否突显"城市"形象来评判一篇(部)小说的优劣,写"城市"也就充其量有其新颖性而已，但这并不意味着不突显"城市"的作用就老派，我想指出的是当代主流美学的一种规则，以及这种规则的历史背景。

　　当然，回到人性表现的小说叙事方面，王安忆的故事也就显得相当传统。也许王安忆的初衷是相当前卫的，她要表现进入新世纪的上海，如何在全球化的跨国经济文化方面呈现出的新迹象。进入 21 世纪，上海成为中国经济发展最强劲的区域，长江三角洲不只是中国经济的龙头，甚至是推动世界经济增长的动力。上海在短短几年里就从一个制造业的城市，迅速转变为国际金融贸易的中心。三四十年代的上海是远东的金融贸易中心，进入 21 世纪上海重新夺回它曾经失去的地位，无可争议地成为国际大都市。浦东一座座的摩天高楼，2001 年的 APEC 会议，磁悬浮列车，繁华热闹的商业街，房价的飙升，无穷无尽的国际会议与展览，黄浦江的夜景……等，足以把上海塑造成一个经济无比发达的神话般的大都市①。去表现与经济全球化相关的上海城市里发生的故事，无疑是一道诱人的风景。王安忆的目光投向"新加坡人"，这一目光既有它的合理性（上海是世界华人的新的聚集地），也不得不说王安忆把这个跨国时代稍稍打了点折扣，这可以看出她与卫慧这代人的区别，卫慧的那个倪可是不屑于与华人之类的假洋鬼子乱搞，她要的是德国这种纯种日耳曼男人。问题是，王安忆的这个"新加坡人"，他就声称，他"第一是新加坡人""第二是中国人"。实际上，他的行为作派比中国人还中国人，只能说是一个老派的中国人。小说的主题显然是我们十分熟悉的那类故事常规，一个外出的男人有些寂寞，想交异性朋友。但如此含蓄，如此优雅，三五年下来还停留在有意无意之间。在当今中国，"新加坡人"的含蓄与优雅不知有何意义？王安忆显然在这一点上也并不十分明确，"新加坡人"最终还是有所收

---

　　① 据统计，到 2004 年，上海的服务业的进出口贸易首次超过制造业的进出口贸易量，达到 241 亿美元。从 2000 年到 2004 年，服务业的进出口贸易年增长量达到 33%，远远高于制造业的 21%。据中央电视台 2005 年 6 月 15 日"新闻联播"报道。

获,也是那个准皮条客"陈先生"给他安排的。再到后来,新加坡人又来到上海,在那个早餐时刻,新加坡人扬起手向远处的男女打招呼,颇为自得地说:"我的朋友"。小说写道:"新加坡人在这城市是有朋友了,这城市的国际朋友里,多了一个新加坡人。"这篇小说也可以读作一个跨国时代的商人试图融入当地文化的困难,在这样的国际都市里,人的孤独感是如何穿过个人生活历史、性格和经验才能抵达当下的现实。作为小说背景的那些女子,无论是出身贫困颇有姿色的小女子雅雯、还是来自北方的急迫的更有现代感的周小姐,或是那个上海国际化的特殊产物的从日本回国的女人,都显出王安忆笔法的精湛,对女性心理写得如此透彻,令人叹为观止。作为对人的心理,对人的交往的表现,王安忆的这篇小说无疑达到极高的艺术水准。但是令人惊异的同样在于,关于人的话语如此发达,这篇描写上海大都市的跨国文化交流的小说,却并不见得对城市有任何的感受,不管是叙述人还是小说中的人物,都没有对城市的反思性的表述。小说最多的场景是餐桌,从餐桌有关的人物引开去的插叙,对城市本身的时空的转换,王安忆采取逃避的策略。她的叙述只能以人物为轴心,以非当下的时间为展开机制。在此人物的行动也主要表现为吃饭,这是一种最古老最简单的活动方式,它与历史变化无关,也与城市无关,它是源自乡村的经典生存方式(民以食为天)。新加坡人在国际大都市的活动,主要是吃饭,作为吃饭的插曲才出现购物,但购物很快又被对人物的心理分析所冲淡。城市生活与城市活动都被简化了,目的是集中表现人物性格和心理,人的形象远远大于城市的形象。

确实,在对人的表现臻于完美的小说艺术中,城市的怪影无法显灵,它被人的话语所遮蔽。在传统现实主义美学占据主导地位的主流文学历史中,关于城市叙事只属于青春期的骚动不安的不成熟的书写。现实主义是成熟的美学的永恒归宿,它平稳、老道、细腻、精致,它是肯定性的,它是阿波罗式的,它适合所有的人群阅读,它与人民的经验吻合。而被称之为城市文学的那种东西，它总是狂怪桀骜不驯的，它是反抗和叛逆性的，它是否定性的，它是浮士德式的，它是酒神狄俄尼索斯式的。

　　城市文学只是断断续续以破碎的形式和他者化的方式在不同的阶段显现，没有一种完整的历史，也不可能有其完整的自身。也就是说，它是一种无法完整现身的存在，因为它不能被本质化，也无法被历史化，它是逃脱、缺席和不在场的一种踪迹。只是关于城市的感受，关于城市的书写愿望一直存在，我们只是追踪那些感受，那些愿望。而关于"城市文学"本身，它始终是一个幻象，它是一种不可能性的存在。到目前为止，我们历数了那么多的城市文学作品。事实上，它们不只是关于城市的，甚至不是关于城市的，它们只是涉及城市，只是写到城市里的生活。我们依然无法确立一种类型，一种题材，一种主题可以完完全全称之为"城市文学"。"城市文学"，只是一种永远的他者，只是我们需要的涌动着欲望和身体的他者而已。

"文学中的城市"与"城市想象"研究

张鸿声 *

一、"城市文学"与"文学中的城市"

20 世纪 80 年代以来,关于中国现当代(特别是现代)城市文学的研究渐成热点。对于上海文学的研究,既是城市文学研究的开创领域,同时也是最高成就的体现。严家炎先生对新感觉派的流派研究,吴福辉先生对于施蛰存作品的阅读,余凤高对新感觉派艺术体式的论析,分别以作品论、流派论、作家论的研究面貌出现,都是新时期以来城市文学研究的最初成果。在 90 年代,以吴福辉、李今、李洁非为代表,将这种研究推至整个 20—40 年代的海派与 80—90 年代的城市文学。其中,吴福辉基本上造成了以城市文化参透城市文学文本研究的高峰。与 80 年代不同的是,这种研究已经突破了流派研究的性质,对造成城市文学的社会形态、作家队伍构成、文本表现形态以及体式技法,均能从一种独立的、自足的文学形态去认知,从而使城市文学研究取得了与五四以来的新文学、左翼文学、解放区文学、乡土文学、革命

* 张鸿声,中国传媒大学文学院教授。本文原载《文学评论》2007 年第 1 期。

历史文学研究同等重要的位置①。

此后。对于城市文学的研究，还造成了现代文学史叙述总体格局的变化。首先，各种权威的文学史著作都将城市文学作为重要的文学史形态纳入文学史脉络。在《中国现代文学三十年》1998 年的修订本中，将"文学的现代化"作为现代文学的主流，其中，"现代化进程中的城与乡、沿海与内地的不平衡，所出现的'现代都市与乡土中国'的对峙与互渗"②已成为文学史考察的基本标尺。而且，与上海城市文学相应的研究范式也作为对其他文学史现象的立论基础。比如该书在谈到三四十年代话剧创作时，便分别采用了"职业化、营业性剧场戏剧"、"大后方、上海孤岛：'剧场戏剧'再度兴起"与"沦陷区：职业化、商业化的'剧场戏剧'的繁荣"等论述框架。在多数现当代文学史与某些通史中，城市文学也成为独具形态的重要论述对象，如孔范今主编《20 世纪中国文学史》，杨匡汉、孟繁华主编《共和国文学 50 年》，张炯、邓绍基、樊骏主编《中华文学通史》。其次，由于城市文学研究，特别是海派研究的成果灿然，改变了部分或全部文学史叙述的方式。在 80 年代前后的左翼、启蒙文学史叙述中，城市文学没有应有的位置。随着李欧梵、王德威等域外研究力量的推动，由海派文学研究中抽取的

---

① 在讨论现代城市文学的论著中，严家炎先生的《新感觉派和心理分析小说》一文，可看作是这种研究的创始性论文之一。这篇论文还作为了"中国现当代文学流派创作选"选本之一的《新感觉派小说选》的前言，既是对这个流派研究的开启，同时又借助于对流派作品选集的阅读倡导而将研究的兴趣推诸众人。之后，吴福辉所著《都市漩流中的海派小说》打破了流派研究的性质，将海派作为一个自足的文学形态去认知，堪称此类著作中之最大者。尔后，李今的博士论文（一部分单篇论文在《文学评论》《中国现代文学研究丛刊》上刊出）《海派小说与现代都市文化》在承续吴福辉的研究中又增添若干新质。至此，对于现代城市文学（特别是上海城市文学）的研究已经蔚为大观。这中间还有许道明著《海派文学论》（复旦大学出版社 1999 年版）、李嵘明著《浮世代传》（华文出版社 1997 年版）以及晚近李俊国著《中国都市文化与都市小说》（中国社会科学出版社 2003 年版）等等。笔者也曾出版《都市文化与中国现代都市小说》（河南大学出版社 1997 年版）。论及海派重要作家的学术性书籍（如关于张爱玲）已蔚为大观，至于讨论海派文学的单篇论文，更难以计数。

② 钱理群、温儒敏、吴福辉著：《中国现代文学三十年·前言》，北京大学出版社 1998 年版，第 1 页。

"日常性""晚清现代性"等概念不仅为现当代文学史事实中的个体性、私人性、消费性提供了合法依据,而且已成为新的重要的文学史整体阐述原则。

更重要的是,随着 90 年代左翼与启蒙两种文学史叙述相继弱化,在文学史叙述的等级因素中,源自城市文学的现代性,特别是日常性文学史叙述几乎一枝独秀。而我们当下热衷的"市民""市民社会""公共领域"的探讨,以及 90 年代后期被神话化的"市场意识形态",更是为其提供了社会的政治与经济依据。而且,对于城市文学的研究,由于得到了来自左翼意识形态减弱、市民社会兴起的社会转型时期各种社会思潮的支持,进而以极强的历史阐述性出现,与史学研究中所谓"新史学",特别是法国年鉴学派方法中的注重民间社会形态、"公共领域"、行会、商会、社团研究相吻合,因此,关于城市文学与媒体舆论、大众传播、经济制度、学校教育、出版机构、流行生活等等公共社会领域的关联,又成为了新的热点,构成了现代中国整体史观的一种。

在此,笔者不打算全面评价这一现象(对此的评述,参见拙文)①,而只是力图梳理新时期以来城市文学研究的历程与动态。我们可以看出,现当代城市文学研究大致经历了作家作品论——流派论——形态论——文学史论——现代中国史观等各个阶段,有日渐超出传统城市文学题材、流派、形态研究范围的迹象。在许多研究中,人们的关注点,从"文学表现城市形态"开始转移至"文学对城市性的表达",甚至是基于城市性表达而来的历史观念。那么,这一现象预示着什么呢?我们似乎已经不能固守着传统的城市文学研究了,那么,为什么呢?而且,我们正在进行什么样的研究呢?

事实上,迄今为止,传统的城市文学研究大体采用了"反映论"式的研究模式,这种研究方法大都以题材为限定,同时被理解为一种文

---

① 张鸿声:《现代文学史叙述中的记忆与遗忘》,载《文艺报》2004 年 12 月 28 日。

学形态，并以坚定的社会学、历史学理论为基础，认为城市文学作品来自城市经验，是客观的城市生活的再现，因而特别适用于在表现方法上属于传统写实主义的文学作品。但问题在于：首先，题材限定固然带来了研究在社会学、历史学意义上的深入，但在一定程度上却忽略了城市生活固然造成了人们的城市意识与知识，而叙述城市时，城市意识与城市知识却往往是超出了城市文学题材和形态的。由于人们的城市知识无处不在，城市叙述也表现在非城市文学类的其他各种文学形态中，如乡土文学、知识分子文学等等，这是很难归入传统的"城市文学"研究视野的。另外，研究中对城市文学形态的限定，使某些虽属于城市题材但又不是典型城市文学形态的大量文本在"城市文学"研究中长期处于空缺位置。比如，学界对1949—1976年间城市题材文学的研究明显缺失。这体现在：在研究对象上，该时期城市题材由于不是独立的文学形态，或在研究中被略去，或者被肢解在厂矿文学、"文革"文学等中作简单描述。在阐释上，按照严格的题材与形态限定，整体的城市文学便分裂为1949年以前与80年代以后，两者之间的30年完全被排除。因此，另两个阶段的文学阐释也难以承续，以致无法将整个20世纪城市文学纳入研究范围。事实上，该时期的城市题材虽不是严格意义上的城市文学，但仍属于整体的20世纪中国"文学中的城市"体现，它必然存在着对城市性的某种想象与表述，也必然存在着某种城市叙述①。

其次，在现代城市文学作品中（尤其是上海文学），即使是对同一时期城市社会的表现，也会因作家流派的不同而表现出巨大的差异性，比如左翼城市文学与海派的创作。即使是流派内部也是如此。比如，同样表现上海，刘呐鸥与穆时英在进行着对上海的西方式想象，而施蛰存则从乡土角度看待上海；同样表现上海的乡土性，施蛰存将乡

---

① 如果采用"文学中的城市"研究，那么，各种形态文学对城市的表述，也包括非典型的城市题材文学，如京派、50—70年代城市题材，都可以纳入研究范围。

土外化于上海,而张爱玲则将乡土视为上海城市的内部逻辑。这便是城市文学的文本性,而"反映论"则忽视了文学的这一基本特征。而且,中国现代最典型的城市文学恰恰并非经典意义上的写实形态,反而以现代主义创作居多,比如新感觉派,对城市外在形态的展现似乎并不比对城市作用于作家内心感受的描摹更多。通常意义上,他们以自我强烈的主观性透入都市生活,感觉、想象成分明显多于"经验"成分。即使是茅盾的《子夜》,也有除写实之外对上海现代性的憧憬成分。这种注重对城市的心理感觉的表述,使我们很难全然以写实主义式的研究去面对它。

可以说,传统的城市文学研究,强调的是城市之于作家的经验性,但是,在文学与城市的关系中,城市文学之于城市,也绝非只有"反映""再现"一种单纯的关系,而可能是一种超出经验与"写实"的复杂互动关联。何况,城市经验之于作家,也是千差万别。因此,城市的历史与形态和城市文学文本之间便构成了极其复杂的非对应关系,这一切,可能会以对城市的不同表述体现出来。而城市叙述也绝不以城市题材为限,它可以存在于各种题材之中。也就是说,城市叙述有时存在于城市文学形态中,有时则不能表现为城市文学形态。

所以,鉴于城市文学研究自身,逐渐以"城市性表述"涵盖了"文学再现城市",从概念上来说,"文学中的城市"这一概念,要比"城市文学"能够揭示更多城市对文学的作用与两者的复杂关联。后者是立足于城市题材与形态自身,揭示城市文学的发生、发展、流变过程以及其内在构成规律,基本上属于传统的文学研究或文学史研究;而前者并不局限于城市题材与城市文学形态,它更关心城市所造成于人的城市知识,带来的对城市的不同叙述,以印证于某一阶段、某一地域的精神诉求。从方法论的角度来说,它更接近文化研究。

在国外学界,对于"文学中的城市"研究已有一些论述。Richard Lehan 出版于 1998 年的 *The city in the Litera-ture* 一书(加利福尼亚大学出版社)明确提出"文学中的城市"这一概念,而这一概念在书中主要被认为是对城市不同的叙述模式。它着重考察了欧美城市不同发展阶段文学的表现方式,除了现实主义与自然主义之外,"对高度发展和机构复杂的城市的逃避和拒斥,构成了现代主义(印象主义、唯美主义、象征主义)的源泉。现代主义转而表现城市压力的主观印象和内心现实"。有人曾这样概括其描述的城市的表现模式与过程:"现代主义的这些主题基本上对城市持否定的态度,这里也表现出作者的立场:城市从早期的神圣城市到启蒙时期的城市,最后到现代大都市,基本上处在一个不断'堕落'的过程中。与此相对应的是,城市中的人从较早时候(如巴尔扎克笔下)的活跃的、积极的参与性的力量逐渐退化为受城市控制、对城市无能为力而退缩到内心领域中的漫游者和旁观者。"①该书将商业城市、工业城市与后工业城市分别与现实主义(自然主义)、现代主义与后现代主义相对应,事实上是在找寻文学中对于城市的不同表述问题。

关于对城市的表述,德国评论家克劳斯·谢尔普(Klaus Scherpe)将其分为四类模式②。美籍华裔学者张英进对其概括如下:

"第一类模式来源于德国 18、19 世纪小说中描写的那种'乡村乌托邦'和'城市梦魇'的直接对立。在这一模式中,一种早期的、据信是平静和安宁的主观主体受到新兴的工业文明的威胁。"第二类模式见于"19 世纪批判社会的自然主义小说,其中乡村与城市的对立退位于阶级斗争。……城市的生活和经验被缩小为个人和群体的对立"。第三种模式见于现代的作品,其中"巴黎流荡子的沉思姿态"表明"城市

---

① 季剑青:《体例与方法》,《现代中国》第五辑,湖北教育出版社 2004 年版。
② 原文见克劳斯·谢尔普:《作为叙述者的城市:阿尔弗雷德·多布林的〈亚力山大广场〉》,载安德雷斯·于森、戴维·巴斯里克编《现代性和文本:德国现代主义的修正》,哥伦比亚大学出版社 1989 年版,162—179 页。未有中译本。

经验的潜在的想象力"。其"审美主体自然而然地观察审美客体,用凝视的目光捕捉和把握这客体"。第四类模式是"功能性的结构叙述",通过这种叙述,"城市因其商品和人的剧烈流动而被重新构造为'第二自然',这一新构造据其在时间和空间上的自给自足,相辅相成的方式而产生"。换言之,在第四类模式中,城市成为自己的代理人,在文本中自由地展开自我叙述。①

克劳斯·谢尔普对城市叙述的描述与 Richard Lehan 有相似之处,他们不仅都相当重视城市的表述问题,而且都勾勒出了城市表述的历史发展,并都认为在城市表述中流贯着从现实主义到现代主义的线索。所不同者在于,克劳斯·谢尔普把"乡村乌托邦与梦魇的直接对立"这一浪漫主义倾向也归之于城市表述,无疑是更加扩大了"文学中的城市"的含义。

简言之,城市不单是一个拥有街道、建筑等物理意义的空间和社会性呈现,也是一种文学或文化上的结构体。它存在于文本本身的创作、阅读过程与解析之中。如果说传统的城市文学研究较多地存在于前者中的话,那么"文学中的城市"则思索城市文学的文本性与文本的文学性,以及怎样把城市的物理层面、社会层面与文学文本有效地结合起来。像新历史主义所说的,既需探索"文学文本周围的社会存在",也要探求文学文本中的社会存在②。

二、"文学中的城市"与"城市想象"研究

在"文学中的城市"研究,也即在对城市表述的研究中,"想象"或

---

① 张英进:《都市的线条:三十年代中国现代派笔下的上海》,载《中国现代文学研究丛刊》1997 年第 3 期。

② 张京媛主编:《新历史主义与文学批评》,北京大学出版社 1993 年版,第 5 页。

"想象性"成为一个极其重要的概念与方法。在 Richard Lehan 的 The city in the Literature 中，作者一方面承认城市文本的变化是因城市的变化而来，另一方面又强调"文学赋予城市一种想象性的现实"。陈平原曾评述说："该书将'文学想象'作为城市存在的利弊得失之编年史来阅读。从'启蒙时代的伦敦'，一直说到'后现代的洛杉矶'，既涉及物质城市的发展，更注意文学表现的变迁。"①张英进在谈及他对中国城市文学的研究方法时也说：

　　我将不拘泥于某一作品所表现的城市如何写实传真，而只探讨在这种文本创作的过程中，城市是如何通过想象性的描写和叙述而被"制作"成为一个可读的作品。……我说的制作是符号性的，指的是将城市表现为符号系统，其多层面的意义需要解析破译，我将重点放在制作的过程而不是其最终的产品——作为文本的城市（或称城市文本）。②

　　作为心理学名词，"想象"一词的含义为："在原有感性形象的基础上创造出新形象的心理过程……这些新形象是已积累的知觉材料经过加工、改造所形成的。人类能想象出从未感知过的或实际上不存在的事物的形象，但想象内容总来源于客观现实。"③在谈到民族的"想象的共同体"时。汪晖指出："想像这一概念绝不等同于'虚假意识'，或毫无根据的幻想，它仅仅表明了共同体的形成与人们的认同、意愿、意志和想像关系，以及支撑这些认同和想像的物质条件有着密切的关

---

① 陈平原：《"五方杂处"说北京》，陈平原、王德威主编：《北京：都市想像与文化记忆》，北京大学出版社 2005 年版，第 546 页。

② 张英进：《都市的线条：三十年代中国现代派笔下的上海》，载《中国现代文学研究丛刊》1997 年第 3 期。

③ 《辞海》，上海辞书出版社 1980 年版，第 1596 页。

系。"①因此,在"文学中的城市"研究中,关于想象性概念的介入,并非完全摒斥文学文本的社会客观性与创作者的经验性,而事实上,它是联结创作者的城市生活经验与文学文本经由创作而造成的生活呈现的一个中介,即任何关于城市的文本都不可避免地来自城市经验,但城市文本却绝不等同于经验,因为它经过了由经验到文本的过程,这个过程其实也是想象性城市叙述的过程,城市想象其实就是一种城市表述。

在西方学界,运用想象性城市叙述理念来研究城市与城市文本已不鲜见。除了 Richard Lehan 的 *The City in The Literature* 之外。卡尔·休斯的《世纪末的维也纳》②也大致使用这一方法,将维也纳看成是由于具体的社会生活与文化情境而成为了奥地利国家的寓言。在对中国现代文学、现代城市文学的研究中,张英进出版有《中国现代文学和电影中的城市:空间、时间和性别的结构》③(未有中译本)。在国内,赵稀方讨论香港文学的《小说香港》,是运用这种方法探索文学与城市之间互动关系的学术著作。作者认为,关于香港的文学文本大致存在着三种叙述:即英国人的殖民叙述、大陆的国族叙述以及香港人的香港叙述。在英国人的殖民叙述中,香港充当了西方人"东方主义"的一个想象范本,以此印证欧洲白人的"启蒙"事业;而大陆的国族叙事则以中原心态的中心/边缘构架出发,进行"母亲!我要回来"式的香港想象。两者都忽略了香港在文化意义上的主体性。直至 70 年代,一种源于大陆价值观却又与之不同的香港意识开始出现,才逐渐产生了文学中香港的香港叙述。④

香港的情形也许特殊。对于国内城市与文学关系的研究,较早的

---

① 汪晖:《现代中国思想的兴起》第一部上卷,第 4 页。

② 中译本为黄文译,台湾麦田出版社 2002 年版。

③ 张英进:《中国现代文学和电影中的城市:空间、时间和性别的结构》,美国斯坦福大学出版社 1996 年版。

④ 赵稀方:《小说香港》,三联书店 2003 年版,第 3—7 页。

应是赵园的《北京：城与人》①。这部著作并不是一部关于北京的现代城市文学史，而是从确定北京在中国作家心理中的位置入手，事实上，是在为"文学中的北京"进行定位。在整体的 20 世纪中国现代化不可逆转的进程中，作为一种文化的共同体，北京其实替代了乡土中国的国家与文化地位，成为了中国文人的精神故乡。从这一角度出发，北京也是一个想象中的城市。它既负载着真实的物理空间，同时又被文学建构成一种文本形象。由于写作时间较早，这一著作还局限于文学形态，而对于文学又较集中于"京味"风格的分析，使其一定程度上仍保留着城市文学形态研究的痕迹，未能获得某种讨论北京想象的广泛的可能性。

有意识地倡导以"记忆与想象"来对北京城市与关于北京文学进行研究的，是陈平原先生。2005 年 10 月，北京大学 20 世纪中国文化研究中心、中文系与哥伦比亚大学东亚语言文化系联合主办"北京：都市想像与文化记忆"国际研讨会，会议刊发以及后来收入论文集的研究论文来自各个学科，其中有数篇是关于北京与文学之关系的，如梅家玲的《女性小说的都市想象与文化记忆》、董玥的《国家视角与本土化》与贺桂梅的《时空流转现代》，大体也属于类似角度的研究。在谈及"作为研究方法的北京"时，陈平原也以"文学中的城市"为切入点。他说："借用城市考古的眼光，谈论'文学北京'乃是基于沟通时间与空间、物质文化与精神文化、口头传统与书面记载、历史地理与文学想象，在某种程度上重现八百年古都风韵的设想"，"谈论中国的'都市文学'，学界一般倾向于从 20 世纪说起，可假如着眼点是'文学中的都市'，则又当别论"。而在谈到"文学中的北京"这一概念时，陈平原径用"想像"一词去表述。在《"五方杂处"说北京》一文中。陈平原说："略微了解北京作为都市研究的各个侧面，最后还是希望落实在'历史

---

① 赵园：《北京：城与人》，上海人民出版社 1991 年版。

记忆'与'文学想像'上。……因此,阅读历代关于北京的诗文,乃是借文学想像建构都市历史的一种有效手段"①。

如果说从"文学中的城市"与"城市想象"角度研究北京与北京文学还处于倡导与成果初显时期的话,那么,从这一角度研究上海与上海文学,可以说已经取得一些成果。大体来说,这种研究集中于两个方面,即一是对上海三四十年代的文学与城市研究,二是对上海90年代的文学与城市研究。

前者主要来自域外,并首推李欧梵先生的《上海摩登》。该书在总体思路上受到了本尼迪克特·安德森关于"想象的共同体"观念影响,即民族国家的兴起往往伴随着公开化、社群化的过程,并认定上海三四十年代的都市性正是中国国家现代性的一种,因此,"摩登上海"的想象,也正是对于中国现代性的建构。对于国家社会的社群化进程,李欧梵借用哈贝马斯"公共空间"的理论,对于印刷文化、媒介文化的生产、消费、传播以及再生产等城市文化生成与发展进行描述,并特别以刊物、电影、流行生活为主要表现领域,叙述城市对现代性的共同心理认同,从而剖析出上海城市现代性的特质。吴福辉先生近来的研究,如论文《小报世界中的日常上海》《老中国土地上的新兴神话》也带有类似特征。

另一种"文学中的上海"研究则立足于90年代。由80年代末开启的关于旧上海的怀旧,至90年代已经成为一种世界性文化景观,并伴随着港、台、大陆三地的热播影视作品,以及各种关于旧上海的书籍、画册、影视等,渐至峰巅。"上海怀旧"无疑是文学中上海想象在全球化语境中的一种现代性诉求,其所表现出的对于上海城市文化身份的想象性认知,乃是探讨此一问题的关键。在这方面,陈惠芬的《"文

---

① 陈平原、王德威主编:《北京:都市想像与文化记忆》,北京大学出版社2005年版,第544页。

学上海"与城市文化身份建构》①、郜元宝的《一种新的上海文学的产生——以〈慢船去中国〉为例》②，还有王晓明等人对于 90 年代王安忆上海题材创作与对程乃珊、陈丹燕的同题材跨文体写作研究等等③，大都遵循同一思路。在这些研究中，有论者指出，90 年代的上海题材文学，"为读者提供的是一个精确的关于上海的公共想象，而不是个体性的对上海、对时代和世界的体验"，"当一个作家的写作涉及上海时，他对上海的历史和现状很有可能并没有达到历史领域或现实调查所追求的那种熟悉程度，但他完全有理由从某种制度性想象直接契入，而构筑他们关于上海的想象性叙事。比如，现在流行的一些概念，像'三四十年代的摩登上海''国际大都市''日常生活'欲望''时尚''消费文化''白领''小资''中西文化交往''高速发展'等等"④，论者认为，这构成了 90 年代上海题材文学或"文学上海"的制度性因素。

由此可以看出，关于对"文学中的上海"的研究中，"上海想象"已经渐成热点，并且，其研究思路是循由"现代性想象"出发，构筑由上海城市文学而引发的关于中国社会、中国文学的现代性问题。应当说，这种研究恰当地解决了以往在城市文学题材、形态、文学史框架下研究之不足，触及了城市文学更深层次的问题，并从现代性问题上扩大了人们对文学史叙述的认知。

但是，这些研究又存在着明显不足。其最大问题在于，在论述现代性为线索的上海想象时，把日常性现代性作为主要线索，而将中国现代性中的关于"国家""革命"的现代性搁置一边，因而，在研究对象

---

① 陈惠芬：《文学上海与城市文化身份建构》，载《文学评论》2003 年第 3 期。
② 郜元宝：《一种新的上海文学的产生——以〈慢船去中国〉为例》，载《文艺争鸣》2004 年第 1 期。
③ 比如王晓明：《从"淮海路"到"梅家桥"——从王安忆小说创作的转变谈起》，载《文学评论》2002 年第 3 期。
④ 郜元宝：《一种新的上海文学的产生——以〈慢船去中国〉为例》，载《文艺争鸣》2004 年第 1 期。

上,30 年代左翼上海与 50—70 年代上海及其文学基本上仍不被纳入视野。有人认为:"李欧梵在《上海摩登》中重构了旧上海物质文化生活和消费主义的精神时尚地图。……《上海摩登》重绘了一幅夜晚的地图、消费的地图、寻欢作乐的地图,同时却遮蔽了白天的地图、生产劳动的地图、贫困破产的地图,从根本上来说,也就是用一幅资产阶级的地图遮蔽了无产阶级的地图,用资产阶级的消费娱乐遮蔽了无产阶级的劳动创造。"①事实上,虽然李欧梵在其他一些文章中多次谈到关于"革命"的现代性问题,并认为"《新青年》思潮背后的一个新的意识形态和历史观","导致了一场惊天动地的——也影响深远的——社会主义革命。我认为这些都是中国人对于'现代性'追求的表现"②,但在对具体的上海文学的论述中,恰恰又以日常性现代性遮蔽了其他,表现出文学史叙述中刻意追求"中心性"的弊病。因而,立足于三四十年代上海资产阶级的摩登文化的上海想象,便构成了左翼角度的"上海遗忘"。对于五六十年代上海文学与城市的研究,除了张旭东在文章中偶有提及,几乎不被人看作研究对象。其间的原因,仍是以日常性城市叙事代替了多元现代性叙事,不能被日常性现代性所叙说的五六十年代上海文学当然也就没有了研究的价值与可能。

可以看出,在对三四十年代上海与 90 年代对上海以及其文化的研究当中,某些研究者倒是犯了一个与其研究对象(即这两个时代的文学文本)同样的错误。文学创作者基于中国全球化的想象构筑了文学中的上海,而研究者同样也如此,因为,只有三四十年代海派文学与 90 年代关于上海的文学,是充分意义上的全球化想象的产物。③ 两者

---

① 旷新年:《另一种"上海摩登"》,载《中国现代文学研究丛刊》2004 年 1 期。

② 李欧梵:《漫谈中国现代文学中的"颓废"》,《中国现代文学与现代性十讲》,复旦大学出版社 2002 年版,第 52—53 页。

③ 较能克服这种弊病的是吴福辉先生,他的一系列讨论海派文学特征的论文很值得注意。比如《老中国土地上的新兴神话》《新市民传奇:海派小说文体与大众文化姿态》《洋泾浜文化·吴越文化·新兴文化》都包含了从中国本土性看待海派的视角,见出他的智慧之处。

构成互文关系，其实是不同时期对同一问题的表现而已。另外的几种中国现代性如"启蒙的现代性"与"革命的现代性"，既不被这两个时期的文学表现所重视，也不被纳入到研究者视野。因此，研究界事实上也无法跃出被批评者的窠臼，因而，对所谓"上海想象"的研究仍不是一种完整的"文学中的上海想象"。

三、文学中的"城市想象"：研究的对象、方法与策略

笔者认为，对中国现代"文学中的城市"研究与"城市想象"研究，作为一种范式，它必须有明晰的阐述策略与阐述范围。基于现有的"文学中城市"研究，我们应注意到两点：

其一，在方法上，"城市想象"研究的基础在于将文学中的城市经验与城市叙述分离开来，也就是说，"文学中的城市"在很大程度上是不断被赋予意义的，而不完全是城市的自我呈现。在我的看法中，"文学中的城市"其实有两个，一个是文本意义上，或被文本意义所堆积起的；一个是实际的、作为地域存在的城市。以北京和上海为例，北京在20世纪文学中，在不同时期分别被赋予了帝都、家园、社会主义首都与全球化城市等意义。而上海的情形则更复杂。在文学中，上海不断被赋予各种现代性意义，成为一种现代城市知识的共同体。如反殖民与独立的国家意义、传统形态向现代形态过渡的现代化意义等等，并以此构筑了上海文学或"文学中的上海"强大的现代性身份，它可能冲淡乃至瓦解了作为实存的"上海"多元、复杂的东方城市特性，以及作家个体的上海经验。

城市"经验"与"想象"分离的深刻内涵，在于人们城市知识中的文化诉求。一般来说，城市的文化身份是多元的、不统一的，甚至是非逻辑的，而在人们对城市的集体的想象性叙述中，却往往将它整体化、中心化、逻辑性起来，从而导引出对城市的公共性认知，并在此基础上，

表达城市"经验"①。而事实上,根据这样的认知表达出的,往往已经不再是"经验",而是"想象"。比如,基于国人的现代性想象,渐渐产生了关于上海的公共知识,也造成了近代以来关于上海文学的总体风貌与主流,并构成了文学表现上海的中心性。这一超越经验的文学写作有着意识形态特性以及意识形态化的过程,并推广成全国性的普遍化的城市知识。但是,它与复杂、多元的上海特性、上海"经验"并不完全对等,或者若即若离。此间的原因在于,上海作为一个近代中国极为特殊的城市,其本身的现代性逻辑之强大,也在于对世界主义背景下整体的所谓"中国现代性与中国现代化"的向往这一民族的"想象的共同体"。在这里,上海实际上充当了现代中国民族国家主体性建构的最大载体。因此,供人阅读的"文本上海"与作为地域城市的上海是有较大差异的。也因此,"文学中的上海"与关于上海的文学表现出区别于其他地域文学的特质,通常来说,在形式与文体上排斥地域的经验性,以突出其国家意义与现代性意义。

其二,在阐述范围上,"文学中的城市""城市想象"既然成为一种研究范式,就必须注意到研究对象的完整性,而不能在遗忘大多数对象的情况下完成研究。笔者认为,对 20 世纪"文学中的城市想象"研究,必须包括晚清和左翼文学,也应包括 50—70 年代的文学。其实,晚清民初小说已经开始在世界主义的背景下展开对于城市现代性的想象。在梁启超等人的政治乌托邦小说、韩邦庆等人的侠邪小说与李伯元、刘鹗等人的谴责小说以及后来的鸳鸯蝴蝶派小说中,文学中的

---

① 霍尔认为,文化身份"决不是永恒地固定在某一本质化的过去,而是屈从于历史、文化和权利的不断'嬉戏',他还认为,"把'文化身份'定义为一种共有的文化,集体的'一个真正的自我',藏身于许多其他的、更加肤浅或人为地强加的'自我'之中","按照这个定义,我们的文化身份反映共同的历史经验和共有的文化符码,这种经验和符码给作为'一个民族的我们提供在实际历史变幻莫测的分化和沉浮之下的一个稳定、不变和连续的指涉和意义框架"。也就是说,文化身份并不客观也不固定,但我们总在寻找它"共有的文化"来叙述它,这就可能取决于与某种国家民族意志相关的"共同体"。见斯图亚特·霍尔:《文化身份与族裔散居》,罗钢、刘象愚主编《文化研究读本》,中国社会科学出版社 2000 年版,第 208 页。

上海分别被赋予了现代民族国家、"文明的出张所"与隔离于内地的"飞地"等想象意义，呈现出近代以来上海想象的初步状态。而且，几种想象都以上海融入世界作为潜在框架，呈现出"去中国化"与"去内陆化"的特征。梁启超《新中国未来记》、陆士谔《新中国》、徐念慈《新法螺先生谭》等都以未来完成时态将上海当作中国现代化的完成地，这源于中国在资本主义世界格局中对边缘文化的焦虑与摆脱焦虑的努力，更表明了对当时世界主导格局的认同，甚至不乏"西方主义"式的成分。鸳鸯蝴蝶派描写上海新事物，固然带有写实的经验成份，但作者的"维新是求"的写作风气与对上海繁华的中心地位的认定，也是立足于"新""变""奇"等现代性基础上的。而谴责小说中关于上海腐败、堕落等种种指摘，则初步将上海与乡土中国作了时间与空间意义上的想象性分离。

再如左翼。对于左翼文学来说，城市知识其实就是国家知识，城市叙述扩大为国家意义的表现，其个体的城市经验几乎不存在。《子夜》对上海叙述的前提，是茅盾对于国家问题的表达，城市构成了茅盾以上海表述中国国家性质的基础。因而，茅盾是以上海转喻整个国家，或者说《子夜》是一种在国家意义上的"上海想象"。在世界范围中，茅盾采用西方中心/东方边缘的格局，上海被茅盾当作殖民地国家文本，以民族资本主义工业的破产来表现其在全球资本主义格局中的边缘性。在国家内部，茅盾采用城市（中心）/乡村（边缘）的格局，又从潜在层面上对上海作了充分资本主义化的想象描述，在对吴荪甫、吴老太爷的表现中，对上海作了现代性的憧憬与非中国化的想象。

再说50—70年代"文学中的城市想象"。这一时期的城市题材虽然不是严格意义上的城市文学，但仍属于整体的20世纪"中国文学中的城市"的体现，它必然存在着对城市的某种想象与表述。按照梅斯纳、德里克、汪晖等学者提出的"社会主义现代性"的论断，这一时期中国城市仍然具有某种特殊的现代性。它虽然被消除了全球化、日常性、私性、消费性等内容,但国家意义上的公共性、组织社会与大工业逻辑等特性却被极度突出。这是社会主义国家城市想象的基础。它不仅与当时意识形态反对资本主义的现代性有关,也是近代以来民族国家建构的必然。因此,该时期的文学在城市溯源上大致采用断裂论与血统论理解,即消除城市的文化传统与口岸城市基础,确立城市唯一的左翼国家革命起源,如《上海的早晨》《春风化雨》《霓虹灯下的哨兵》等。在价值立场上,大多消除个人性、日常性与消费性,突出国家公共性,如《年青的一代》《千万不要忘记》《万紫千红总是春》等。同时,国家政治保障下的工业生产特性得到空前强调。工业题材不仅被巨量生产,而且往往伴随着重大国家生活描写,并以排除其他生活、文化形态为代价。如艾芜、草明、萧军等老作家与胡万春、唐克新、万国儒、陆俊超等工人作家的作品,也包括"文革"时期大量的工业、车间文学。在文体上,也造成了特殊的形态,文学的个人性、地域性极弱,整体上属于国家风格。

当然,由于近现代城市性的复杂与多元,事实上,文学中的城市叙述也处于一种非中心的、多元的和不统一的状态。我们在论述"文学中的城市""城市想象"时,应注意到这一研究范式对于文学阐释的有限性。笔者认为,"城市想象"研究所持的观点与方法,在整体的现代文学研究中具有某种边缘性,其本意在于抗拒关于城市文学的社会学研究的中心性。虽然这种研究范式具有一定的阐释空间,但也只能作为对城市与文学关系的一个方面的揭示,与以往的城市文学研究并不是(也无法做到)彼此的替代关系,而是相互借鉴,相互补充。因此,要避免使其成为一种新的文学历史化、本质化过程,避免使论述呈现出一种新的中心化,在或记忆或遗忘的情形下强行对文学或文学史进行注解,或者作为文学史阐述的标尺。

囚禁在现代性下的城市文学

——对 1980 年代以来城市文学研究的反思

张惠苑*

不可否认,关于城市文学的研究存在着众多的研究维度。如陈晓兰所说,在众多研究维度中不同于西方强调"文学中的城市",中国的学者强调的是"城市中的文学"。这种强调也决定了中国学者的研究方向:"特别强调城市文化的地位和作用,都市文化对文学的影响,同时又把'城市文学'作为城市文化的反映和组成部分,通过文学来印证、丰富城市文化……"①用文学来反映和印证城市文化的研究思路是研究方向上的选择,本没有什么可以质疑的,但是就目前的城市文学研究现状来看,这种研究思路还是存在着问题的。

问题主要表现在以"城市中的文学"为研究方向的城市文学研究,由于深受现代性理论的影响,导致了在我们讨论城市文学时都不自觉地将研究对象放在一个西方的理论框架中,以致文学研究被西方的城市理论牵着走,没有看到中国城市文学的独特性。可以说,现代性的指导下解读城市文学研究,一定程度上遮蔽了中国的城市文学的本土性。

* 张惠苑,杭州师范大学教育学院副教授。本文原载《宁夏大学学报》(人文社会科学版)2013 年第 3 期。

① 陈晓兰:《文学中的巴黎与上海》,广西师范大学出版社 2006 年版,第 12 页。

一、现代性下的禁锢：以城市文学定义的争论为切入口

目前城市文学研究的主流方向就是自觉地将研究纳入到西方现代性的理论框架中进行，在现代性的理论指导下界定城市文学的概念，并以此阐释具体的城市文学创作。正像陈晓明在 1991 年对当代城市文学研究的理论来源所做的总结："中国当代文学中出现的'都市意识'显然是受了西方现代主义思潮（尤其是存在主义）的影响，……其主题强调的重点在于：都市空间构筑的压抑感、孤独焦虑心理、个人与社会与他人的偏离、无处皈依的末世情调等等。"①陈晓明不仅认为城市文学②的创作是在现代性的影响下进行的，而且城市文学的研究无疑也是要按这种创作潮流的理论基础进行阐释。那么，西方现代性理论是如何进入 1980 年代以来城市文学研究的领域呢？笔者试图从城市文学的概念的争议入手，探求城市文学研究的思维方向是如何一步步进入现代性的框架中。

正如周宪所说："现代性既是一个充满了矛盾和歧义的概念群，又是一个充满了张力的历史过程，它涉及许多不同层面的现代发展及其复杂的互动关系。"③面对如此复杂的概念，并要在这个概念之下探讨城市文学的研究，当然有必要对现代性进行概念的界定。笔者对现代性的界定，是建立在中国当代城市发展的语境下，针对的是大多数城市文学研究在借用现代性概念时，基本认同的现代性的内涵。现代性

---

① 陈晓明：《末路寻踪：在都市与历史之间——一九九〇年〈花城〉中篇小说综评》，《花城》1991 年第 5 期。

② 这里用城市文学来替换陈晓明在文章中的都市文学，并不是偷换陈晓明的概念。而是陈晓明在论述都市文学与城市文学的概念区别的时候，并不认为这两个概念有着绝然的区别，两个概念在当前研究界的实际运用过程中是可以替换的。详见陈晓明：《城市文学：无法现身的"大他者"》，杨宏海主编：《全球化语境下的当代都市文学》，社会科学文献出版社2007 年版，第 3 页。

③ 周宪：《审美现代性批判》，商务印书馆 2005 年版，第 56 页。

是一个从西方引进的概念。在文学研究的领域对它的接受和推广应该始于80年代中期。① 它首先是一个与"传统"和"古代"相对的时间和历史概念。具体到城市现代化语境中，主要是指与封建乡村文明相区别的现代城市文明。齐美尔对现代性的这一内涵的界定和解释更为具体。他认为现代性首先展现的是诸多层面的变化：社会分化加剧，社会关系越来越趋向于功能化，主体文化与客体文化的鸿沟越来越深，个人文化的萎缩，但物质文化异常发达，人的文化最终沦为物的文化。② 在具体的大都市的生活中现代性又表现为大都市与货币经济的双重紧张：在大都市生活中，一方面是死板的客观化形式，另外一方面是动态变化的社会关系；在货币经济中，一方面是交换的社会关系的物化，另一方面是动态的商品流通。③ 简单概括就是，中国当代城市文学研究所借鉴的现代性概念主要表现在现代性的工具理性指导下物化过程对城市的形塑。④

---

① 关于现代性概念在当代中国引入的时间，周宪认为是在90年代以来。在文学领域，对现代性的接受和反思比经济领域对这一问题的感知更加早一些。1985年文学界在谈到改革文学的时候，虽然没有明确地提到文学中的现代性的问题，但是已经涉及文学要关注当前改革所代表的现代化发展现实的问题。吴亮在1985年到1987年发表的一系列论文和随笔，谈到城市发展的现代化进程对文学的逼近。这些文章从文学的角度反思现代性之于城市生活和城市人的意义。所以本论文就文学研究的角度对现代性的接受的时间起点定在1985年。详见周宪：《审美现代性批判》，北京：商务印书馆，2005年版，第4页。《与时代同步——城市改革题材创作座谈会侧记》，《清明》1985年第1期。《文学如何适应经济改革的新形势——文学界经济界部分同志座谈会发言摘要》，《当代作家评论》1985年第1期。吴亮：《对城市生活的文学反思》，《文艺评论》1987年第2、3、4、5、6期。吴亮：《城市人：他的生态与心态》，《上海文学》，1986年第1期。吴亮：《文学与消费》，《上海文学》1985年第2期。
② 参见周宪：《审美现代性批判》，商务印书馆2005年版，第67页。
③ 同上。
④ 葛红兵曾经从以下两个方面给予城市的现代概念予以界定：1）以政治经济学意义上个体的人为经济活动的基本单位。这个思想在柏拉图的《理想国》中已经有了，虽然柏拉图主张集权控制，但柏拉图的城邦奠基基于市场化的产品买卖，现代城市是经济自由人的联合体，这是现代城市区别于封建乡村的很重要的方面。2）以伦理意义上的个体的人为文化活动的主体，这是现代城市在文化区别于封建乡村文明的方面，封建文明是不可能产生现代都市所必须的个体文化。葛红兵的界定实际上也是在强调以工具理性为代表的现代性对城市物化的指导。葛红兵：《构建都市精神与发展城市文学》，《文艺报》2001年8月14日，第002版。

要具体谈现代性对城市文学研究的指导,就要深入 80 年代以来文学对"城市文学"概念的界定过程中。什么是城市文学,是城市文学研究的一个基本,但又是非常重要的问题。这个概念的界定以及与之相关的一些争议,可以看到整个城市文学研究的理论导向和话语变迁。

城市文学的定义演进经历了两个阶段,并在这两个阶段中还夹杂着一些质疑和争论。

(1) 第一个阶段是以题材作为城市文学定义的核心。1983 年在北戴河召开的我国首届城市文学理论笔会,给出了城市文学的初步定义:"凡以写市人,城市生活为主,传达城市之风味,城市之意识的作品,都可以称做城市文学。"①之后,蒋守谦在《城市文学:一个有意义的文学命题》中沿用了 1983 年北戴河会议上的城市文学的概念:"广义地理解,在新时期文学中,凡是以城市生活为描写对象的作品,都可以名之曰'城市文学'。"②在 1983 年到 1988 年期间,学术界对城市文学的定义主要强调的是题材来自于城市生活的文学作品。这个定义是广义的,同时也是富有弹性和生命力的定义。这个定义之下仍旧有很多的研究空间可供学界探讨,比如什么是城市生活,城市生活所辐射的城市意识和城市风味是什么。

很快研究界对从题材方面界定城市文学提出了质疑。最先提出质疑的是曾凡在《现代文明的自我意识——对"城市文学"的一种理解》中说到"现代意识其实不过是城市意识的变种,是被自觉到了的经过抽象与升华的城市意识。城市是现代意识的发源地。对于城市文学来说,梳理独立的城市意识,就是树立自觉的现代意识"③。这里曾

---

① 幽渊:《城市文学理论笔谈会在北戴河举行》,《光明日报》1983 年 9 月 15 日。
② 蒋守谦《城市文学:一个有意义的文学命题》,《文学自由谈》1988 第 1 期。
③ 曾凡:《现代文明的自我意识——对"城市文学"的一种理解》,《文论报》1987 年 8 月 1 日。

凡将现代意识等同为城市意识。张韧在 1988 年《开拓》第 1 期上发表的文章《现代都市意识与城市文学》中，首次提出现代意识是城市文学的灵魂问题："城市文学不仅是题材问题，关键在于是以陈腐的传统观念，还是以现代意识去关照正在蜕变中的城市生活和都市人的复杂心态。所以说，现代都市意识是城市文学灵魂。"[①] 在这种质疑中，已经看到了现代意识在城市文学中的渗透，并且在 90 年代初很快得到了普遍响应甚至扩大。

（2）第二个阶段是以都市文学概念的引进为标志，90 年代中期以来现代性对城市文学研究的指导迅速蔓延。文学研究对城市文学内涵的阐释更多的是从城市现代化的角度展开，落脚点是城市现代化的运转法则物化——即市场化和商品化——对人们的生活和观念的影响。最先对张韧的现代意识给予响应、明确提出鉴别城市文学存在与否的唯一标准就是是否有现代意识的，是陈辽的论文《城市文学的可能与选择》。这篇论文中陈辽认为："所谓城市文学是指作家以现代城市意识反映、观照和描写城市现代化进程的文学作品。这样的城市文学，只有在九十年代才可能出现，而且已经出现了。"[②] 陈辽强调反映城市现代化进程是鉴别城市文学与否的唯一标准，"为什么从五十年代起，我国不再有'城市文学'的说法了呢？……城市生活缺少现代化进程为城市文学提供了可能性，文学自身也缺少反映城市生活现代化进程的可能性，于是就决定了我国有几十年时间不再出现城市文学"。[③] 陈辽以现代化作为评定城市文学存在与否的标准之外，还以此为标准认为解放后到 80 年代以前没有出现城市文学。原因就在于那些伪城市文学没有符合城市文学的现代性要求。此时，研究界还在城市文学的概念下谈论现代性的问题。

---

① 张韧：《现代都市意识与城市文学》，《开拓》1988 年第 1 期。
② 陈辽：《城市文学的可能与选择》，《唯实》1994 年第 8 期。
③ 同上。

　　研究界随后不再满足于城市文学这个概念,他们急需引进一个更为具体和绝然的概念,让城市文学与乡土文学彻底区别,并能完全地反映当下城市化进程对文学的影响。于是"都市文学"的概念很快在城市化进程的浪潮下诞生了。早在 80 年代末到 90 年代初"都市文学"就已经被文学界提及并应用。只是此时都市与城市之间的概念还没有被清晰地界限,都市在一定程度上就等同于城市,指以上海、广州等为代表的大城市。他们对都市文学的定义:"所谓都市文学,是指反映都市生存情境及人在其中的生活状态的文学作品。这是以作品题材的地域范围加以界定的概念,也是一个极为宽泛的概念。"①将之与 80 年代初北戴河会议上确立的城市文学的概念相对比,会发现除了一个用都市、一个用城市以外,在概念的内涵上两者是没有区别的。由此可以看出,在 80 年代学界用的都市文学基本上就等同于城市文学。同时研究者主要用都市文学来阐释现代文学中的新感觉派、茅盾等的以上海为中心的城市文学创作,比如孙中田的《子夜与都市题材小说》(《文学评论》1985 年第 3 期)、余凤高的《穆时英的小说创作》(《浙江学刊》1986 年第 3 期)、李俊国的《都市陌生人——析施蛰存的小说视角兼谈现代都市文学的一种审美特征》(《湖北大学学报》1988 年第 4 期),等等;或者介绍域外或港台的都市文学作品,如李纯德的《物欲世界中的异化——日本"都市文学"剖析》(《世界博览》1989 年第 4 期)、朱双一的《80 年代台湾都市文学》(《福建论坛》1991 年第 1 期)、粟多贵的《试论香港当代都市女性文学的审美特征与变异》(《世界华文文学论坛》1991 年第 2 期),等等。

　　从 1990 年开始,都市文学才以一种现代性的姿态呈现在城市文学研究当中。1993 年张颐武发表了《对现代性的追问——90 年代文学的一个趋向》宣告"对'现代性'的追问业已成为'后新时期'文化的

---

① 朱双一:《八十年代台湾都市文学》,《福建论坛》1991 年第 1 期。

重要潮流之一"①。张颐武认为："'现代性'在汉语文化中究竟居于何种位置？'现代性'赋予我们的激情与诗意是如何作用于我们的身体/语言的？我们如何跨出'现代性'的门槛？"这些问题已经成为我们探索"后新时期"文化特性的重要方面。② 张颐武的这篇文章反映了文学界对现代性问题的热烈响应。此时文学界对现代性的理解就是面对经济的飞速发展，现代化进程的加快，文学要对这个日新月异的时代进行回应。

都市文学概念的引进不仅仅是一个以文学为本位的单纯学术探索，它更具有文学在经济发展督促和压迫下适时应景的意味。1993—1995年《上海文学》和《特区文学》的编者按和卷首语可以很好地注释经济发展（主要表现为城市化进程的加快）对文学的逼迫。1993年第11期《上海文学》的"编者的话"提到了物化时代到来对文学的挑战，"物化时代的文学其危机并不在于它承受着物的挤压，而是在于作家有没有能力对这一环境作出它所应有的反应"。1994年第2期《特区文学》的"卷首语"说："'新都市文学'是时代的产儿。她以改革开放为精髓，以经济体制的嬗变和生产力的发展为血肉。她是新时期的一个标志，是历史前进的见证者。"③在1994年第5期的《特区文学》中，编者还强调，倡导"新都市文学""是基于对新时势的审视，对'市场经济'条件下文学发展路向的一种探索"④。1995年第1期《上海文学》的"编者的话"写道："我们看到人类居住的这个星球，全心全意只在为'经济'而转动了……'经济'对社会的笼罩，'经济'对人性的遮蔽所滋生的新问题已经产生。"⑤所以无论是"新都市文学"还是"新市民小说"等概念的提出，都有表现出文学界生怕被时代步伐落下的从众心

---

① 张颐武：《对"现代性"的追问》，《天津社会科学》1993年第4期。
② 同上。
③ 《特区文学》(卷首语)1994年第2期。
④ 《特区文学》(卷首语)1994年第5期。
⑤ 《上海文学》(编者的话)1995年第1期。

理,就像李洁非总结的那样:"可以看出经济体制的转型,人们对现代化认识的经济化,促成了人们对文学的方向的转型,看似被城市化,市场化推动,整个文学的世界观被现代化下的物化所左右。"①

如果《上海文学》1994年第5期提出的"新市民小说"还不能说是明确地提倡"都市文学"的话,1994年《当代文坛》和《特区文学》则是旗帜鲜明地打出了"新都市文学"的旗帜。1994年春《当代文坛》提出了"新都市小说"的概念,并于第9期推出了"新都市小说系列展"(《清明》1994年第4期)。《当代文坛》十分明确地表示这次策划的目的是:"意在倡导一种现代感的新都市小说。它呼吁作家以强烈的现代意识、自由的表达方式、站在文化的高度观照富有历史前沿气息的现代都市文明,从深层结构把握现代文明和现代人的悖论与选择,摹写都市人的生存状态,展示都市人的心路历程,体验生命本体,寻找精神家园。"②1994年《特区文学》也在第1期打出了"新都市文学"旗帜,整个1994年《特区文学》从文学创作到理论探讨都围绕着"新都市文学"这个主题。虽然"新都市文学"的概念在这次探讨中并没有得出确切的结论,甚至还存在矛盾的地方。但是主办方打出"新都市文学"这面旗帜的初衷是很明确的,就是主张"新都市文学"是改革开放的产物,是为了见证经济发展而宣告诞生,"新都市文学"的概念的核心内容就是要有"都市意识"。就像《特区文学》1994年第2期的卷首语和何继青的《其实是一种文学精神》中所强调的"新都市文学"的"都市",是指"真正意义上的现代化城市"③,是"现代政治与现代经济的集中体现,是社会关系发生变革的先导"④一样,这个"都市意识"必然深深地打上现代性的烙印。

---

① 以上论述详见李洁非:《初识城市》,《当代作家评论》1998年第4期。
② 《当代文坛隆重推出"新都市小说"》,《清明》1994年第4期。
③ 《特区文学》(卷首语)1994年第2期。
④ 何继青:《其实是一种文学精神》,《特区文学》1994年第3期。

除此之外，这时期一些有关都市文学的研究性论文逐渐出现。戎东贵在《新时期都市文学的发展和走向》（《当代文坛》1995 年第 1 期）、黄伟宗、李红雨等的《拉开重构文学格局的序幕——关于"新都市文学"的对话》（《特区文学》1996 年第 2 期）、胡良贵在《当代都市文学的形态》（《小说评论》1996 年第 5 期）分别提出了自己的都市文学的定义。① 他们的界定都明显更加强调"都市文学"要表现现代化发展所带来的都市文明和都市意识，并强调"在文化的指谓上和建立在自然经济基础上的传统意识关照下的文学相区别"②。陈晓明还对都市文学中的都市意识的内涵进行了阐释，强调都市意识重点在于"都市空间构筑的压抑感、孤独焦虑心理、个人与社会与他人的偏离、无所皈依的末世情调等等"③。可以说 90 年代初都市文学的提出具有一种急迫性。这种急迫就像有人说的都市意识"必须从人类历史进程无法阻挡的角度首先投入对都市和工业化社会的都市化进程的热爱而非厌恶，对都市生活方式（如繁忙、喧嚣、复杂、流动等）的理解而非抗拒……而恪守传统的农业社会和非都市社会的价值立场去评价当代的都市生活，则不是隔靴搔痒，就是盲人摸象"④。

伴随着 1994 年、1995 年《当代文坛》《特区文学》和《上海文学》推出的"新都市文学"和"新市民文学"的旗号，都市文学很快为研究者们所接受。笔者统计从 1994 年开始到今天，关于城市文学的大型学术研讨会基本上引用的概念都是都市文学。除了 1994 年深圳《特区文学》开展的"都市文学讨论"外，1998 年 5 月 19 日华南师范大学中文系在该校组织了"南方都市文学"研讨会，并在同年《学术研究》第 8 期发表了一系列关于南方都市文学研究的论文。2004 年 12 月 7 日在湛江

① 参见戎东贵、陆跃文：《新时期都市文学的发展和走向》，《当代文坛》1990 年第 1 期。胡良贵：《当代都市文学的形态》，《小说评论》1996 年第 5 期。
② 司徒杰、钟晓毅：《圆梦都市文学》，《广州文艺》1995 年第 2 期。
③ 陈晓明：《末路寻踪：在都市与历史之间》，《花城》1991 年第 5 期。
④ 扬苗燕：《摇动的风景——都市文学与都市意识随想》，《特区文学》1996 年第 2 期。

举行的"全国都市文化与都市文学"学术研讨会,2005 年在深圳举办的
"中国当代都市文学研讨会"等都是围绕着"都市文学"展开讨论。但
是很快学界不再满足于"都市文学"仅是"城市文学"衍生的一个概念,
更希望用"都市文学"来替代城市文学以期符合当下城市文化发展的
现状。陈晓明将都市文学的这种指向表述得非常明确:"'都市文学'
确实更接近关于城市文学的理想性概念,只有那些描写大都市生活的
作品才更能体现城市精神。"①这里陈晓明已经明确地表示都市文学
是比"城市文学"更能接近城市文学理想状态的概念。这种"更能接
近"的根源就在于它更具"现代性意识"。

　　可以说都市文学的引进一方面可以看作是文学对当下经济发展
的及时反应,就像 2004 年在湛江举行的"全国都市文化与都市文学"
学术研讨会为"都市文学"定的基调一样:改革的深入,经济的发展,
城市化进程的加快,特别是"一些中心城市更向着消费型大都市发展,
由此产生了相应的文化和文学现象,都市文化与都市文学进入学界的
视阈",并且都市文学已经归纳入当代都市文化建设的一部分②。可
以这么说,都市文学的提出,强调在一定程度上就是文学为赶上城市
现代化进程的发展而应运而生。从 1993 年开始从深圳、广州等地积
极打造岭南都市文学的亢奋劲头来看,打造都市文学背后的动机不排
除众多城市为跨入大都市所做的文化准备。另一方面也可以看到文
学在经济面前的被动。这种被动隐含着城市文学研究的危机——过
于急迫地想追上时代发展的步伐,缺少反思与沉淀,过于草率地在城
市与乡村,现代与传统之间划清界限,结果让我们对城市文学的认识
失之肤浅,流于表面。

---

　　①　陈晓明:《城市文学:无法现身的"大他者"》,杨宏海主编:《全球化语境下的当代都
市文学》,社会科学文献出版社 2007 年版,第 3—4 页。
　　②　张景兰:《都市文化与文学:问题与阐释——全国"都市文化与都市文学学术研讨
会综述"》,《文艺理论研究》2004 年第 1 期。

本来都市文学应该从属于城市文学这个更大的概念,就是说,都市文学只不过是城市文学的子集,前者是后者衍生的一个文学概念。由于城市文学的"城市"中还涵盖着城镇这些与乡土文学相联系的模糊地带,导致学界对都市文学的概念赋予了过多的意蕴。在笔者看来,都市文学中的"都市"指向的是从城市的规模、人口密度等方面较为完善的现代化城市,都市化在一定意义上就是现代化。在文化姿态上它与共时性的乡村、历时性的传统实现了彻底断裂。因此,都市文学概念的蔓延和广泛接受,也可以看作是标志着城市文学研究已全面纳入现代性理论指导之下,但是,笔者并不认为都市文学概念可以取代或涵盖城市文学这个概念。

(3)此外在城市文学定义衍生的两个阶段之间,还产生了一种质疑。这种质疑主要表现研究者对城市文学的考察除了自觉地向都市文学靠拢以外,也开始对90年代以前中国是否有城市文学提出质疑,并试图以现代意识为标准重新厘定梳理城市文学的起点。

1998年李洁非开始对中国城市文学的发育状况提出疑问。他认为:"中国的城市文学之所以在过去一直没有发育起来,也恰恰在于中国城市社会尚不处在物化状态,商品经济因素虽非毫无,但却是在极低的水平上存在着,故而物的力量远未增长到足以令人压抑、反受其制的程度,相反,倒更多地领受的是物之匮乏。"[1]很明显,在他的论断中,在没有发达商品经济和物质发展的社会,城市文学是不可能发育起来的。如果李洁非的观点还是初步诊断的化,不久,葛红兵从这个诊断出发,对中国城市文学的起点下了断语:"90年代以前中国是没有真正的城市文学的,有的是反城市文学和拟城市文学。"[2]葛红兵否定了90年代以前城市文学的存在,并在2001年的文章中继续为这种判断论证:"20世纪80年代以前的中国文学即使是城市人写的,写的也

---

① 李洁非:《城市文学之崛起:社会与文学背景》,《当代作家评论》1998年第3期。
② 葛红兵:《在主流与非主流之间》,《广州文艺》1998年第5期。

是城市里的事情，但不能算城市文学。"①与葛红兵一样，2002年李洁非在《都市文学游走在中国现实中》认为解放后三十年没有一部作品"真正是在演绎'城市'这个概念……完整地看，现代城市是由两种东西缔造的，即工业化和市场经济，二者缺一不可。……一言以蔽之，只有在商品原则之下，现代城市才表达着它的意志，否则，它的存在是没有理由的。……也正是在此背景之下，九十年代有一种叫做城市文学的东西应运而生，来势强劲，一下跃升为我们最重要的文学景观"②。不难看出，李洁非和葛红兵对城市文学有无的评判标准是建立在当时社会现代性城市是否成熟的基础之上的，物质是否发达与丰富，是产生城市与否的标志，文学有没有表达工业化和市场化所代表的自由主体的生命表征和体验，也是城市文学是否出场的标识。

当现代意识取代城市意识成为城市文学内涵的本质，当有人开始断言没有物质丰厚的城市何来城市文学的时候，其实这种断言一下子就将现代城市文学阉割了50年。基于此研究者解读下的城市文学就日趋苍白、令人厌弃。甚至文学的研究者开始将对城市化下的城市病的诅咒，扩散到对城市文学的作品的解读当中。就像李洁非所认同的文学对城市物化的表现"描述在'物的挤压'中的生活状态的城市文学也没有罪过，更不是'污染'"③，笔者想要说明的是，物化作为城市现代性的一种表现，的确是城市文学不能忽视、必然要表现的方面，但是如果在文学观照下城市呈现出的仅仅是这么金灿灿、赤裸裸的一面，我们的城市文学还能走多远？

---

① 葛红兵：《构建都市精神与发展城市文学》，《文艺报》2001年8月14日。

② 李洁非：《都市文学游走在中国现实中》，《社会科学报》2002年2月7日。

③ 李洁非：《初识城市》，《当代作家评论》1998年第4期。

二、断裂中的反思：现代性下城市文学的困境

如周宪所说"研究者很容易落入西方现代性理论所预设的种种思路和指向的窠臼，进而忘却了中国问题的差异性和特殊性，满足于以外来理论论证中国问题，最终导致遮蔽中国问题特性而虚假地证明了西方理论的普遍有效性"。① 现代性指导下的城市文学存在这样的问题。现代性作为城市文学研究的一个重要思维方式，它所表现的特征不能代表城市文学的全部，而只能表现城市化进程飞速发展的今天，城市文学所呈现的一些特质。如果我们的研究局限在现代性的思维框架之中，以偏概全，就会让城市文学研究陷入自我禁锢的误区。

在现代性指导性下的城市文学研究首先要反思的就是，有没有在研究中将城市文学的创作和发展与传统和历史断裂开来，从而导致城市文学的创作和研究呈现出时空"脱域"。笔者尝试借用吉登斯对"脱域"的界定对这一问题进行说明。所谓"脱域"是指："社会关系从彼此互动的地域性关联中，从通过不确定的时间的无限穿越而被重构的关联中'脱离出来'"。② 从很多文献那里不难看出，在当代城市文学研究的很多研究者眼中，城市文学是伴随着城市的现代化发展而产生的。在 90 年代以前的市场经济不成熟，商品经济原则没有被完善建立起来的背景下，城市都不是现代性语境下的城市，当然城市文学也就无从谈起了。显然这种观点是值得质疑的。它割断了城市，特别是中国城市的历史与传统，否定了中国城市文学从汉代班固《两都赋》到唐传奇、宋话本、明代《金瓶梅》、近代《海上花列传》到现代茅盾、张爱玲、新感觉派等的城市文学创作，甚至将当代萧也牧的《我们夫妇之间》，以及邓友梅、陈建功等人创作的城市文学作品都不算入城市文学

① 周宪：《审美现代性批判》，商务印书馆 2005 年版，第 49—50 页。
② ［英］安东尼·吉登斯著，田禾译：《现代性的后果》，凤凰出版传媒集团 2011 年版，第 18 页。

的范畴,原因之一就在于这些作家描写的城市不是现代性意义上的城市。笔者认为这种以现代性来界定城市文学存在与否的观点,不符合中国城市的特征,也不符合城市文学创作的实际。中国的城市是有历史和传统的,前现代时期就已经存在,不能简单地用西方的城市发展理论来框定。

即使在当下,我们也不能完全斩断城市与历史和传统之间的关联。从文学创作中可以印证这一点。诚然,在80年代以来的城市文学作品中,城市,如邱华栋小说中所描述的一派现代性下的苍白和残酷的城市那样,"灰色的尘埃浮起在那由楼厦组成的城市之海的上空,而且它仍在以其令人瞠目结舌的、类似于肿瘤繁殖的速度在扩张与膨胀"。但城市文学更为恒久而真实的景观是在城市日常生活的流动中城市传统和历史。很难想象没有那五、索七(邓友梅小说中的人物)的老北京还有多少滋味可以回味;没有陆文夫和范小青的苏州小巷人家,苏州城的江南城市生活的底色还是否会鲜活恒远;没有王安忆在上海弄堂日常生活中再现的上海本色,上海的繁华离肤浅还有多远……因此,在笔者看来,从时间与空间中脱域而出的城市是没有生命力的,在传统和历史中断裂的城市文学或者说是都市文学研究最终会沦为一厢情愿的自说自话。

其次,我们要反思的是现代性指导下的城市书写的同质化化倾向。中国城市的复杂和多样性在全世界都是少见的。可惜的是,目前城市文学的研究成果以及创作都呈现出,将本来绚烂多彩的城市描摹成"千城一面"的局面,"新世纪以来的中国城市文学千人一面、千人一腔的现象比比皆是。……与活生生的中国城市比较起来,文学想象的中国城市沦为种种观念覆盖着的'看不见的城市'"①。

究其原因,不得不归结为人们在理解城市文化内涵时观念过于单

① 何平:《何为"我城",如何"文学"》,《探索与争鸣》2011年第4期。

一,以现代性的特征概括其所有层面,丢弃了城市更丰富的内涵。现代性本身的内在逻辑就是理性和普遍性。理性容易偏向于用工具理性来衡量人类行为及其产物,一切都笼罩在效率的标准之下,自然让市场经济下孕育的物化和异化法则乘虚而入。而普遍性就是排斥多样性,用吉登斯的理论来说就是全球化,这个世界成为地球村,"地点变得令人捉摸不定,因为使地点得以建构起来的结构本身再也不是在地域意义上组织起来的"。① 这也造成了城市在文学中越来越堕入一个没有辨识度的时空背景,成为卡梅隆在《阿凡达》里诅咒的日趋麻木、溃烂的地球模样。正如汪民安所说:"现代城市空间的这种均质化和标准化倾向,无疑压制了个体的丰富性。"②

最后,笔者想追问一个问题,俯视当下的城市文学创作,还有哪部小说中的主人公是可爱的? 同样在文学研究中研究者们也好久没有解析出鲜活、健康的城市人了。不知从什么时候开始,在文学中生活的城市人,心理越来越孤单寂寞,人格特征越来越畸形,单一化。人是城市生活的肉体承载者,但是在文学创作和研究中,城市里的人群却是最焦虑的。一句话,人与城市总是处在无法相容的尴尬状态。

我们可以将文学作品中人们生活在城市的状态概括为两类人和一种情绪。第一类,失去身份的城市边缘人。他们可能是涌入城市的民工,就像郑小琼诗歌中描绘的那样"他们来自河东或者河西,她站着坐着,编号,蓝色工衣/白色工帽,手指头上工位,姓名是 A234、A967、Q36……在流动的人与流动的产品穿行着"③。他们也可能是徐则臣小说中那些流窜在北京大街小巷里倒卖假证和光碟的流浪诗人。第二类,是失去灵魂的城市动物。他们在城市中拥有金钱、地位、美女等

---

① [英]安东尼·吉登斯著,田禾译:《现代性的后果》,凤凰出版传媒集团2011年2月版,第95页。

② 汪民安:《身体、空间与后现代性》,江苏人民出版社2006年版,第129—130页。

③ 郑小琼:《流水线》,《黄麻岭》,长征出版社2006年版,第110页。

等,唯独没有灵魂。像慕容雪村笔下那些在成都与深圳丢失了自我的城市白领,邱华栋笔下的时装人、广告人等等。在物欲横流的大城市,他们在欲望中迷失了人性的真、善、美,最终成为了没有灵魂的城市动物。这两类人都有着共同的城市情绪:焦虑、压抑、紧张,没有归属感。究其原因,就像研究者总结的那样:"现代性的引入和以现代性名义对中国社会进行的建构和改造,必然加剧社会矛盾,这要求中国人在道德伦理和价值观方面进行一系列的变更和调整。……当代城市人在几乎毫无准备的情况下,骤然被抛入商品经济的大潮中,在体制变革、社会分层、贫富距离拉大的过程中,现代城市人感受到了前所未有的困顿、惶惑、甚至是不知所措。"①在部分批评家眼中,城市与人在文学中的关系被简化为一道选择题:抗拒抑或顺从?要么是站在批判的立场上对城市进行道德谴责;要么是以零度情感的状态介入,在不动声色的写实中,表现人在城市异化中的麻木与无奈。人与城之间的紧张关系的缘由,是与城市在现代性指导下与传统文化断根有关的。

在现代性的牵引下,城市文学的创作和研究都呈现出一种苍白、灰暗的色调。这种色调是城市文学本来具有的色调,还是我们被现代性遮蔽了眼光、误入歧途、陷入黑暗?笔者认为,中国的城市文学本应该是丰富而多姿多彩的,但是信奉现代性逻辑的作家们和研究者们单纯地强调了城市文学的消极面,戏剧化地表达了城市和城市文学的恶魔性,这毫无疑问将会遮蔽城市更为丰富的内涵,也让城市文学的路越走越窄。文学对城市的反观,不能局限在现代性的思维框架下,扎根于中国城市的本土特性,才能看到中国城市书写的丰富与复杂之所在。②

---

① 张卫中:《90 年代中国城市小说的现代性》,《华中师范大学学报》2004 年第 5 期。

② 关于中国城市本土化书写的可能问题,详见笔者拙作《城市书写何以本土化?——以 1980 年代以来文学为中心》,《南京师范大学学报》2013 年第 1 期。

第 二 部 分

批 评 实 践

"五方杂处"说北京

陈平原

陈平原[*]

一、为什么是北京

在我心目中,毫无疑问,"北京研究"将成为中国学界的热门话题。会有这样的"大书"出现,但非我所能为。故此处只能"小引",不敢"导论",更谈不上"正文"。这样一来,我的任务很简单,那就是引起诸位的兴趣,然后全身而退,等待着观看后来者的精彩表演。意识到的历史责任与实际能力之间存在太大的差距,这种痛苦,非几句自嘲所能掩盖。就好像古语说的,挟泰山以超东海,不能,非不为也。十年后,你再读我这篇"小引",很可能会讥笑其"太不专业"。

正因为不是专业著述,不妨从琐碎处讲起。1980年代的北京,市民生活还比较艰难,市场上没有活鱼,洗澡也很麻烦。不断有人劝我回广州工作,那里的生活明显舒适多了。别看北京城市规模很大,现在整天谈论如何成为国际性大都市,但很长时间里,在上海人、广州人看来,此地乃"都市里的村庄"。你问我,为什么舍不得离开北京?报刊电视上,常有名人谈论选择杭州、深圳、广州或上海居住的十大理

---

    * 陈平原,北京大学中文系教授。本文原载《书城》2002年3期、(台湾)《联合文学》2003年4期。

由,北京呢? 我还没见到过标准答案。说天安门,有些硬,太政治化了,像是 1960 年代中学生的口吻;说琉璃厂,又有点酸,太书生气了,搁在 1930 年代悠闲的大学教授口里还差不多。

几年前,曾建议朋友以"天安门"为题,将都市建筑、历史陈述、政治符码、文学想象等掺合在一块,作一综合论述。后来读耶鲁大学史景迁(Jonathan D. Spence)教授的《天安门:知识分子与中国革命》(北京:中央编译出版社,1998 年版),感觉上不是很过瘾。只讨论康有为、鲁迅、瞿秋白、徐志摩、沈从文、老舍、丁玲等人的作品,借以剖析其心路历程,没将"天安门"作为主角来认真经营,实在有点可惜。天安门既是阅尽人间沧桑的独特视角,也是中国近现代政治和历史的象征,本身便应该是历史与审美的对象。

至于孙殿起辑《琉璃厂小志》(北京古籍出版社,1982 年版),博采诗文笔记,借以呈现"北京数百年来旧书业的全貌",是很有用的资料集。可所选资料不及于新文化人,且以书业兴衰为关注点,未免忽略了诸如鲁迅的寻碑、钱玄同的购书、郑振铎的访笺等对于现代中国文化建设的意义。讨论作为"文学场"(Literary Field)的北京,琉璃厂同样是不可或缺的重要角色。

说开去了,我还是没讲清楚为什么喜欢北京。专业研究那是以后的事情,不会是因为课题需要而选择居住地,只能是相反。那就说是因为圆明园、颐和园、故宫、长城吧,可这些都是旅游胜地,几年走一遭就足够了,何必整日厮守? 实在要给出一个答案,我就说:喜欢北京冬天的清晨。

人常说第一印象很重要,决定你对此人此物此情此景的基本判断。我没那么坚定的立场,不过,时至今日,还是清楚地记得二十年前初春的那个清晨,大约是六点,天还没亮,街灯昏黄,披着借来的军大衣,步出火车站,见识我想念已久的北京。你问我第一印象是什么,那就是空气里有一股焦糊味,很特别。大约是凛冽的北风,干冷的空气,家家户户煤炉的呼吸,热腾腾的豆浆油条,再加上不时掠过的汽车尾气,搅拌而成的。此后,也有过多次凌晨赶路的经验,如果是冬天,深感北京破晓时分所蕴涵的力量、神秘与尊严。这种混合着肃穆、端庄、大度与混乱的"北京气象",令人过目不忘。

半个多世纪前,已经在北京住了二十个年头的周作人,也曾碰到过类似的追问,在《北平的好坏》里,周是这样作答的:"我说喜欢北平,究竟北平的好处在那里呢?这条策问我一时答不上来,北平实在没有什么了不得的好处。我们可以说的,大约第一是气候好吧。据人家说,北平的天色特别蓝,太阳特别猛,月亮特别亮。习惯了不觉得,有朋友到江浙去一走,或是往德法留学,便很感着这个不同了。"这话很让我怀念,也很让我向往,因为,今天生活在北京的人,如果到过德国、法国,或者到江浙一带转一圈,很少再有胆量夸耀北京的天色特别蓝。今日的北京,有很多值得夸耀的地方,唯独空气质量不敢恭维,起码沙尘暴的袭击便让人胆战心惊。

为什么是北京,对于很多人来说,其实不成问题。住了这么多年,有感情了,就好像生于斯长于斯,没什么道理好讲。当初只是凭直感,觉得这城市值得留恋。久而久之,由喜欢而留意,由留意而品味,由茶余酒后的鉴赏而正儿八经的研究。

在北京居住十年后,我一时心血来潮,写了则短文《"北京学"》,题目挺吓人的,不过是打了引号的。大意是说,近年北京古籍出版社刊印的明清文人关于北京史地风物的书不好销,而京味小说、旧京照片、胡同游、北京缩微景观等却很受欢迎。可见"北京热"主要局限于旅游业和文学圈,学界对此不太关心。为什么?很可能是因为北京学者大都眼界开阔,更愿意站在天安门,放眼全世界。上海学者关注上海的历史与文化,广州学者也对岭南文化情有独钟,而北京学者更希望谈论的是中国与世界,因此,有意无意间,遗漏了脚下同样精彩纷呈的北京城。

常听北京人说，这北京，可不是一般的大城市，是中华人民共和国的首都。这种深入骨髓的首都（以前叫"帝京"）意识，凸显了北京人政治上的唯我独尊，可也削弱了这座城市经济上和文化上的竞争力。首都的政治定性，压倒了北京城市功能及风貌的展示，世人喜欢从国家命运的大处着眼，而忘记了北京同时还应该是一座极具魅力的现代大都市，实在有点可惜。对于自己长期生活的城市没有强烈的认同感，这可不是好事情。上海学者研究上海，那是天经地义；北京学者研究北京，则似乎是地方课题，缺乏普遍意义，低一档次。其实，作为曾经是或即将成为的国际性大都市，北京值得学者、尤其是中国学者认真对待。不管是历史考古、文学想象还是现实规划，北京都不是可有可无的小题目。

文章发表后，不断有人催问，希望拜读我的"北京学"研究成果。说来惭愧，虽然一直在收集资料，不过有一搭，没一搭，并未真正用心。像这样的大题目，三心二意是做不好的。原来的计划是，退休以后，假如还住在北京，那时我才全力以赴。之所以改变主意，现在就谈北京，一是由于学生的再三催促；二是明白自己其实只能打打边鼓，当当拉拉队；三是北京变化太快，曾经让许多文化人梦魂萦绕的"老北京"，很快就会从地平线上消失。与其日后整天泡图书馆、博物馆阅读相关图像与文字，不如邀请年轻的朋友提前进入现场，获得若干鲜活的感觉，即便日后不专门从事北京研究，起码也保留一份温馨的记忆。

二、作为旅游手册的北京

在当今中国，北京作为政治中心、文化中心的地位，一时还没有受到严峻的挑战。其实，北京的优势还在于其旅游资源极为丰厚——这可不只是面子问题，更直接牵涉到文化形象与经济实力。谈论北京，不妨就从这最为世俗而又最具魅力的侧面说起。

对于一个观光城市来说,旅游手册的编撰至关重要,因那是城市的名片,决定了潜在游客的第一印象。对于初到北京的人来说,街头以及书店里随处摆放着的中外文旅游手册,制约着其阅读北京的方式。所谓"酒香不怕巷子深",这种不合时宜的思路,在商品经济时代,几无立足之地。广而告之,深恐"养在深闺无人识",这种推销方式,不要说旅游局,就连各级政府官员,也都驾轻就熟。现在全都明白过来了,发展号称"绿色经济"的旅游业,需要大造声势。同样是做广告,也有高低雅俗之分。所谓"雅",不是文绉绉,而是切合对象的身份。诸位上街看看,关于北京的众多旅游读物,有与这座历史文化底蕴十分深厚的国际性大都市相匹配的吗? 不要小看这些实用性读物,此乃一城市文化品位的标志。

这些年,利用开会或讲学的机会,拜访过不少国外的著名城市。只要稍有闲暇,我都会像在图书馆读书一样,认真阅读一座座充满生机与活力的城市。转化成时尚术语,便是将城市作为"文本"来解读。用脚,用眼,用鼻子和舌头,感觉一座城市,了解其历史与文化、风土与人情,是一件没有任何功利目的、纯属个人享受的业余爱好。我相信,很多人有这种雅趣。不只是到处走走,看看,也希望通过阅读相关资料,提高旅游的"知识含量"。这时候,旅游手册的好坏,变得至关重要。

十年前,客居东京时,我对其历史文化产生浓厚兴趣,不时按图索骥,靠的是东京都历史教育研究会集合众多学者共同撰写的《东京都历史散步》(三册,东京:山川出版社,1992 年版)。2001 年七八月间,有幸在伦敦大学访学,闲暇时,常踏勘这座旅游业对国民生产总值贡献率极高的国际性大都市。书店里到处都是关于伦敦的书籍,少说也有近百种,真的是琳琅满目。随着对这座城市了解的日渐深入,顾客很可能从一般介绍过渡到专业著述;而这,尽可左挑右拣,"总有一款适合您"。在我所选购的几种读物中,最欣赏的当属 Michael Leapman

主编的"目击者旅行向导"丛书之《伦敦》（*London*，Dorling Kindersley Limited，2000），因其含有大量历史、宗教、建筑、艺术等专门知识。尽管英文半通不通，依旧读得津津有味，因此书编印得实在精彩。而且，日后好些活动，都是因为这一阅读而引起。

不经意间，在手头这册精彩的《伦敦》封底，发现一行小字：Printed in China，不禁大发感慨，为什么在北京就没有见到过这样既实用又有学问，还装帧精美的旅游书？当然，主要不在印刷质量，而在编纂水平。坦白地说，即便不说文化传播，单从商业运营的角度，北京的"自我推销"，也说不上出色。国外大都市的旅游手册，你翻翻作者介绍，撰稿者不乏专家学者，且多有相关著述垫底。虽是大众读物，却很有专业水准。但在中国，旅游局不会请大学教授编写旅游手册，而如果我写出一本供旅游者阅读的关于北京的书，在大学里很可能传为笑柄。说句玩笑话，如果我当北京市旅游局长，第一件事，便是组织专家，编写出几种适应不同层次读者需求的图文并茂的旅游手册。我相信，这对于提高北京的文化形象以及游客的观赏水平，会大有帮助的。

单有大部头的《北京通史》，或以文字为主的《北京名胜古迹辞典》《北京文化综览》《古今北京》等，还远远不够。因为以上著作，根本无法携带上路。而若干"生活手册"，又未免过于直白，缺乏历史文化韵味。既要实用，又要有文化，将游览与求知结合起来，不是轻而易举的小事。1997年，北京燕山出版社重印马芷庠编著、张恨水审定的《北平旅行指南》（1935年），让人感到惊讶的是，这册半个多世纪前的旧书，还比今天的许多同类读物精彩。没有好东西，再吆喝也没用；而像北京这样历史文化底蕴极为丰厚的城市，没能让初见者"惊艳"，实在不应该。之所以再三强调包括四合院在内的"历史文化"，而不是摩天大楼等现代建筑，就因为作为至今仍焕发青春的八百年古都，北京独一无二的魅力在此。

日本学者木之内诚曾编著《上海历史导游地图》（东京：大修馆书

店,1999),借助"地图编"与"解说编",再加上野泽俊敬执笔的"上海近代史年表",将上海一百五十年历史呈现给读者。即便对于像我这样苛刻的专业研究者,此书仍很有用。需要查找晚清以降发生在上海的某重要事件或学校、报馆、医院的所在地,此书能帮你手到擒来。很惭愧,做这种书的,不是中国的学者和出版家;至于对象,也不是历史文化遗迹远比上海丰富的北京。曾在不同场合煽风点火,希望有人步木之内先生后尘,为北京编著"历史导游地图",可惜至今没人接这个茬。

容易与旅游结盟的,一是历史,二是文学。借旅游触摸历史或感悟文学,也算是当代都市人忙里偷闲驰骋想象的一种技巧。见识过"沈从文湘西之旅"或"老舍北京之旅"的计划,再拜读以下两种书籍,说不定能让你茅塞顿开:原来文学竟如此有用! Ian Cunningham 编纂的《作家的伦敦》(*Writers' London*,London:Prion Books Ltd. 2001),按伦敦街区的划分,依次介绍曾经居住在此的著名作家,连带引录若干短小的精彩篇章,让旅游者得以沿途吟咏。马尔坎·布莱德贝里(Malcolm Bradbury)的《文学地图》(台北:昭明出版社,2000 年版)则在"引言"里称,几乎所有的文学作品都可能成为旅游指南。因此,此书采用活泼生动的笔调,"探索从中世纪以来,存在于作家与作品,还有景物、城市、岛屿、大陆之间,许许多多不同的关连"。"它着眼于文学中显或隐藏的地图,无论是过去的或现在的,现实的或想象的。作家与作品和地方与景物之间,存在密切的连结,而在小说的脉络或文学的盛世中,我们可以捕捉到某个城镇或地区风貌。"从但丁的世界,乔叟时的英国,一直说到柏林墙倒塌后的世界文学风貌,作者的野心够大的。看看乔伊斯时的都柏林或者众多作家笔下的好莱坞,确实有趣。可更有趣的是,你可以读到"孟买的梦想家",也可观赏"日本:大地之灵的国度",可就是找不到任何关于中国文学的踪迹。这样也好,与其用五千字的篇幅来描述从屈原到鲁迅的中国文学(就好像谈论日本文学之从《源氏物语》说起)——还得兼及地图的功能,真的不如暂时空缺。不过，你也得承认，这种将文学史与旅游指南结合起来的叙述方式，也算是一种有趣的尝试。

三、作为乡邦文献的北京

常见这样的报道，说某某人读书很刻苦，居京二三十年，从没去过故宫、颐和园和八达岭长城。自然科学家不好说，但如果是人文学者或社会科学家，不说有问题，也是很遗憾。古人云，读万卷书，行万里路。连本地的名胜古迹你都没兴趣，历史感和想象力必定大打折扣，心灵也容易流于干枯。你可以边走边骂，这地方怎么这么脏这么乱，这样陈列如何没文化没品味；但你还是得走，得看，得游览。一句话，如果长住北京的话，你最好对这座城市的历史与现状感兴趣。作为现代都市人，我们目睹了大规模城市建设中众多成功的考古发掘，这固然激动人心，但并非每个人都能介入。因此，我更看重都市里私人性质的、"爱美的"（amateur）"田野调查"——用你的眼睛，用你的脚步，用你的学识，用你的趣味，体会这座即将变得面目全非的城市。

不但到处走，到处看，最好还业余做点研究，那样的话，生活会变得更有趣些。有心人满眼都是"风景"，到处都有值得访问的"古迹"——尤其在八百年古都北京，不难流连忘返。大规模的城市建设，已经让很多古迹销声匿迹，或者移步变形。现在看，还有点样子；再过十年，只有到图书馆和博物馆里看展览翻文献了。最多也就在原址树一小块标志牌，供有心人凭吊。在东京时，我走访过芥川龙之介的出生地，那里有一小牌；也查找过小林多喜二被关押并杀害的警察局，那里也是同样的标记。二者都在高楼底下，马路旁边，如不是特意留心，且有书籍指引，根本看不出来。好不容易在东京大学见到比较像样的"朱舜水终焉之地"碑，周围还算宽敞，可以从容瞻仰；可仔细一看，此碑也是移动过的。不用说，全都是为高楼让路。

诸位还年轻,精力旺盛,周末骑车在北京城到处走走,挺有意思的。当然,最好别张扬,一张扬,有炫耀雅趣的嫌疑,那可就有点"酸"了。缺乏实用价值的"寻幽探胜",乃古来中国文人的同好,既不值得夸耀,也没必要嘲笑。读有关北京的诗文笔记等,你会发现,希望亲手触摸这座古都的脉搏,明清文人如此,五四以后的新文化人也不例外。而且,这种兴之所至的触摸,很容易一转就变成专深的学问。

清代学者对乡邦文献的搜集整理极为热心,成绩也很大,影响及于整个学术潮流。梁启超在《中国近三百年学术史》第十五章里,提及清人之大规模网罗遗佚,往往从乡邦文献入手。鲁迅《会稽郡故书杂集》之"叙述名德,著其贤能,记注陵泉,传其曲实",走的也是这条路。辑佚只是初步的工作,就像梁启超说的,此举利用世人恭敬乡梓的心理,通过表彰乡邦先贤的人格与学术,以养成一地的风气;而地方风气的养成,甚至可能催生某一学派。这一点,讨论明清学术史的多有涉及。

现代社会流动性大,籍贯不像以前那么重要,反而是长期居住地,这第二甚至第三故乡,潜移默化地影响着你的生活和思想。周作人《故乡的野菜》中有一段话,很得我心:"我的故乡不止一个,凡我住过的地方都是故乡。故乡对于我并没有什么特别的情分,只因钓于斯游于斯的关系,朝夕会面,遂成相识,正如乡村里的邻舍一样,虽然不是亲戚,别后有时也要想念到他。我在浙东住过十几年,南京东京都住过六年,这都是我的故乡;现在住在北京,于是北京就成了我的家乡了。"周氏时常评述绍兴先贤的撰述,但也有不少谈论北京的文字,如《北京的茶食》《北平的春天》等。

谈论北京,并非"老北京"的专利。举例来说,邓云乡祖籍虽非北京,但祖上三代已在京居住,撰写《增补燕京乡土记》(北京:中华书局,1998年版)、《文化古城旧事》(北京:中华书局,1995年版),似在情理之中;而编纂《北京史迹风土丛书》(北京:中华风土学会,1934年版)、《清代燕都梨园史料》(北京：中国戏剧出版社，1988 年版)的张次溪，却是道地的广东东莞人。对故乡以及第二故乡的热爱，加上文史方面的浓厚兴趣，很容易诱使你关注北京的史地风物乃至诗词歌赋。等到有一天你发现自己竟然在意北京的一颦一笑，甚至热衷于传播你对这座城市的"独特感受"，那就证明你已经入迷了。对于真正的"北京迷"来说，当然是"英雄不问出处"。

假如你不只是入迷，还想加入关于北京的想象与表述，那么，不妨翻阅前人描述或谈论北京的文字与图像。关于这方面的史料，可参考王灿炽编《北京史地风物书录》(北京出版社，1985 年版)，此书收录有关北京的书目 6 300 余种，截止日期是 1981 年底。凡编年谱、全集、书目者，都容易失之于泛，这书也不例外。连《大清会典》《中华民国开国史》都收，那样的话，很容易将"都市研究"混同于中国历史。二十年后的今天，此书依然有用，只是规模应该大为扩展。

真是风水轮流转，十年前撰文感叹关于北京文化史料的丛书大甩卖，现在可不一样了，重新包装上市，价格上来了，人气也急剧上升。诸位如果想了解北京的史地风物，北京古籍出版社的这套书比十卷本的《北京通史》有用，也更可读。后者除了专家学者，大概只有图书馆收藏。其实，对于绝大多数读者来说，对某座城市感兴趣，往往是从名胜古迹乃至民俗风情入手。

许多人可能会觉得，只是关心北京，眼界未免有点狭窄。因此，更愿意谈论国家大事乃至世界风云。可我更愿意承认，在家庭与国族之间，还有一个与你日常生活密切相关，深刻地影响着你的喜怒哀乐的"本地风光"。说"乡邦文献"，更多地是为了迁就过去的思路；说"都市研究"，又有点赶时髦的嫌疑；就其强调"本埠新闻"与"在地经验"，挑战传统的一元化知识观和科学观，以及突出包含权利、义务、情感、趣味的"文化认同"而言，我的想法更接近文化人类学意义上的"地方性知识"。

四、作为历史记忆的北京

感慨"北京学"之不受重视，说的不是新闻界，也不是文学界，而是史学家。"旅游热"里的北京，比如胡同游、风味小吃，比如保护四合院、重建城墙，还有老舍茶馆的曲艺、正乙祠的京剧，以及电视台之推介名胜古迹、出版界的展示"旧京大观"等。诸如此类的活动，当然也有专家介入，但学院派似乎不肯再往前走一步，将其转化为学术课题。

前年江苏美术出版社顺应怀古思潮，推出《老城市》系列，其中《老北京》一册被指责为硬伤多多（参见危兆盖《〈老北京〉硬伤举例》，载《中华读书报》1999 年 4 月 14 日）。出版社很聪明，马上发表公开信，感谢批评，并称正抓紧修订，将与第二、第三部合成三部曲一并推出，相信"会让读者更加满意的"。也就是说，以下的更精彩、更值得选购——由检讨一转而成了广告，实在妙不可言。其实，问题出在作品的定位上："这套书的文字和说明应该是鲜活的、生动有趣的，通俗易懂的而又散文化的。"（参阅江苏美术出版社致危兆盖的公开信，载《中华读书报》1999 年 4 月 28 日）这似乎是通例，出版社都更愿意将诠释都市的责任交给文学家，而不是史学家。倘若用的是文学笔法，又不肯下史学的功夫，其谈论历史悠久的"老城市"，很容易华而不实。

前两年，在一次国际学术会议上，我提到北京作为城市研究的巨大潜力。西安作为古都，上海作为新城，都有其独特的魅力，可北京横跨古今，更值得深入研究。1980 年代以来，美国加州大学等学术机构通力合作，使得"上海"成为欧美汉学界的热门话题。上海开埠百余年，其"西学东渐"的足迹十分明显，历史线索清晰，理论框架也比较容易建立。可对于中国的现代化进程来说，上海其实是个特例。相对来说，作为古老中国的帝都，加上又是内陆城市，北京的转型更为痛苦，其发展的路径也更加曲折，很难套用现成的理论。读读西方关于城市研究的著述，你会感到很受启发，可用来研究北京，又总有些不太适用——在我看来，这正是北京研究的潜力所在。"北京学"必须自己摸索，因而更有理论创新的余地——这里所说的，乃理想的境界。

我所关注的"北京学"，不是古已有之的南北学术歧异，或者二十世纪蔚为大观的京派海派之争；也不是柯文（Paul A. Cohen）《在中国发现历史》（北京：中华书局，1989 年版）所描述的美国学界 1970 年代以后崛起的"中国中心取向"的第二个特点："以区域、省份或是地方为中心"展开考察与论述（142—152 页）。关于京派小说的艺术成就，或中国现代化的区域研究，目前在国内外已有不少研究成果。我更关心的是作为"都市想象"的北京。

都市研究可以注重历史地理，比如侯仁之先生的众多研究成果（参见侯仁之主编《北京历史地图集》，北京出版社，1988 年版；《侯仁之文集》第二部分"城市历史地理研究"，北京大学出版社，1998 年版），也可以侧重城市规划与建筑设计，社会与人口变迁等。侯先生大名鼎鼎，不用我多说，这里想推荐的是两部相对年轻学者的著述，一是史明正的《走向近代化的北京城——城市建设与社会变革》（北京大学出版社，1995 年版），讨论二十世纪前三十年北京的街道铺设、排污管道、供水照明交通等市政建设方面的问题；一是韩光辉的《北京历史人口地理》（北京大学出版社，1996 年版），讨论从辽代到二十世纪四十年代北京的户籍制度、人口规模、人口增长过程与人口控制等。此类专业著述目前数量不多，据说北京出版社有志于此，准备以"北京学书系"的形式，陆续推出文史方面的撰述，走出纯粹的文献整理与怀古感慨。

北京是个有历史、有个性、有魅力的古老城市，正迅速地恢复青春与活力，总有一天会成为像伦敦、巴黎、纽约、东京那样的国际性大都市。观察其转型与崛起，是个很有趣味的课题。施坚雅（G. William Skinner）在《中华帝国晚期的城市》（北京：中华书局，2000 年版）里说，中世纪的长安、开封、杭州，都曾是世界最大城市，南京和北京也都有此光荣。"南京在明太祖改建后的十年左右,赶上开罗成为世界最大城市,至十五世纪某一时期为北京所接替。除了十七世纪短时间内亚格拉、君士坦丁堡和德里曾向它的居首地位挑战外,北京一直是世界最大的城市,直到 1800 年前后才被伦敦超过。"(第 32 页)。城市不是越大越好,私心希望北京成为像伦敦、巴黎那样适合于人类居住而又能吸引大量游客的"历史文化名城"——首先是对于本地民众的精神与物质需求的满足程度,而后才是对于投资者与观光客的吸引力。施坚雅此书前年 3 月才由中华书局出版中译本,整整迟到了二十年。可这也有好处,那就是我们有了观察的距离与评判的能力,对其热衷于使用计量方法,突出城市研究的社会性与经济性,而相对忽略城市的人文性,会有所反省。

　　近年翻译出版的西方关于城市研究的著作,主要集中在建筑方面,比如我手头有的意大利学者 L.贝纳沃罗(Leonardo Benevolo)的《世界城市史》(北京:科学出版社,2000 年版),以及美国学者凯文·林奇(Kevin Lynch)的《城市意象》和《城市形态》(华夏出版社,2001 年版)。建筑作为凝固的历史,可以给我们提供很多有用的信息。解读古老的教堂(宗教)、宫殿(政治)、城堡(军事)、市场(经济)、学校(文化),以及连接外部世界的港口与桥梁,确实能让我们贴近历史;可倘若没有"旧时王谢堂前燕,飞入寻常百姓家"这样物是人非的凄婉故事,单是一堆石头,无法激起读者强烈的好奇心与想象力。也许是出于私心,我希望将建筑的空间想象、地理的历史溯源,与文学创作或故事传说结合起来,借以呈现更具灵性、更为错综复杂的城市景观。若陈学霖的《刘伯温与哪吒城——北京建城的传说》(台北:东大图书公司,1996 年版)则以史家学养处理一则表面看来荒诞无稽的传说,将民俗学、人类学、社会学和宗教学等眼光重叠起来,虽然结论"传说所见大小传统的交融"并没多大震撼力,但其选材之巧妙,以及步步为营的论证,还是很令人愉悦。

五、作为文学想象的北京

讨论北京人口增长的曲线，或者供水及排污系统的设计，非我所长，估计也不是诸位的兴趣所在。我的兴趣是，像本雅明（Walter Benjamin）所描述的"游手好闲者"那样（参见《发达资本主义时代的抒情诗人》，北京：生活·读书·新知三联书店，1989年版），在拥挤的人群中漫步，观察这座城市及其所代表的意识形态，在平淡的日常生活中保留想象与质疑的权利。偶尔有空，则品鉴历史，收藏记忆，发掘传统，体验精神，甚至做梦、写诗。

略微了解北京作为都市研究的各个侧面，最后还是希望落实在"历史记忆"与"文学想象"上。其实，历史记忆很大程度必须依赖文学作品，比如，谈论早期北京史的，多喜欢引用荆轲的"风萧萧兮易水寒，壮士一去兮不复还"，或者陈子昂的"前不见古人，后不见来者，念天地之悠悠，独怆然而涕下"。对于非专业的读者来说，荆、陈二诗的知名度与影响力，一点也不比曾发生在这片土地上的众多波澜壮阔的历史事件弱。因此，阅读历代关于北京的诗文，乃是借文学想象建构都市历史的一种有效手段。

清人编《人海诗区》（北京古籍出版社，1994年版），分都城、宫殿、苑囿、驿馆、园亭、坊市、寺观、岁时、风俗等十六类，收录从南北朝到清初的诗作近两千首，给今人的阅读提供了很大方便。1940年著名藏书家傅增湘见到此书稿后，撰有一跋，称"余谓录燕京之诗，宜以燕地建都之时为断"；"若远溯晋唐，似于名实未符"。我同意这一见解，做历史地理的考辨，可以而且必须从燕国说起；但如果讨论都市想象，则高适、苏辙、汪元量等，其实都帮不上什么忙。因为，直到1153年金中都建成，海陵王下诏迁都，北京方才正式成为一代王朝的首都，并一直延续到元、明、清三代。1403年明成祖朱棣改北平为北京，此后作为都城的北京发展神速，很快取代南京而成为其时中国乃至世界上首屈一指的大都市。

我关注的是成为世界性大都市以后的北京之"文学形象"。原因是，讨论都市的文学想象，只凭几首诗是远远不够的。我们能找到金代的若干诗文以及寺院遗址，也知道关汉卿等杂剧名家生活在元大都，但此类资料甚少，很难借以复原其时的都市生活场景。而十五世纪起，情况大为改观，诗文、笔记、史传，相关文字及实物资料都很丰富。从公安三袁的旅京诗文、刘侗等的《帝京景物略》，一直到二十世纪的《骆驼祥子》《春明外史》《北京人》《茶馆》等小说戏剧，以及周作人、萧乾、邓云乡关于北京的散文随笔，乃至1980年代后重新崛起的京派文学，关于北京的文学表述几乎俯拾即是。成为国都的八百年间，北京留存下大量文学及文化史料，对于今人驰骋想象，是个绝好的宝库。这一点，正是北京之所以不同于香港、上海、广州的地方。作为一座城市，地层过于复杂，义蕴特别深厚，随便挖一锄头都可能"破坏文物"，容易养成守旧心理，不利于时下流行的"与世界接轨"；但从长远来看，此乃真正意义上的"无形资产"，值得北京人格外珍惜。

了解都市研究的一般状态，进入我们的正题"文学北京"，你会发现许多有趣的话题。比如王士祯的游走书肆，宣南诗社的诗酒唱和；西郊园林的江南想象，厂甸的新春百态；沙滩红楼大学生们的新鲜记忆，来今雨轩里骚人墨客的悠然自得；还有1930年代的时尚话题"北平一顾"，1960年代唱遍大江南北的红色歌曲"我爱北京天安门"……所有这些，都在茶馆里的缕缕幽香中，慢慢升腾。

台湾学者逯耀东有一奇文《素书楼主人的写作环境》（见《胡适与当代史学家》，台北：东大图书公司，1998年版），说的是史学家钱穆的写作与其生存空间的关系。因钱穆《朱子新学案》最后一章提及"朱子出则有山水之兴，居复有卜筑之趣"，作者于是追问"更喜一袭长衫徜徉于山水间"的钱先生，是如何经营自家的写作环境的。其实，比起学者来，文学家的创作，无疑更受周围环境的影响。对于文学家来说，所谓"写作环境"，绝不仅仅是书房外的风景，或深巷里的市声，更包括其踯躅街头、遥望城楼、混迹市井等生活阅历。

几年前在布拉格游览，见卡夫卡纪念馆里出售《卡夫卡与布拉格》，以为是旅游介绍，后才发现是很严肃的学术专著。我相信，极少有游客对这四五百页的专业著述感兴趣，回过味来，反而钦佩起纪念馆的眼光。在伦敦参观狄更斯纪念馆，更是让我惊讶不已，那里同时出售三种出自不同作者之手的《狄更斯与伦敦》。这才明白，探讨作家与其生存的城市之关系，原来可以如此"雅俗共赏"。在汉学研究范围内，我只记得前年在东京开过一次"中国作家的东京体验"专题研讨会，会后还出版过集子。

其实，讨论文学与城市的关系，除了作家的生活体验，还有思潮的崛起、文体的变异、作品生产及传播机制的形成、拟想读者的制约等，所有这些，美国加州大学出版社 1998 年出版的 Richard Lehan 所著《文学中的城市》(*The City in Literature*)，均多少有所涉及。该书将"文学想象"作为城市存在的利弊得失之"编年史"来阅读，从"启蒙时代的伦敦"，一直说到"后现代的洛杉矶"，既涉及物质城市的发展，更注重文学表现的变迁。作为现代都市人，我们在阅读关于城市生活的文学作品中成长；正是这一对城市历史的追忆或反省，使我们明白，城市的历史和文学文本的历史，二者之间不可分割。作者讨论启蒙运动以降西方文学史上的城市，侧重小说中的人物及其寓意的分析，也关注生产方式的改变对于文学潮流与文学形式的深刻影响。但因太受"文学"二字拘牵，毫不涉及对于都市想象来说同样至关重要的绘画、建筑、新闻、出版、戏剧等（即便作为参照系），其笔下的城市形象未免太"单面向"了。另外，相对于精彩的城市功能抽象分析，"文学城市"伦敦、巴黎、纽约等的独特魅力没能得到充分的展现，实在有点可惜。

汉语世界里关于都市与文学的著作，我最欣赏的，当属赵园的《北京：城与人》（北京大学出版社，2002 年版）和李欧梵的《上海摩登——

一种新都市文化在中国，1930—1945》（北京大学出版社，2001年版）。不仅仅是北京、上海这两座城市的魅力，更由于两位作者的独具慧眼。前者1991年便由上海人民出版社印行，只是当初读者寥寥，且常被误归入地理或建筑类；这次与《上海摩登》一并推出，当能引起广泛的阅读。赵书谈论的，基本上还只限于城市文学；李书视野更为开阔，以都市文化为题，涉及百货大楼、咖啡厅、公园、电影院等有形的建筑，以及由此带来的文人生活方式及审美趣味的改变，更讨论印刷文化与现代性建构、影像与文字、身体与城市等一系列极为有趣而复杂的问题。

六、作为研究方法的北京

借用城市考古的眼光，谈论"文学北京"，乃是基于沟通时间与空间、物质文化与精神文化、口头传说与书面记载、历史地理与文学想象，在某种程度上重现八百年古都风韵的设想。不仅于此，关注无数文人雅士用文字垒起来的都市风情，在我，主要还是希望借此重构中国文学史图景。

谈论中国的"都市文学"，学界一般倾向于从二十世纪说起；可假如着眼点是"文学中的都市"，则又另当别论。在《〈十二个〉后记》中，鲁迅称俄国诗人勃洛克为"现代都会诗人的第一人"："他之为都会诗人的特色，是在用空想，即诗底幻想的眼，照见都会中的日常生活，将那朦胧的印象，加以象征化。将精气吹入所描写的事象里，使它苏生；也就是在庸俗的生活，尘嚣的市街中，发现诗歌底要素。"至于中国，鲁迅说得很肯定："中国没有这样的都会诗人。我们有馆阁诗人，山林诗人，花月诗人……；没有都会诗人。"

周作人或许不这么看，因其在《〈陶庵梦忆〉序》中，已经给张岱奉上"都市诗人"的桂冠："张宗子是个都市诗人，他所注意的是人事而非天然，山水不过是他所写的生活的背景。"对鲜衣美食、华灯烟火、梨园鼓吹、花鸟古董等民俗文化和都市风情有特殊兴趣的张岱，确实与传统中国文人对于山水田园的夸耀大异其趣。假如我们不将都市诗人与现代主义直接挂钩，那么，周作人的意见未尝没有道理。

再进一步推论，考古学意义上的都市，几乎与文明同步；文学家对于都市的想象，当然也应十分久远。为何历史学家与经济学家所津津乐道的都市，在文学史家那里基本缺席？并非古来中国文人缺乏对于都市的想象，而是此等文字一般不被看好。

一部中国文学史，就其对于现实人生的态度而言，约略可分为三种倾向：第一，感时与忧国，以屈原、杜甫、鲁迅为代表，倾向于儒家理想，作品注重政治寄托，以宫阙或乡村为主要场景；第二，隐逸与超越，以陶潜、王维、沈从文为代表，欣赏道家观念，作品突出抒情与写意，以山水或田园为主要场景；第三，现世与欲望，以柳永、张岱、老舍为代表，兼及诸子百家，突出民俗与趣味，以市井或街巷为主要场景。如此三分，只求大意，很难完全坐实，更不代表对具体作家的褒贬。如果暂时接受此三分天下的假设，你很容易发现，前两者所得到的掌声，远远超过第三者。

王佐良《并非舞文弄墨——英国散文名篇新选》（北京：生活·读书·新知三联书店1994年版）选了小品文大家兰姆1801年致湖畔诗人华滋华斯的信，开头便是："我的日子是全在伦敦过的，爱上了许多本地东西，爱得强烈，恐非你们这些山人同死的大自然的关系可比。"而在中国，很长时间里，文人不愿意承认自己对于都市生活的迷恋，在城乡对立的论述框架中，代表善与美的，基本上都是宁静的乡村。

一直到二十世纪，现当代文学史上的诸多大作家，乃至近在眼前的第五代电影导演，对乡村生活的理解与诠释，都远远超过其都市想象。这里有中国城市化进程相对滞后的缘故，但更缘于意识形态的引导。很长时间里，基于对商人阶层以及市井百姓的蔑视，谈论古代城市时，主要关注其政治和文化功能，而相对忽略了超越职业、地位乃至种族与性别的都市里的日常生活。历史上中国的诸多城市（如所谓"六大古都"，还有扬州、苏州等）都曾引领风骚，并留下数量相当可观的诗文笔记等。可惜文学史家很少从都市文学想象角度立论，而更多地关注读书人的怀才不遇或仕途得志。

都市里确实存在着宫殿或衙门，读书人的上京或入城，确实也主要是为了追求功名。可这不等于五彩纷呈的都市生活，可以缩写为"仕途"二字。明人屠隆《在京与友人书》中极力丑化"风起飞尘满衢陌，归来下马，两鼻孔黑如烟突"的燕京，对比没有官场羁绊的东南佳山水，感叹江村沙上散步"绝胜长安骑马冲泥也"。这里有写实——比如南人不喜欢北地生活；但更多的是抒怀——表达文人的孤傲与清高。历代文人对于都城的"厌恶"有真有假，能有机会"致君尧舜上，再使风俗淳"，而心甘情愿地选择"采菊东篱下，悠然见南山"的，为数不是很多。更吸引人的，其实还是陆游所描述的"小楼一夜听春雨，深巷明朝卖杏花"。晚清以前，中国农村与城市的生活质量相差不大，特别是战乱年代，乡村的悠闲与安宁更值得怀念。但总的说来，都市经济及文化生活的繁荣，对于读书人来说，还是很有吸引力的。"大隐隐朝市"，住在都市而怀想田园风光，那才是最佳选择。基于佛道二家空寂与超越的生活理想，再加上山水田园诗的审美趣味，还有不无反抗意味的隐士传统，这三者融合，决定了历代中国文人虽然不乏久居都市者，一旦落笔为文，还是倾向于扬乡村而抑都市。

朝野对举的论述框架，既可解读为官府与民间的分野，也隐含着城市与乡村、市井与文人的对立。引进都市生活场景，很可能会使原先的理论设计复杂化。比如，唐人的曲江游宴，宋人的瓦舍说书，明人的秦淮风月，清人的宣南唱和，都很难简化为纯粹的政治符号。

同样远离作为审美理想的"山林气"，官场的污浊与市井的清新，几不可同日而语。随着学界的视野及趣味逐渐从士大夫转移到庶民，都市生活的丰富多彩会日益吸引我们；对中国文学的想象，也可能因此而发生变化。以都市气象来解读汉赋的大气磅礴，以市井风情来诠释宋词之别是一家，以市民心态来评说明人小说的享乐与放纵，应该不算是领异标新。除了关注城市生活中的文人情怀，比如《桃花扇》里风月无边的秦淮河，或者《儒林外史》之以隐居乡村的王冕开篇，以市井四奇人落幕；更希望凸显作为主角的都市，以及其催生新体式、新风格、新潮流的巨大魔力。

这方面的著作，我能推荐的，一是日本学者石田干之助的《长安之春》（东京：平凡社，1967 年版），一是已译成汉语的法国学者谢和耐（Jacques Gernet）的《蒙元入侵前夜的中国日常生活》（南京：江苏人民出版社，1995 年版）。前者借助唐诗及唐人文章，描述唐代长安春天百花斗艳、令人心旷神怡的景象；后者则以《梦粱录》《武林旧事》《都城纪胜》等笔记为主要素材，构建南宋都城杭州的日常生活。对于历史学家来说，帝都北京固然好看，市井北京或许更值得认真开掘。在这个意义上，上述二书不无参考价值。

假如有朝一日，我们对历代主要都市的日常生活场景"了如指掌"，那时，再来讨论诗人的聚会与唱和、文学的生产与知识的传播，以及经典的确立与趣味的转移，我相信会有不同于往昔的结论。起码关于中国文学史的叙述，不会像以前那样过于注重乡村与田园，而蔑视都城与市井。

附记：我曾为北京大学中文系的研究生开设一选修课，题为"北京文化研究"。此文乃依据 2001 年 9 月 12 日的"开场白"整理而成。完稿之日，恰逢元宵佳节，家居京城北郊，不在禁放之列，于是鞭炮震耳聋，礼花迷人眼，好一派都市风光。钞两首乾隆年间杨米人所撰《都门竹枝词》助兴："雪亮玻璃窗洞圆，香花爆竹霸王鞭。太平鼓打冬冬响，红线穿成压岁钱"；"灯市元宵百样灯，烧来火判焰腾腾。黄鹂紫燕全无影，三月街头早卖冰"。

以拒绝"都市"的姿态走向都市

——沈从文的"都市"语义及其"京派"身份再省

叶中强*

在 20 世纪 20 年代末的那场文人大迁徙中,沈从文之南下上海最耐人寻味。他自称"乡下人",明确地摆出了一个与"都市"对峙的人文立场,激烈地抨击"都市"里的"绅士阶级""知识阶级",并通过一系列的文本建构,推衍出了一个在现代文学叙事中堪称独步的城乡对比模式:

> 请你试从我的作品里找出两个短篇对照看看,从《柏子》同《八骏图》看看,就可明白对于道德的态度,城市与乡村的好恶,知识分子与抹布阶级的爱憎,一个乡下人之所以为乡下人,如何显明具体反映在作品里。①

然则,这又是一个充满了悖论的"乡下人",其对都市的蔑弃与进入同样坚定;其对"知识阶级"的憎厌与企慕难以析分。他在 1946 年发表的一篇文章中,感恩于胡适在 1929 年邀其任教上海中国公学,将

---

* 叶中强,上海社会科学院文学研究所研究员。本文原载《学术月刊》2012 年第 7 期。

① 沈从文:《习作选集代序》,见《沈从文全集》,第 9 卷,第 4 页,北岳文艺出版社 2002 年版。

之喻为"适之先生尝试的第二集"①——这是其迈入都市"知识阶级"的关键一步。这种"进城"与"返乡"的悖离姿态，在晚清以来的上海城市史中并非"新人新事"，而沈从文之彰明较著，则在于1933年10月，由他引发了一场影响至今的"京""海"论战。其本人及其作品，则被视为"京派"抑或"乡土/正宗中国"之指符，不断地被用于现实中的地域文化比较和对现代都市的批判。然而这种符号化的指陈，似不足以解释发生在他身上的诸种矛盾。本文暂避各种外注于沈从文的"意义"，而行史料的发掘与重检，并对其"都市"语义、作品内蕴及身份归属再作征询，以期客观厘定1928年的那次南下，在沈从文生命地图中的真正位置。

一、"都市"语义考源："知识阶级"与"新式女人"

据张灏言，中国的"知识阶级"作为一个现代概念，是与晚清以降城市社会中逐趋兴盛的学校、印刷媒体和结社相伴而生的——正是基于这三个"基础建构"②，中国的知识者从庙堂走向了社会，并逐渐形成了一个相对独立，拥有文化影响力的社会阶层。沈从文的地理、心理位置挪移，亦正沿着这三个"知识阶级"的立足点进行。1923年8月，他怀着对"知识"与"理性"的憧憬赴京投考大学，由此开始了其生命中的都市之旅。

（一）站在"知识阶级"的门槛上

20世纪20年代的北京，集中着全国一流的大学。这些由晚清新政包孕的国立大学及教会大学，是"五四"新文化运动的摇篮，亦是各

---

① 沈从文：《从现实学习》，见《沈从文全集》，第13卷，第394页。
② 张灏：《中国近代思想史的转型时代》，见《时代的探索》，第40—41页，（台北）中央研究院、联经出版社，2004年版。

地进京求学者心目中的"知识麦加"。然即如布迪厄对现代教育体制
所作的分析,现代教育自诞生之日起,即在生产一个以大学(尤以"精
英学校"即名牌大学)为"支配极点"(pole domminant)的知识及知识
分子等级体制:

　　文化正当性的形式和基础,取决于他"知识者"在知识分子圈子中
的位置,尤其取决于他和大学的关系。说到底,大学掌管着文化尊奉
的最可靠的符号。①

　　这一等级体制,不仅喻示着知识与身份的高下、尊卑等一系列
位序,亦与社会各权力场域形成了一种隐在的同构关系。因此,大
学并非一个纯然的知识圣地,它亦是一个生产和再生产文化资本
(在一定条件下可转化为经济、政治资本)、"知识权力"(即赋予文化
"正当性"的权威,沈从文谓之"学问权力")及相应社会等级的现代
性场域。

　　在现代中国,由于学校取代科举成了知识者跻身国家抑或社会精
英的"正途",众多学子以进入名牌大学或出国留学为其人生路向——
1910年,青年胡适在由沪赴京赶考庚款留美学生的途中,即曾致信母
亲:"科举既停,上进之阶,惟有出洋留学一途。"②而这些名校或留学
毕业生,则又构成了以文凭为标志,处于都市社会上层,被布迪厄称为
"新宰制阶级"的知识贵族。不能不说:沈从文将进京"寻找人生转
机"的第一步定位于大学,除其公开声言的向知识与理性皈依外,实亦
期冀通过此一建制化的"上进之阶",名正言顺地跻身精英阶级。然对
这位来自教化"边地",仅只高小学历,又无其他社会资本可依的"乡下

　　① P. Bourdieu, "Intellectual Field and Creative Project", *Knowledge and Control: New Directions for the Sociology*, London: Collier-Macmillan, 1971, p24.
　　② 陆发春编:《胡适家书》,安徽人民出版社1996年版,第6—7页。

人"而言，不啻一种僭越；其所秉持的独异文化禀赋，亦无法纳入一个用一系列"标准""范式"围构起来的知识场域。这无疑构成了其与"都市"（"知识阶级"）的第一个冲突：

> 眼前的一切，都是你的敌人！法度，教育，实业，道德，官僚……一切一切，无有不是。至于像在大讲堂上那位穿洋服梳着光溜溜的分发的学者，站立在窗子外边呲着两片嘴唇嘻笑的未来学者（此文乃沈描叙入学考试场景——引者）……只是在你们敌人手下豢养而活的可怜两脚兽罢了！他们……为着自己地位的骄傲，暗里时常发笑，也间或会于不能自己的时候，想把你们放到脚下来蹂躏几脚……①

他将目光转向了另一个"知识阶级"的立足点——新文化报刊。然其时北京，"五四"运动余温尚在，新文化的生态却趋恶化。"五四"期间曾叱咤风云的《新青年》《每周评论》《新潮》《改造》等刊物或迁上海，或被查封，或因内部分化而停刊。更重要的是：这些随着"五四"高潮退去的同人或半同人刊物，与硕果仅存的《晨报副刊》《京报》副刊，以及稍后崛起的《语丝》《现代评论》等有影响的新文化刊物，正是大学势力的外化。其编者和主要撰稿人，或是清一色的教授集团，或是引领风潮的高校学生和毕业生——发轫于1910年代的新文化运动及接踵其后的文学革命，本是大学与媒体结合的产物。最初一年半内，"我投稿无出路，却被当时作编辑的先生开玩笑，在一次集会上把我几十篇作品连成一长段，摊开后说笑'这是某某大作家的作品！'说完后，即扭成一团投入字纸篓"。② 1928年，他在上海回叙这段经历：

---

① 沈从文：《狂人书简——给到×大学第一教室绞脑汁的可怜朋友》，见《沈从文文集》，第10卷，花城出版社、香港生活·读书·新知三联书店1984年版，第17页。
② 沈从文：《二十年代的中国新文学》，见《沈从文全集》，第12卷，第380页。

一个初从内地小地方来到大都会的穷小子……以及一点内地小学教育的幼稚知识……拿这样资格,来到全是陌生充满了习惯势利学问权力的北京城,想每月得到三十块钱"稿费",这希望,就真算一种勇敢的希望![①]

无奈之下,他不断地向京中一些知名文人写信,倾诉自己的境遇——事实是:其选定的人生志向,离不开这些掌握着"学问"抑或"话语"权力的"知识阶级"。由于郁达夫和北大哲学系教授林宰平的举荐,沈从文进入了京中一个上层知识圈子——新月社的视线。他的作品开始频见于由这一圈子成员编辑的《晨报副刊》和《现代评论》,并时被邀请参加新月社的一些文艺活动。至此,北京一个最具学院背景的文人集团,接纳了这位来自"五溪蛮"[②]的文学青年。然而,他与这个精英圈子的关系是暧昧的,这种暧昧性不仅来自一种文化背景和认知方式上的"底层"与"上层"分野,更来自布氏"场域"理论中的一种"位置差异"。新月社是一个以清一色留英美学生为主体的社团,其主要成员徐志摩、胡适、陈源、闻一多、余上沅、丁西林等,除有留洋背景外,均是"教授阶级"。与这些有着强势教育背景和身份地位的"圈内人"比,不由"正途"的沈从文显然是一个异数:一方面,这个圈子所崇奉的自由主义理念深合其性;另一方面,显明的位置落差,则又唤醒了一种强烈的边缘意识和卑微自觉。某天,北大英文系教授、《现代评论》"闲话"专栏主编陈源,去新月社访晤徐志摩,他后来回忆:

我第一次看到沈从文,即在此。我与志摩说话时,一个人开了门,又不走进来,脸上含笑,但是很害羞,这就是从文,他只是站在房门口

---

① 沈从文:《焕乎先生》,见《沈从文全集》,第2卷,第163页。

② "五溪蛮"乃中国历代统治者对沅水上游少数民族之蔑称(沈从文:《记胡也频》,见《沈从文全集》,第13卷,第7页)。

与我们说话，不走进来。①

　　这清晰地标示出了沈初次进京时期的社会地理、心理位置——他刚刚走到一座"大城"的边缘和一个仰视中的文人圈子的外围。事实上，这种站在"知识阶级"门槛上的边缘自觉，不仅构成了其与"知识阶级"的复杂关系，亦形塑了其特定的观察视角乃至思维方式。

（二）"新式女人"与身份自觉

　　1928 年 1 月，沈从文抵沪。这并非一次简单的地理位置挪移——他同时走进了一个文化资本多元，消解"权力规训"的差异性媒体空间。然伴其空间转换的，尚有一种来自非理性深层的身心诉求。抵沪不久的沈从文致信大哥沈岳麓：

　　我记得到林［宰平］先生说的一句顶深顶好的话，是"我们在物质生活方面只要能维持下去，其余则在思想生活方面去无障无碍的发展。"然而为着女人的想望是物质方面的逾分固执贪馋？我以为我是在这方面永远会感到那惨痛。②

　　检阅其此一时段的书信、作品，会发现一个挣扎于性苦闷、情焦虑的青年沈从文。这种苦闷与焦虑，同样与一种如咒附身般的"身份自觉"缠结。

　　在沈自上海寄往各地戚友的书信（1928—1931）中，随处可见其在"新式女人"前的一种心理自挫，如"其实上海何尝无女人，到上海说还为女人苦恼，当然为呆话而已。不过上海之从文比北京之从文并不变

---

① 陈西滢：《关于"新月社"》，见陈子善、范玉吉编：《西滢文录》，辽宁教育出版社 2000 年版，第 262 页。

② 沈从文：《南行杂记》，见《沈从文全集》，第 11 卷，第 82 页。

成两个人,其脏其迂,则初不因教书(指去中国公学任教——引者)稍有修正"。① "惟证明不能爱女人,力量固非不足,惟不适于在现代作一情人罢了"。② "一见到学生是女的时,就感到软弱,这不体面的病,或者只中国人有,在中国又或者只有我如此过分。"③"看到女学生问我什么是我最好的小说时,我几乎要大声骂她们是蠢东西。我真想说,'为什么就只能花一块钱买我的小说,却不能够花费一点别的,买我的男性的心看看?'"④对情爱的思慕,甚至影响到了他与所居城市的关系:"因据朋友来信说在北平好读者尚不乏好女人,故……不返乡也决离开上海,重作'北伐'";⑤"因以为北平是适宜用一教授名分可得一女人的便利地方,所以总愿意来试试"⑥。从这些"不登大雅"的"私语"中,笔者所见是:一个挣扎于人生进阶与情爱诉求,不尚浮饰、不谲迂回的"乡下人"的本真生命情态及其朴直思维逻辑。

在一系列的自抑自贬后,他将在异性前的败北(或自败),无一例外地归诸一个"乡下人"与"都市"之间不可调和的冲突:"我有时是很清楚我自己……是已经极不适宜于同女人周旋了的。我的世界总仍然是《龙朱》《夫妇》《参军》等等。……无一样性情适合于都市这一时代的规则。"⑦事实上,作为一种心理反拨,对"都市规则"的诘难和生命欲望的张扬,在沈从文的众多作品里,构成了两条互相缠结的精神内线。

这里容许插叙一段历史:"性"作为现代人本探询的一个方面,曾被许多新文学作家付诸文本实践。然沈从文作品中的性意识,却遭到了郭沫若的"呵斥"。1948年3月,郭在香港出版的《大众文艺丛刊》上

---

① 沈从文:《海上通讯》,见《沈从文全集》,第11卷,第87页。
② 沈从文:《致王际真》,见《沈从文全集》,第18卷,第47页。
③ 同上,第60页。
④ 同上,第65—66页。
⑤ 沈从文:《致王际真》,见《沈从文全集》,第18卷,第47页。
⑥ 沈从文:《海上通讯》,见《沈从文全集》,第11卷,第87页。
⑦ 沈从文:《致王际真》,见《沈从文全集》,第18卷,第63—64页。

登载《斥反动文艺》一文，以红、黄、蓝、白、黑五种颜色勾画所批对象，其中的"红"色，即是用来形诸沈从文的：

> 什么是红？我在这儿只想说桃红色的红。作文字上的裸体画，甚至写文字上的春宫，如沈从文的《摘星录》《看云录》，及某些"作家"得意的新式《金瓶梅》，尽管他们有着怎样的借口，说屈原的离骚咏美人香草，索罗门的雅歌也作女体的颂扬，但他们存心不良，意在蛊惑读者，软化人们的斗争情绪……①

于今观之，所谓"文字上的裸体画""春宫"云云，皆过其实。"呵斥"背后，隐伏着复杂的文学歧见和一种欲立新统而致的攘斥异端。在此情况下，"道德正义"自然成了一种方便性的修辞策略。1988年，"海派"精英施蛰存站出来为"京派"大师辩："从文小说中那些性描写，还是安排在人物形象的范畴中落笔，他并没有轻狂晦淫的动机。……郭沫若以此来谴责沈从文，似乎完全忘记了他的老朋友郁达夫。"②事实上，郭沫若非但"忘记了"郁达夫，亦"忽略了"自己写于20世纪20年代上半期的《残春》《喀尔美萝姑娘》《叶罗提之墓》等意在揭示人的性心理的小说。他在1921年的一篇论文中云："男女相悦，人性之大本。……不能多方箝制，一味压抑，使之变性而至于病。"并盛赞《西厢记》"是有生命的人性战胜了无生命的礼教的凯旋歌、纪念塔"。③ 可见，将"性"作为一种人性的基本内涵和生命存在之验证，几与沈从文的人性观同出一辙。

但又不能简单地将郭沫若的"呵斥"仅归于"偏袒"。在一个日趋

---

① 郭沫若：《斥反动文艺》，载《大众文艺丛刊》，第1辑，1948年3月。

② 施蛰存：《滇云浦雨话从文》，见陈子善等编：《施蛰存七十年文选》，上海文艺出版社1996年版，第318—319页。

③ 郭沫若：《〈西厢记〉艺术上的批判与其作者的性格》，见郭沫若：《文艺论集》，人民文学出版社1979年版，第191页。

政治化、"中心"化的文学语境里,"性""情""爱"这类人性的基本问题,皆已丧失了其本体性的内涵。"性"似亦必得贴合一个神圣化的阐释系统,方可获得自身存在的"意义"。"意义"之外而有"性",则仍是一个充满了道德嫌疑的灰色幽灵。不同于郁达夫常有意无意地将个人的情欲世界攀附于一部民族屈辱史,茅盾、丁玲等一度将"性"组合于"革命",沈从文的性苦闷来自一种"都市"对"乡村"的压抑——这在20世纪20年代末至40年代关于"阶级""革命"和"民族国家"①的集体主义书写中,是一个无以安置的话题,其本身即存在着被排异的"内因"。然沈从文的独特和精彩亦在于此,他始终像一个"乡下人"忠于自己的土地那样,坚执于个体生命体验。这不仅使其创作获得了一种独立品格,亦使其个体情感历史,负载了一次本真意义上的城乡撞击。

二、他者都市,抑或都市中的"湘西"?

在进一步讨论沈从文与"都市"之间的关系时,有两个问题需要加以澄清:

其一,一个容易产生的误解是:沈所激烈批判的"都市",与"上海"几为一词——这多半得自1933年至1934年那场著名的"京""海"论战。然若细察一下,即会发现:在沈一个整体性的"湘西—都市"二元叙事结构中,较诸地域特征鲜明的"湘西",其笔下的"都市",实乃一个边界模糊的地方。

如其作于上海的"都市"小说,即交叠着北京、上海两座城市的影子:《绅士的太太》写国会议员,总统府顾问、参议等"上等人"家的颓腐,这无疑得自其北京生活的经验;《焕乎先生》则勾联着作家在京、沪

---

① 沈强调其作小说的目的乃在"民族""国家"重造,但这显然与"我是个对一切无信仰的人,却只相信'生命'"的个人信条产生了悖论。另其所指"民族""国家",亦与"宏大叙事"在语义上有所不同。

两地的心理历史。又如其作于青岛的同类小说：《都市一妇人》中"妇人"的"都市"背景，包括京、沪、汉三地；《如蕤》的"都市"空间，则在京、穗、青之间转换。而其回到北京后所作的《八骏图》，则将"都市"留在了青岛。至于其在一些"湘西"小说中言及的"都市"或"城市"，则更无明确地域指向。再从其对现实中都市的批评看，他曾激烈地抨击上海的"商业竞卖"，然亦尖锐地指责北京的社会风气：

> 许多人一眼看去，样子都差不多……包含伟人和羊肉馆的掌柜……俨然已多少代都生活在一种无信心、无目的、无理想情形中……另外一种即是油滑、市侩、乡愿、官僚、特有的装作憨厚混合谦虚的油滑。①

故其所谓"都市"，就整体而言，乃其所历城市之抽象。借用《如蕤》中的一句"名言"：即"都市中人是全为一个都市教育与都市趣味所同化"②。而"都市"在其文学地图上，则表现为其特有的二元叙事结构之一极——一个涵容着"知识阶级""官僚阶级"（又被称为"绅士阶级""上等人"）"现代文明""商业竞卖"等社会、文化语义的含混能指。

其二，一个始终未予明了的概念是：沈从文的人性观。沈自称："我是个对一切无信仰的人，却只相信'生命'。"然其"生命"的原意何在？这是一个人们经常有意无意回避，抑或擅加阐释的话题。从其作品内蕴分析，则见出：作为人之原欲的性，不仅被作家认定为一种"生命"存在之验证，亦由此建构了其以自然人性为基础的人性观和美学观，进则成了其判断城乡文明价值的一个基本视点。这条"生命"主线，贯穿于沈从文写于上海即其后的大部分小说。我们或可将此理解

---

① 沈从文：《北平的印象与感想》，载《上海文化》1946年第9期。

② 沈从文：《如蕤》，见《沈从文全集》，第7卷，第337页。

为：作家意在追寻人的自然性与社会性的协调，但在他的作品中，又常常见出一种矫枉过正的偏至："生命中储下的决堤溃防潜力太大太猛，对一切当前存在的'事实''纲要''设计''理想'，都找寻不出一点证据，可证明它是出于这个民族最优秀头脑与真实情感的产物。"①"民族衰老了，为本能推动而作成的野蛮事，也不会再发生了。"②这种人性观的形成，固然建基于作家对湘西民族尚存的原始生命形态的体认，却亦受到了 19 世纪以降，风靡欧美文坛的非理性主义哲学、美学的影响。而两者之冥契，盖出于作家对"都市规则"的反抗和对"异质自我"的正名：

　　假若一种近于野兽纯厚的个性就是一种原始民族精力的储蓄，那么我们永远不大聪明，拙于打算，永远缺少一个都市中人的兴味同观念，我们也正不必以生长到这个朴野边僻地方"湘西"为羞辱。③

　　因此，与某些论者的想象相左，沈所极力针砭的不是人们通常诟病的那种"腐烂""堕落"的"都市文明"（情欲泛滥与道德沦丧），而恰恰是压抑、掩饰了自然人性（包括情欲）的种种文明形态。其中既涵容现代理性，亦牵扯传统文明。一些论者从沈对"都市"的批评中，引出了"文明进步，必以道德退步为代价"的结论，这多半是将沈的人性观，与一个含混的"传统美德"作了等量齐观，并藉以对"都市文明"不加厘定地进行挞伐，这不免陷入了借小说来演自己"大说"的形式主义陷阱。
　　在呈明以上两点后，再来看看沈从文的城乡对比模式，是如何被建构起来的。对其"都市"小说作一整体观，则见其"都市"的边界虽模糊，却有一个清晰可辨的"中心区域"——"知识阶级"及其演绎的"文

---

①　沈从文：《烛虚·长庚》，见《沈从文全集》，第 12 卷，第 39 页。
②　沈从文：《如蕤》，见《沈从文全集》，第 7 卷，第 339 页。
③　沈从文：《记胡也频》，见《沈从文全集》，第 13 卷，第 7 页。

明"。这个"知识阶级"包括见诸京、沪、汉、青等地的教授、作家、大学生等。其二元叙事模式，即是通过将湘西平民的"原始人性"与这类人物的"文明人性"进行分峙、对比而架构起来的。以其写于上海的小说为例：

都市小说《有学问的人》，写一位教物理学的已婚绅士和一位来访女子间的性互诱。男主人不断地发出试探性语言，一步步接近女子。女子"虽然心上投了降，表面还总是处处表示反抗"，又以适度应答，维持住绅士因恐伤及"体面"而随时可能失去的"勇气"，但懦弱的绅士终在即将成功的一瞬退却了。《薄寒》则写"本市"中学里一位被众多男性追求的仪容俱佳的女教员。追求者们竭尽"文明"之所能——客气礼貌的行径、委婉雅致的书信、略带自夸的献媚等，"凡是用在社交场中必须具有绅士风度的行为，都有人作过"，但无一成功。因这女人内心，需要的是"那种近于野蛮的热情"，而其周围的知识男性"却无一个人能把世俗中所谓'斯文'除去，取一种与道德相悖驰的手段，拼牺牲一切作注，求达到一握手或一拥抱的事"。女主人公走进一座公园，看树，树多病恹；观鱼，鱼亦憔悴；见人，人皆卑琐——其中不乏衣冠楚楚、"脸儿极白"的真假绅士：

她故意坐到一个无人的地方去，为假绅士溜转的眼睛见到了，独自或两个，走过来……看看不是路，仍然又悠悠走去了。其中自然就有不少上等人，不少教授，硕士同学士。……他们就是做恋诗的诗人。他们就是智识阶级。智识把这些人变成如此可怜，如此虚伪。①

这类以"知识阶级"为意符的"都市"小说，又以其回北京后所作《八骏图》为极致。在这篇小说的"题记"中，作家毫不留情地指摘这些

---

① 沈从文：《薄寒》，见《沈从文全集》，第8卷，第329页。

知识精英："大多数人都十分懒惰、拘谨、小气,又全都是营养不足、睡眠不足、生殖力不足。"①

　　而与虚伪矫饰、生命力委顿的"都市"相对照的是一个自在、强健的"湘西"。同是描写性互诱,沈的"湘西"小说《雨后》中的一对相悦男女,无需多少文明程序之铺垫,即可行男欢女爱之野合。在这短短3 000多字的篇幅中,贯穿通篇的性隐语和雨后山景,交融为一股酣畅、朴野、诗性的生命涌流。相似的故事发生在《旅店》里,旅店开在湘西边界山脚下,店主是一位名黑猫的27岁灵慧娇俏的寡妇。三年守寡中,她挡拒了往来男客"用歌声,与风仪,与富贵"制造的种种诱惑。但在某天,当四个远道来的贩纸客投店,黑猫的性情"无端的变了":

　　一种突起的不端方的欲望,在心上长大,黑猫开始来在这四个客人上面思索那可以光身的人了。她要的是一种力,一种圆满健全的、而带有顽固的攻击……过去的那个已经安睡在地下的男子,所给她的好经验,使她回忆到自己失去的权利,生出一种对平时矜持的反抗。她觉得应当抓定其中一个,不拘是谁,来完成自己的愿心,在她身边作一阵那顶撒野的行为。②

　　完成"愿心"的方式同样简单、直截,男女间一个暗示的眼神、一个赤裸的动作,即足取代"都市人"繁缛、畏葸,往往是毫无结果的文明程序。

　　相似的性描写或性隐喻,不断地出现在沈写于上海的"湘西"小说中:如《夫妇》写一对年轻夫妇于归省途中,被山野的风和"叫得人心腻"的雀儿撩拨起的自然人性。《参军》通过一位老军官对其年轻弁兵与驻地附近一妇人间露水关系的理解、宽容,肯定了人"性"之常。《道

① 沈从文:《八骏图·题记》,见《沈从文全集》,第8卷,第195页。
② 沈从文:《旅店》,见《沈从文全集》,第4卷,第177页。

师与道场》颠覆了压抑一位法师情欲的"经义"。《三个男人与一个女人》则讲述了一个耸人听闻的"尸恋"故事：一位年轻豆腐坊小老板，将一位暗恋已久，吞金自杀的美少女尸体从新坟中掘出，背入山洞，伴其"睡了三天三夜"。而《采蕨》则恰如《雨后》之翻版。此外，《龙朱》《神巫之爱》《媚金，豹子与那羊》等，则重彩浓墨地描绘了苗族俊男俏女之间，那种欲爱即爱、重爱轻死、不假浮饰的"原初激情"。我们不难从中窥见一个奇幻、蛮强，充盈着蓬勃生命元气的初民世界——它映衬着因"进步"而丧失了生命活力的"都市"。

不仅于此，沈从文还试图从这些"粗糙的灵魂、单纯的情欲"中，引出简单的"人事"，藉以抗衡复杂的都市文明。在《柏子》中，作家以一舟子与土妓之间汪洋恣肆的性爱故事，解构了由"知识阶级"（上等人、都市人）定义的"文明"：

酒与烟与女人，一个浪漫派的文人非此不能夸耀于世人三样事，这些喽罗却很平常的享受着，虽然酒是酽冽之酒，烟是平常的烟，人则更是……然而各个心是同样的跳，头脑是同样的发迷……女人帮助这些无家水上人，把一切劳苦一切期望从这些人心上取去……在每一个妇人身上，一群水手这样那样作着那顶切实的梦，预备将这一月储蓄的铜钱和精力，全部倾倒到这妇人身上，他们却从不曾预备要人怜悯，也不知道可怜自己。

他们的生活就是这样。若说这生活还有使他们在另一时回味反省的机会，仍然是快乐的罢。这些人的心，可说永远是健康的，在平常生活中，缺少眼泪却并不缺少欢乐的承受。①

意即拂去建构"上等人"的种种浮文虚仪——诸如浪漫、斯文、委

---

① 沈从文：《柏子》，载《小说月报》，第19卷，1928年第8期。

婉、雅致、矜持等这类文学、伦理修辞,在拥有和实现人的生命能量方面,底层人与"上等人"并无二致。而前者由于卸脱了"文明"面具,较之后者更显健康、真率。

《萧萧》则写了一个非"五四"知识分子思维的故事:12岁的童养媳萧萧,嫁给了不足3岁的"丈夫"。这种生理、心理上的错位,导致了青春初萌的萧萧,被年轻帮工花狗用山歌"骗"了身子而怀孕。事发后,族人商量着将其沉潭或发卖做妾,因娘家的伯父不忍将其沉潭,遂援后例。然萧萧在等待发卖期间生下了一个儿子,这无疑为"家庭生产"添了生丁,于是"大家把母子二人照料得好好的,照规矩吃蒸鸡同江米酒补血,烧纸谢神"。萧萧亦不必发卖,并在儿子10岁时,与小丈夫圆了房。儿子12岁时,亦娶了一位长6岁的媳妇(年长媳妇能干活)。当唢呐吹到门前时,萧萧抱了与丈夫新生的儿子,"在屋前榆蜡树篱笆看热闹,同十年前抱丈夫一个样子。"按"五四"后的一种惯性思维,作家似在揭示乡村中国的沉滞与蒙昧。然将故事置放于其所营构的一个整体性的"湘西"语境,则又见作家对一种如沉水般随物赋形的自然生命,及一个与之相偕的纯朴浑厚、信天委命的乡村社会的暗许。

这类逆"知识阶级"思维的故事,不断见诸沈作于上海的"湘西"小说:在《丈夫》里,老实巴交的乡下丈夫默许妻子进城(湘西城镇)做妓女,双方却不减夫妻情分,亦不觉损害"人格",因"人格"本来就是由"知识阶级"定义的。即如作家后来在《边城》中所言:

由于民情的淳朴,身当其事的不觉得如何下流可耻,旁观者也就从不用读书人的观念,加以指摘与轻视。这些人既重义轻利,又能守信自约,即便是娼妓,也常常较之知羞耻的城市中人还更可信任。①

---

① 沈从文:《边城》,见《沈从文全集》,第8卷,第70—71页。

夫妇俩后来逃离"城市"，回归乡里，然却非"阶级觉悟"，亦非"人的觉醒"，乃出自作家的一种移情作用，即对"城市"的排拒——哪怕这座"城市"是在"湘西"。《七个野人与最后一个迎春节》，则讲了一个北溪村设官前后的故事。作家让七个抗拒归化的乡民，在北溪山洞营构了一个无官吏、无纳税、无公债、无禁律、无欺诈，亦即无政府、无机心的世外桃源。而山洞外，"地方新的进步只是要他们纳捐，要他们在一切极琐碎极难记忆的规则下走路吃饭"，"为了逃避法律，人人全学会了欺诈"，"年高有德的长辈，眼见到好风俗为大都会文明侵入毁灭，也是无可奈何的"。于此，作家藉一个时空背景十分模糊的"湘西"，不仅颠覆了"都市"，亦解构了近现代知识话语中的"国家"和"历史"。

在上引"湘西"小说中，现实中的湘西开始被剥离，其由社会制度造成的闭塞、贫穷、严酷的社会生态，及由此导致的生存盲目与生命偶然，以及军阀、宗法、童养媳、妇女买卖、鸦片种植、沉潭、械斗、杀戮①等这些"现代人"眼光中的陋俗鄙政，皆被淡去、弱化，人性的纯朴与粗粝，同在一种沉到底式的审美观照中转化为美丽。显然，这是一个理想化了的"湘西"，一个人文地理中的"原乡"，而非现实版图中的一个地域。它对应着一个充满了"学问权力"、规范禁忌、商业竞卖，以及人性退化的"都市"。

然而，一个显在悖论是：沈从文在文本中极力针砭的，正是一个他在现实生活中最想进入的生命场域；而其深情讴歌的，又恰是一个弃之离之的社会人文环境。他在"湘西"小说《会明》中，津津乐道一种非智型的生命形式，而其本人无疑更愿意成为一个"思想活跃的国民"（穆勒语）；他在"都市"小说《灯》中，淬造了一位来自湘西，谨守卑职的"忠仆"形象，然其本人则不耐阻其个体进取的一切"秩序"。他在《长河》等多篇作品中，痛心于"现代文明"对湘西民风的侵蚀，然这又无足

---

① 参见沈从文：《我的学习》，见《沈从文全集》，第12卷，第363—364页；沈从文：《从现实学习》，见《沈从文全集》，第13卷，第374页。

说明其在本心上拒绝了"现代文明"——在沪期间的沈从文,喜欢看电影、观足球,①将自己痛爱的九妹沈岳萌,送到"上海一个法国人处学英语同法语会话",并致信在美国的挚友王际真:"我真愿意她到法国或美国去……尽一个新的地方造一个新的命运。"②他甚至向王表露了自己想去西方国家深造的"小小野心":

在我一切皆是苟安现状的,所以如果能在一种方便中离开中国,到了法国或美国,三两年会把一种文字学好,也是意料中事。我是一面知道我无资格到美国,但也并不把这梦放下的。……不过这也只是一点点无害于事的小小野心而已。③

显然,沈从文实际人生的价值坐标不在湘西,而在集聚中西文明的都市。事实上,亦正是借助"现代—都市"文明(如公共媒体、学校制度,乃至知识阶级如新月绅士),沈从文完成了从一个小学毕业生到大学教授,从"乡下人"到"城里人",从不谙新式标点的文学青年到20世纪中国最优秀作家之一的现代"灰姑娘"故事。由此返观其文学"湘西",实乃一种自觉融入都市而未及的心理反应。换言之,与"都市"互为"他者"的"湘西",乃在一个急欲进入的社会、人文秩序的压抑下,一个被激起的"理想世界";一个借助叙事得以完成的"理想自我",其本身并未越出都市的边界:"回忆里的湘西是经过自己情感蒸滤过的土地。十年来都市'文明'造成的精神重压,使原先的痛楚也带着一丝甜蜜,染上一种生机的活泼和野趣。"④

由是,"原乡"实是他乡。"湘西"者,乃至作为文学家的沈从文,在

① 沈从文:《致王际真》,见《沈从文全集》,第18卷,第58页。
② 沈从文:《致王际真》,见《沈从文全集》,第18卷,第58页。
③ 同上,第52页。
④ 转引自凌宇:《沈从文传》,北京十月文艺出版社1988年版,第254页。

本质上即是现代都市的产物。

三、身份再省："京派"抑或"海派"？

如前述，沈从文笔下的"都市"并无固定疆域。然不同的社会生态，必予作家不同的文化影响和心理暗示。故笔者仍须追问：在沈的文学生涯中，上海的影响何在？

如果我们比较一下沈从文在北京（早期）、上海两个不同时期创作的湘西题材作品，则见：北京时期的沈从文，记录了一个奇光异色却平面化的"湘西"——童忆里的逛街、跳年、烧灯、熬腊八粥，少忆中的春采蕨、秋摘瓜、冬围猎，以及隐于大山深处的苗汉市集、期盼沱江春涨的扳罾人、占山为王的善心强盗、山鬼似地到处游荡的癫子等——在一系列单向度的地域风情展示中，掺入了些许废名（冯文炳）式的冲淡和忧郁。北京时期的沈从文亦写情欲（如《第二个狒狒》《棉鞋》《老实人》《十四夜间》等），但在仿步郁达夫的自曝与感伤时，又不自觉地渗入了一股"怯步者"的卑微之气——这自然与一个仅凭"一点内地小学教育的幼稚知识……来到全是陌生充满了习惯势利学问权力的北京城"的文学青年的自卑心理相关。此一时期沈的笔下，回忆中的"乡"和现实中"城"，并未构成一种互为"他者"的有机联系。其"湘西"，尚是一个漂离个体心性、踏空生命底蕴的文学意象。以笔者的"后见之明"：这位骨子里蕴蓄着原始族裔血性的"乡下人"，需要走出一种固常的文化秩序和前辈文人的影荫，找到或寻回遗失在都市里的"自己"。而这种寻找，是从上海开始的。

由叶圣陶签发的《柏子》，无疑标志着一个转换的开始——正是随着那位蛮强的沅水舟子登陆辰州河岸，走进1928年8月10日刊发的第19卷第8期《小说月报》，"乡下人"的步伐变得放恣、结实起来，一扫此前文本中的卑微而显出一种生命的强质和气韵的流畅。接踵而至的是《雨后》《采蕨》《龙朱》《参军》《媚金，豹子与那羊》《旅店》《神巫之爱》《七个野人与最后一个迎春节》《道师与道场》《夫妇》《会明》《萧萧》《丈夫》《三个男人与一个女人》等。于今观之，这部分小说（还仅为其在上海创作的部分"湘西"小说），均是建构其"湘西"版图的不可或缺的板块。① 这些游离于"文明"秩序或被"文明"压抑的故事，沿着那条汤汤沅水一路铺展，在时或湍急、时或纡徐的叙述语调中，透出一种生命的自在与无忌。其内蕴外韵，适与萧散敦厚、平和冲淡，又稍嫌凝滞迂阔的"京派"文风形成对照。而蕴蓄其内的一脉楚巫土风，则又对"京派"所代表的汉儒"正宗"形成了一种消解。

这是一个由"京"入"海"的沈从文，以笔者观之，更像一个被"解放"了的沈从文——湘西的山峒、野地、河街、道场、吊脚楼，皆成了"解放"的自由空间。笔者很难设想，作者如果没有来到思想空气自由、精神元素繁富的上海；没有进入一个包罗万象的媒体空间，这个充满了生命狂欢和自由心性的文学"湘西"何以建构？

倘若我们不受文本题材所拘，则又见：在疏离政治、逸越道德、面向俗世、伸张个性、重视人欲，甚至标新立异方面，上海乃至"后上海"时期的沈从文，与所谓"海派"具有一种精神内质上的共通处。所不同者，"海派"的活动场域和书写对象，多在现时态、人工化的"城里"，而人在"城里"的沈从文，则将一个锐化的感官王国搬到了"城外"，移向了历史。并且，由于这是一个"外置"的情欲世界，它在游离"文明世界"理性秩序的同时，亦逃脱了"文明世界"的道德审视。作家的形而下视阈，在一片远山近水和"原始关系"的衬托下，显得奇诡神秘又自然而然。套用夏志清的一句评语："觉得在自然之下，一切事物，就应该这么自然似的。"②

---

① 需要指出的是：沈自《边城》以后的作品，越来越"知识阶级"化，风格由明朗而趋晦涩，其"原生态"的"湘西"开始悄然褪去。

② 夏志清著，刘绍铭等译：《中国现代小说史》，复旦大学出版社 2005 年版，第 142 页。

或许，更重要的是：正是在上海，那个曾令他一度感到自惭自败的"五溪蛮"地区，悄然地转化成了一个令其自傲自踞的文学"湘西"，并据此初步确立了一个高贵的"乡下人"的价值与自信。他在"湘西"的《旅店》里批评"都市"：

> 生在都会中人是即或有天才也想不到这些人（指湘西边民——引者）生在同一世界的。博士是懂得事情极多的一种上等人，他也不会知道这种人的存在的。俄国的高尔基，英国的萧伯纳，中国的一切大文学家，以及诗人，一切教授，出国的长虹，讲民生主义的党国要人，极熟习文学界情形的赵景深，在女作家专号一书中客串的男作家，他们也无一个人能知道。革命文学家，似乎应知道了，但大部分的他们，去发现组织在革命情绪里的爱去了，也仿佛极其茫然。①

在此，笔者无需重复沈自别于群的独立品格，而更强调：这种城与乡、"上层"与"下层"、"知识阶级"与"抹布阶级"二元叙事模式的成立，本身即标示着一个"进城者"对自身文化资本和精神优势的确认："或者还有人，厌倦了热闹城市，厌倦了不诚实的眼泪与血，厌倦了体面绅士的'古典主义'，厌倦了新旧乔装的载道文学，这样人，读我这本书时，或能得到一点趣味。"②这是作家自秀于林的文化策略，亦反证着一种包容多元的文化生态，对其个性及其创作特色养成的积极影响。

1932 年 5 月，沈从文离开上海赴北京，8 月转赴青岛大学。于北京小住期间，在人们印象中一向"对上海无好话"的沈从文致信王际真：

---

① 沈从文：《旅店》，见《沈从文全集》，第 4 卷，第 173 页。"长虹"系指高长虹。
② 沈从文：《〈阿黑小史〉序》，见《沈从文全集》，第 7 卷，第 231 页。

我不久或到青岛去,但又成天只想转上海,因为北京不是我住得下的地方,我的文章是只有在上海才写得出也才卖得出的。……北京一般朋友都劝我住在北京,他们在这里倒合式得很,各人在许多大学里教书,各人有一个家,成天无事大家就在一块儿谈谈玩玩。我怎么能这样生活下去?我心想,我一定还得回去,只有上海地方成天大家忙匆匆过日子,我才能够混下去。①

"只有在上海才写得出",是指这座城市的活跃空气,给予了作者丰富灵感和创作动力。这使我们联想起鲁迅择居上海的理由之一:"上海虽烦扰,但也别有生气。"②只有在上海"也才卖得出",则因这座城市除了拥有众多出版机构,还有一个规模庞大、需求多元的读者群体:"一九二八年以后……新出版业方兴起,读者群展开到了学校以外的现代企业中,工作受刺激和鼓励,我成了一个写短篇的热闹人。"③苏雪林曾评沈作品:"本来大自然雄伟美丽的风景,和原始民族自由放纵的生活……可以使我们这些久困于文明重压之下疲乏麻木的灵魂,暂时得到一种解放的快乐。"④换言之,沈的"湘西"读者乃是现代"市民"而非"乡民"。以是观,一个充满了"商业的竞卖""读者的趣味"(沈从文语)的媒体市场,给予作家的并非只是负面影响。

据笔者统计:自 1926 年 11 月至 1948 年 8 月近 22 年间,沈从文共出版、再版小说、散文、传记、文论集(或单行本)63 部,其中 57 部由上海的出版机构出版,⑤占其出版上述类型文集(或单行本)总数的90.47%。就文学的传播而言,上海的媒体,无疑奠定了沈从文在"中

① 沈从文:《致王际真》,见《沈从文全集》,第 18 卷,第 143 页。

② 鲁迅:《两地书》,见《鲁迅全集》,第 11 卷,人民文学出版社 1981 年版,第295 页。

③ 沈从文:《我的学习》,见《沈从文全集》,第 12 卷,第 367 页。

④ 苏雪林:《沈从文论》,见王珞编:《沈从文评说八十年》,中国华侨出版社 2004 年版,第 186 页。

⑤ 据《沈从文著作中文总书目(1926—2002)》,见《沈从文全集(附卷)》,北岳文艺出版社 2003 年版,第 103—163 页。

国现代文学史"上的崇高地位。1933 年下半年,沈在天津《国闻周报》上连载其著名传记《记丁玲女士》(后易名《记丁玲》出版),文中有一段遭人"忽视"的话:

> 教授的文学观念,战士的文学观念,政府的法律,读者的趣味,莫不各在摧残中国文学的健康萌芽,使凡是有希望的作家,不为此一观念所拘束,就为另一观念所缠缚。使人更觉得寂寞处,便是数及对于作家还有些微善意种种方面时,我们还不能不把上海经营新书业的商人安置於第一席。因为现在有人能从丁玲女士作品认识她爱敬她,且觉得她的作品美丽精深与伟大的,最应感谢就还是上海的书店大老板们!书店中人使她生活下来,当时社会的统治者正当想方设法毁去了这种难得的作家时,包括教授与战士在内,一切人皆仍然沉默着……①

这是将上海的媒体,看作了唯一尚能予新文学"健康萌芽"的恒定力量。

1933 年 8 月,沈从文从青岛回到北京。次月,与杨振声共同接掌原由吴宓主编的天津《大公报》的《文学副刊》,将之易名为《文艺副刊》,并以之逐步集聚了一批时在北京的自由主义作家。而沈本人,则由当年那位系慨于"一个作者的命运,全在一个杂志报馆编者手中"②的文学青年,成了执掌一片"话语空间"的名报副刊主持人。1933 年 10 月 18 日,他在《文艺副刊》上发表《文学者的态度》一文,以家中勤谨于职守的大司务老景为例,对文坛陋风提出批评,并指出:"这类人在上海寄生于书店、报馆、官办的杂志,在北京则寄生于大学、中学以及种种教育机关中。这类人虽附庸风雅,实际上却与平庸为缘。"正是这篇文章,引发了 20 世纪 30 年代那场著名的"京""海"论战。

---

① 沈从文:《记丁玲》,上海良友复兴图书印刷公司 1939 年版,第 168—169 页。
② 沈从文:《焕乎先生》,见《沈从文全集》,第 2 卷,第 163 页。

事实上,文章所指对象见诸南北。然沈在其后发表的两篇答辩文章《论"海派"》和《关于"海派"》,则拈出了一个含地域指向的名词,但他特意申明:"当提及这样一群作家时,是包含了南方与北方两地而言的。"①若对其使用这一名词的实际情况作一考察,②则见出一个狭义的概念,即如凌宇所言:"其本意,'海派'不过一种文坛恶劣风气的代名词而已。"③作家是将其心目中的文坛陌行,统统塞进了"一个带点儿历史性的恶意"的语词。然在当时,经由论争者的各自理解和一番叠床架屋式的引申,终将一次普通的文坛风气批评,演绎成了一场地域文化(抑或文化资本、权力)之争。

发表《文学者的态度》一文时,沈正在撰写其无与伦比的《边城》:"一面让细碎阳光洒在纸上,一面也将我某种受压抑的梦写在纸上。"④——仍是一首自然人性的牧歌,复为一则弗氏的生命寓言。我们只要细读一下沈写于1942年的创作谈《水云》,即可触摸到作家创作《边城》的心理动因:这位已届功成名就的文学家,并不满足于"过去理性或计划安排"的人生结果,他陷入了一场"美满婚姻"之外的情理缠斗——存于记忆和闯入现实中的一个个"偶然"(异性),再次牵动了作家的生命哲思。而《边城》既是这种生命躁动的回音,亦是作家藉以抚慰个体心灵的庇所:"这是一个胆子小而知足且善逃避现实者最大的成就。将热情注入故事中,使他人得到满足,而自己得到安全。"⑤但与在上海时期驳杂多变、色彩斑斓的文体实验有所不同,作家选择了一种以静制动、以理驭情的叙事风格,这最终使其创作出了一个贴合上层知识话语和审美秩序的文学"湘西"——无疑,这是一个

① 沈从文:《关于"海派"》,见《沈从文全集》,第17卷,第59页。
② 沈在此前发表的一些文章如《论中国创作小说》《窄而霉斋闲话》中,亦曾提到"海派"。《窄而霉斋闲话》有云:"京样的人生文学结束在海派的浪漫文学兴起以后",从中可见沈对两者均有批评。见《沈从文全集》,第17卷,第38页。
③ 凌宇:《从"京派"与"海派"之争谈起》,载《上海文化》1994年第2期。
④ 沈从文:《水云》,见《沈从文全集》,第12卷,第110—111页。
⑤ 沈从文:《水云》,见《沈从文全集》,第12卷,第113页。

美轮美奂的"湘西"。

有论者认为:《边城》乃北京所赐,一个最直接的理由是沈在北京写出了这部作品。可以想见,京都博大精深的传统文化积淀和京中文人以理节情的古典主义情韵,必予作家以浸润。然沈在早期居京四年多时间里,何以迟迟未达一个恬静而富含生命底蕴的"湘西"(这恐非一句"习步者"所能廓之),却在其回京仅半年余即"一蹴而就"了呢?显见《边城》并非一日建成,它得益于作家前此的整个生命之旅。而京、沪两地的影响是显的:如果说,上海赋予了作家生命的"动",则北京给予了其生命的"静"。一动一静,动静结合,方抵《边城》。

那么,沈从文又是如何接受了北京的"静"的?须知早年漂泊京都,乃其都市行程中一个最不安宁的时期。此后,他又多次明确地拒绝了北京的"静",如在写于 1933 年 7 月的《论冯文炳》一文中,他将这位曾给予影响的京中作家与自己作了小心甄别,指出冯小说中的人物,"皆建筑到'平静'上面","缺少冲突",原因则是"在北平地方消磨了长年的教书的安定生活"。[①] 那么,何以在其由青归京不久,即"超然物外""静如处子"了呢(这里仅就《边城》的叙事风格而言)?是北京的"静力"有所增强,还是作家自身心性发生了变易?答案应是后者:伴随着《边城》这座"精致、结实、匀称"的人性"希腊小庙"的垒就,沈从文自身亦完成了从一个在"窄而霉斋"里远眺知识中心的流浪文学青年,到都市上层"知识阶级"一分子的身份、地位迁徙。而其身后,则铺衍着一条京海合流的生命轨迹。

---

① 沈从文:《论冯文炳》,见《沈从文全集》,第 16 卷,第 149—150 页。

中山北路的时空考古

——台湾当代散文中的台北形象研究

林　强[*]

一、引　言

街道,是城市基本意象之一。街道,垒积城市空间历史形态与文化心理;也朝向城市时代文化精神。街道空间,具有过去、现在与未来三重的时间向度,也具有物质与心灵同构互生的空间维度。可以说,街道的历史,正是城市空间形态和文化精神演变史的缩影。因此,认知一座城市,先从街道开始。正如简・雅各布斯在《美国大城市的死与生》一书中云:"街道及人行道,城市中的主要公共区域,是一个城市最重要的器官。试想,当你想到一个城市时,你脑中出现的是什么?是街道。如果一个城市的街道看上去很有意思,那这个城市也会显得很有意思;如果一个城市的街道看上去很单调乏味,那么这个城市也会非常乏味单调。"[①]

台北,是一座语义丰富的城市。这不仅表现在形象鲜明的区域规

---

*　林强,福建师范大学文学院副教授。本文原载《台湾研究集刊》2013 年第 6 期。

①　[加拿大]简・雅各布斯:《美国大城市的死与生》,金衡山译,译林出版社 2006 年版,第 26 页。

划中，也表现在身世不同的各条街道里。其中，中山北路的空间历史正可与台北城的近现代史相埒。中山北路于乾隆四十五年开辟，光绪十三年被拓宽。自清以来即为通往士林、北投、淡水的唯一通路。日据时期，中山北路被称为"敕使街道"。因其作为通往台湾神社的通道，被拓宽至四十公尺，设为六线道路。此路拓筑至1940年才完工，为当时台北市最完备之道路。1950年代到1970年代，中山北路成为蒋介石与蒋经国上班的"官道"和迎接"国宾"的"国道"。道路建设一直维持最高水准，全线计分四段，待士林区纳入台北市版图之后，才延伸到天母而分成七段，是全台北最完备的道路之一。① 1965年，越战爆发，台湾成为美国后勤基地，也成为美军休假中心，中山北路二、三段产生以服务美军为主的商业形态，包括咖啡厅、酒吧和提供美军的"性服务产业"；中山北路七段天母一带，则以类似美国"郊区住宅"的形式，提供在台美军及其眷属的宿舍区……②中山北路的多重形象和社会功能，无不与台湾社会的政治经济文化结构息息相关。可以说，中山北路所具有的象征意义已经折射出台北乃至台湾的精神品格。廖咸浩在《中山北路，一条真实的不存在的街》一文中曾如此阐释：中山北路"是真实与虚构、历史与现代、传统与新颖、沉重与轻盈、异国与本土、情欲与贞洁、崩溃与重建、虚情与真意、消失与存在、殖民与后殖民等等不同元素的混合物"③。殖民、威权、情欲、异国与梦幻等诸多意涵彼此绾结，构成中山北路混杂而矛盾的精神品格，这也恰好表征了台北这座现代化都市的精神结构。

目前，对中山北路的研究，以台湾学者殷宝宁的专著《情欲·国

---

① 丁荣生：《北台湾开发简史》，见林芳怡主编：《台北大街风情》，（台北）创新出版社1996年版，第23—25页。

② 殷宝宁：《情欲·国族·后殖民——谁的中山北路？》，左岸文化（台北），2006年，第18—19、92—93页。关于大正町的空间历史演变，详见王聪威：《九条通》、《中山北路行七摆》，INK印刻出版（台北），2005年，第27—30页。

③ 王聪威：《中山北路行七摆》，INK印刻出版（台北），2005年，第10页。

族·后殖民——谁的中山北路》(2006年)最具代表性。殷氏从地景史的角度,探讨中山北路的地景变迁,并结合空间的政治经济学与文化研究的方法,解析中山北路所蕴含的情欲、国族与后殖民的意涵及其意识形态建/解构过程。殷氏为中山北路的研究奠定了坚实基础,但若论及中山北路空间形式及其所形塑的感觉结构二者的关系,则尚需更多的材料、特别是文学作品的佐证。其实,早在1993年,台湾的林以青就以硕士论文《文学经验中的都会情境转化之探讨——以五〇至七〇年代的台北市为例》(东海大学),探讨文学经验中的台北都会情境,揭橥50到70年代台北都会的时代精神。林氏曾以陈映真、黄春明、白先勇、王祯和等人的小说,探讨中山北路所具的色情都市情境,并指出中山北路是台北这座城市都市异化的缩影。林氏的研究有相当独到之处,但限于体例并未对文学中的中山北路这一议题做更深入系统地剖析。由此观之,从地景史、城市规划、文学审美等不同视角探讨一条街道乃至一座城市,均能提供一套意义丰富且别具一格的价值参照。然而,笔者也注意到,无论是地景史还是文学的城市研究,多数学者多采用小说素材,甚少涉及散文与诗歌。实际上,此类书写在各文体中均大量存在,且都提供面目不同的城市景观与文学想象。就拿中山北路来说,关于中山北路的散文书写,就已出现诸多专题写作,如王聪威的《中山北路行七摆》(INK印刻出版,2005年)、林芳怡主编的《台北大街风情》(创新出版社,1996年)和赖莹蓉的《中山北路风情系列》(自立晚报,1990年2月14日至2月23日);而单个作家的相关散文也所在多有。有鉴于此,笔者试着从散文文本出发,梳理散文中的中山北路形象史,论述散文家的身体感知、历史记忆、语言表述与中山北路形象建构与拆解的关系,并进一步讨论世代居民感觉结构与街道形象、时代精神之关系。这种问题意识与研究进路望能补目前研究之不足。

二、殖民、威权与情色空间

(一) 作为"敕使街道"的殖民空间

曾经作为"敕使街道"、"官道"、"国道"的中山北路,空间形式烙刻着昔日的殖民与威权统治痕迹,也养成了世代市民的感觉经验。因此,对殖民与威权的空间考古与意识形态的解构,成为后世作家极力探究的课题。

从一条泥地烂路到高度现代化的敕使街道,王聪威在《吾皇万岁敕使街道》中清晰地描述出中山北路的拓殖史。

我们穿越旧日王朝残留未及收拾的田畦水塘泥地烂路,修筑了一条由城内总督府直达神域,由碎石和六百棵相思树铺植而成的十五公尺宽的参拜道路。①

一九三六年我们能斥资一百六十五万日元将敕使街道拓宽为百十公尺,设五线柏油道路。中央十二公尺为四线快车道,旁设绿岛各二点五公尺,上立樟树与三百瓦的高压水银灯。绿岛外设 L 型侧沟,沟外为慢车道,两旁铺水泥方砖并植枫树,所有路上架空电线皆改埋地下。一九四〇年完工,全长三千零九十公尺。自此以后,官前町与御城町高级住宅区纷立,处处独院庭院植栽椰子、棕榈、槟榔、缅甸合欢与油加利树,一派南洋怡乐风情。……是以如今敕使街道不啻为全岛最完善的道路,更与母国东京"昭和通"、大阪"御筋通"同列我国三大道路②。③

日据时期,中山北路经过多次拓宽,具有高度现代化空间表征。

---

① 王聪威:《中山北路行七摆》,INK 印刻出版(台北),2005 年,第 32 页。
② 引文借殖民者口吻叙述中山北路拓殖史,故有"母国""我国"之称。
③ 王聪威:《中山北路行七摆》,INK 印刻出版(台北),2005 年,第 33 页。

但在这种形象背后，却隐藏着殖民"母国"的幽灵。1901年，台湾总督府在圆山建立台湾神社，中山北路成为具有官方意义的"敕使街道"。殖民地官员和普通百姓均通过中山北路前往神社参拜。现代化的中山北路既彰显了殖民当局的现代建设之功，也意在让日本国魂深入人心。正如王聪威在文末所指出的："以敕使街道强而有力地贯穿台北城的形式与阶级分明的市区改正计画，宰制臣民移动的具体空间，并辅以宗教信仰文化皇道的神力掌控臣民的心灵空间……"①中山北路是朝向现代化之路，也是殖民"母国"幽灵宣教之路。

日据时期，中山北路是"现代"和"殖民"两种价值交媾的产物。当殖民的幽灵日渐远去，作为殖民空间的中山北路只能残存在记忆和文本之中。然而，人们如何描述那消失的殖民空间形象？王聪威的描述值得玩味。

是的，谨遵圣旨，吾皇陛下。

森严的铁炮与嗜血的武士刀已经收缴于军火库之中。这些冷血猛兽难以驯服，未来势必得再度野放让它们自由猎杀人头，然而此刻我们暂时将它们囚禁，以换取宁静的异地新年。

……

……即使不将冷血猛兽释放出来，吾皇也能继续统治本岛千秋万世——于是我们所珍视的猛兽们，就有空放到古国中原去玩耍肆虐。

最后恭祝帝国国运昌隆，吾皇万岁万岁万万岁。②

在《吾皇万岁敕使街道》一文中，殖民统治者作为"正史"的叙述者与隐含作者剥离。殖民统治者的叙述，既表效忠天皇的臣服之心，也有肆意屠杀殖民地人民的洋洋得意，更有宰制殖民地人民精神信仰的狼子野心。但在这套殖民话语背后，一股股愤怒、嘲弄与讽刺情绪呼

---

① 王聪威：《中山北路行七摆》，INK印刻出版（台北），2005年，第34页。
② 王聪威：《中山北路行七摆》，INK印刻出版（台北），2005年，第31、34页。

之欲出。这是象征正义、人道的隐含作者发出的。在叙述者高呼万岁之时，隐含作者的笑声暴露了殖民者的恶毒用意，这使文本产生间离和反讽效果。这是一个意义被不断解构的文本。在话语层面上，形成正统与谐拟、庄严与讽刺纠缠的双声部话语结构，散文大一统叙述遭到瓦解。可以说，意识形态与话语形式的双重解构，是王聪威书写中山北路殖民空间形象的突出特点。

（二）作为"国道"的威权空间

国民党当局迁台后，作为"敕使街道"的中山北路逐渐被作为"国道"的威权空间所取代。50 至 70 年代，作为国道的中山北路，时常处于警戒、监视与控制状态；穿梭其中的周遭居民，每每会感受到威权空间的恐怖氛围，并将这种空间体验内化为威权社会中的感觉结构。中山北路威权空间形态的建立，首先是对街道空间的戒严，大批警戒人员化整为零、潜伏其间，管控着街道的空间秩序，确保街道的绝对安全。这也意味着中山北路不再属于市民，行人无权任意穿行，身体自由在威权街道中受到限制。其次，为了保证"领袖"的安全，街道空间形态发生改变。修建复兴桥，最直接的目的就是为了使"领袖"能够在街道上畅通无阻，从而避免遭暗杀的可能。

作为威权空间，中山北路的戒严形象和恐怖气息已经浸透到世代居民的感觉结构之中。不谙世事的孩童尚且可以在中山北路上猜测"领袖"坐在哪一部密不透风的大黑头车里，但稍及长大，这一戏耍姿态却令其后怕不迭。

日后成长在三五步一便衣、再加定时荷枪巡行的宪兵队的监视下，方才猛然醒觉童年的游戏其实玩不得。七〇年代和更早些时候的中山北路是一条高度警备、监视的道路。城内的主要街道少有像它如此过度密集情治军警；日日暴露在这些人的不信任、怀疑近乎敌意的眼光下,这是中山北路居民所必须习惯的。坐在黑头军车内的领袖似乎不曾停脚过,总是拉上布帘让人看不透,不论那一边里外皆同。它仅是一条道路。①

无所不在的监视目光交织成一张令人怵惕不安的恐怖之网,内化进居民的感觉和心理世界,他们不得不匍匐于威权空间之中。神秘感和恐怖感,是威权空间形象的重要元素,也无形中规训了世代居民的身体行为和感觉经验,并最终凝聚为世代居民共同的感觉结构。时至20世纪90年代,陈传兴书写中山北路时,依然对中山北路的监视系统和恐怖氛围记忆犹新,足可见威权空间的强大震慑力。

杨照在作为官道的敦化北路上的恐怖体验可作有力佐证。

走离机场没几步,突然在慢车道开来了一辆宪兵车,车窗里一个人探出头来对我们猛吹哨子。我们停下来,那人又大吼叫我们不要再走。我看到大姊的脸色转白,我自己则忍不住打了几个寒噤。长长的人行道上竟然看不见其他的行人。不久连那辆宪兵车也消失了。

只有我们。定定地站了茫然恐惧的三分钟左右罢,从机场的方向驶来了一队豪华的黑头车。我从来没有看过这么多黑头车。还有威风凛凛的摩托车阵开路。每一辆车前面都插着两面青天白日满地红。在不预期的壮观中,我觉得两脚发软,连忙行了一个漫无对象的童军礼才勉强稳住自己仿佛随时要散开来的躯体……

我认识日据式的台北,也认识美军洋式的台北,然而这是我第一次见识体会到中华民国的台北。政治的威权核心被黑头车载着呼啸过我眼前,宣告着不容怀疑的中华民国……②

---

① 陈传兴:《横躺的通天塔》,见杨泽编:《七〇年代:忏情录》,时报文化(台北),1994年,第32—33页。

② 杨照:《迷路的诗》,联合文学(台北),1996年,第57—58页。

当少年杨照在敦化北路上不期然而遇高度戒严的黑头车阵时，他最直接的身体反应就是脸色转白、寒噤、茫然、恐惧、两腿发软等。身体的惊颤和心理的恐怖，既是特定威权空间及其意识形态暴力内化的结果，也是人类面对威权世界时所产生的最普遍和最直接的身体和心理表现。更堪玩味的是，杨照竟以童军礼践行威权空间的身体行为准则，这也表明驯服的身体早已与威权空间有着更为内在的同构互生关系。杨照在敦化北路上的空间体验让他第一次看清属于"中华民国"的台北面目——一个专制、独裁的社会。

而1972年出生的王聪威，以揶揄与调侃笔调、传说与虚构的方式，想象戒严时期的中山北路，两相对比就显示出不同世代作家的感觉结构与文学书写方式的差异性。

为了保证领袖一路顺风抵达目的地，在他出门前的半小时整条大路就必须进入高度管制状态，行人不得任意穿越通行，由南而北的车辆一律禁止左转。官邸内的年轻军官侍卫尽心确保领袖不会在上车前被暗杀，大路、士林与阳明山区的三个宪兵队驻守在官邸外围，携带无线电的特勤人员、警察、警总便衣也同时加入，隐藏于每个路口、巷弄与分隔岛上繁茂翠绿的行道树之后窥视警戒实施交叉防务。至于他忠心耿耿的陆海空禁卫三军，则分布于附近的山区沼泽巡逻防御，彻底消灭巨大的飞鼠与水蛭。

一切就绪，领袖的车队出发了。队伍包括了前导的交通大队机车、红色宪兵车与四部同色同式样的领袖座车——让杀手搞不清楚他今天坐哪一部。但领袖仍然感到忐忑不安，他望向车外视野辽阔的天际，忽然之间警觉到，万一敌人驾驶战斗机来袭，或是恐怖分子挟持民航向他自杀攻击那该如何是好？所以他即刻发布命令将大路旁的建筑一律提高到四层楼以上，以便在必要的屋顶上头安装高射火炮。①

---

① 王聪威：《中山北路行七摆》，INK印刻出版（台北），2005年，第20—21页。

严正的防卫与谐拟的领袖心态,妙趣横生的虚拟对话,形成正与谐、真实与虚构的强烈对比,这就完全消解了戒严时期中山北路的威权意识形态及其感觉结构。王聪威擅长以"实验性的叙事颠覆现实世界的秩序,重组城市细微而多变的面貌"①,这与杨照等人对威权空间的恐惧书写形成鲜明对比。这两种不同的空间书写背后,隐藏着不同世代作家感觉结构之间的差异。王聪威显然并未体验过威权空间所发散的威慑力和恐惧感,因此他能以轻松的、调侃的语气解构威权空间;而杨照、陈传兴两人尽管是在自由民主的 90 年代台北书写威权空间,却仍然无法摆脱威权空间对他们深入骨髓的震慑力。

台湾退出联合国后,作为国道的中山北路逐渐演变成人们抗议美国的场所。"一九七八年'中'美断交,美国国务院助理国务卿克里斯多福来台湾协商,车队经过中山北路要开往圆山饭店,沿路都被人家丢鸡蛋泼油漆……"②在保守而激情的 70 年代,这次抗议行动,算得上是一次"'蹄声初试'的全民运动",也是一次令人骄傲的空间记忆。③ 随着台湾社会转型,威权空间逐渐消解,复兴桥的功能也消失于无形,这也宣告了它的死亡。复兴桥最终于 1996 年被拆除。从威权到反抗与自由的大道,中山北路随着台湾社会体制的转变也逐渐走向开放和独立。

(三) 作为休假中心的情色空间

作为"国道"的中山北路,戒严时是严禁市民身体自由移动的。市民置身其中,会感到恐怖并自觉服从于威权空间的行为准则。然而,在中山北路两旁的巷弄中,身体的情色展演却暴露了中山北路堂皇面

---

① 封德屏主编:《2007 台湾作家作品目录》(第一册),台湾文学馆(台南),2008 年,第113 页。

② 王聪威:《中山北路行七摆》,INK 印刻出版(台北),2005 年,第 97 页。

③ 吴光庭:《中山北路——繁华、风情、历史的街》,见林芳怡主编:《台北大街风情》,创新出版社(台北),1996 年,第 55 页。

孔背后的丑陋与屈辱。

越战期间，台湾不仅作为美军后勤基地，提供军事基地、后勤补给、装备维修等，也与菲律宾、泰国等地共同成为美军休假中心，这直接促进了台湾性服务产业的发达，也直接带来台湾每年 10 亿美元的外汇。[①] 因此，作为"租界区"的中山北路，还是个情色空间。自小学六年级搬来中山北路三段居住的林文义就见证了此地的情色世界。"七十年代的槭树路（笔者按：即中山北路三段）仿佛是异国。夜来槭树路两旁的街巷：德惠、双城、抚顺。妩媚蚀人的酒吧霓虹，穿着开高叉旗袍或低胸亮片晚礼服的女人，群聚在门口，用着挑逗、蹩脚的英语招呼着方从越南战场抵达台北松山机场，疲惫、渴望酒和女体的美国大兵。"[②]"少年时代的此地，夜来霓虹灯店招妩媚亮起，专做美军生意的酒吧，魅惑、肉感的女人以及异国语言……，彼时，越南正进行猛烈而悲伤的民族战争，从燠热、危险的丛林、沼泽休假的美国人来寻求一种慰安。"[③]暴露的女性身体在酒吧霓虹灯中诱惑着从越战归来的美国大兵，酒色世界隐藏在国道之后。中山北路与街巷截然相反的两种形象，恰好映射了台湾依附美国的政治格局。原来，国道是如此的虚张声势，"满园春色"的巷弄才是更为真实且难堪的台湾。王聪威曾生动地还原出情色运作细节："在越南打仗的军人也会来度个五日假期，一九七○、七一两年就来了二十万人次。他们在松山机场一下飞机，便有中美合作的 R & R (Rest and Relaxation)招待小组的巴士把他们直接载到中山北路三段的乐马饭店（现在的海霸王）。行李一放，一二

---

① 美军司令部 1965 年在台湾成立 R & R (Rest and Relaxation)，由"中美联合小组"与执行小组来接待美军来台度假。根据统计，1965、1966 年共接待美军 20079 人，1967 到 1970 年共接待 170 311 人；1970、1971 两年共有 20 万人。依照钟俊陞的估计，若以当时每个美军一年薪水 12 000 元美金，以其中的 5 000 元花在台湾的话，这 20 万来台的旅游人口，便为台湾带来 10 亿美元的外汇。引自殷宝宁：《情欲·国族·后殖民——谁的中山北路？》，左岸文化（台北），2006 年，第 93—94 页。

② 林文义：《母亲的河：淡水河纪事》，台原出版（台北），1993 年，第 69—70 页。

③ 林文义：《朱丽叶的指环》，九歌出版社（台北），2003 年，第 85 页。

十个酒家小姐就会走进房间排排站好让他们选。……"①

实际上，不只中山北路三段，在一、二段巷弄中也存在着诸多情色空间：

五条通：位置在中山北路一段八十三巷。五条通到九条通曾经是日本人最爱的极乐世界，特别是靠林森北路那一边，从民国五十几年一直热闹到阿扁市长强力扫黄才比较歇下来一点。

……

六条通：位置在中山北路一段一〇五巷。这条巷子几乎是中山北路和林森北路色情业的代名词，充满了优雅的日式俱乐部、小酒馆、宾馆、理容院和三温暖。但是近来日本人景气不佳顾客流失，倒了很多间。②

如果说中山北路及其背后的巷弄是台湾依附美国政治格局的空间象征，那么吧女的私生子在中山北路寻找美国父亲，就不仅仅是个人行为，它也意味着沦为租界区的台湾在寻求美国父亲的认领和庇护。"妈咪弄了张美国兵的照片，说说这家伙是我爹地，以后会接我去美国住。我也真傻，每天拿着照片到中山北路上晃，看到美国兵就围着人家问有没有看过我爹地。"③游荡在中山北路的私生子不正是当年寻求美国援助的台湾?! 作为情色空间的中山北路竟然以物理空间形式翻拍了当年台湾依附美国的政治格局，可见，空间的象征力量多么强大! 小到心灵空间，大到政治空间，无不诡异地在物理空间中公然展演。

---

① 王聪威：《中山北路行七摆》，INK 印刻出版（台北），2005 年，第 96 页。
② 王聪威：《中山北路行七摆》，INK 印刻出版（台北），2005 年，第 29 页。
③ 同上。

三、现代知识、异国情调与梦幻空间

20 世纪 50 到 70 年代,中山北路不仅是一条戒备森严的"国道";其沿线还是一个独特的"租界"①区。1955 年,中山北路三段兴建美军协防司令部大楼;到 1957 年,驻台美军及其眷属总数将近一万人,这就直接催生中山北路沿线的美式消费与文化。1965 年越战爆发,大量美军来台休假,这更促使中山北路(特别是三段)在未来的十年中逐渐形成以美军为主要消费群体的地景。② 此外,1960 年代,中山北路二、三段的"领事馆""大使馆"与"公使馆"占全台"领事馆"的一半,外商、外贸公司也多集中在这一地区。这也使得中山北路沿线成为台北外籍人士消费活动的主要区域,特定地点甚至成为舶来品进口、购买外国进口商品的代称,如晴光市场、福利面包公司等。相对于中山北路一段政府官员聚居处,二、三段不仅充满了异国气息,更具有不可及的"租界区"的意味。③

(一) 现代知识展演地

中山北路上的美军顾问团、美新处、士林美国学校等美国文化机构是美国思想文化在台北的传播集散地,它与六七十年代的台北知识

---

① 词出殷宝宁采访对象,见殷宝宁:《情欲·国族·后殖民——谁的中山北路?》,左岸文化(台北),2006 年,第 19 页。

② 殷宝宁:《情欲·国族·后殖民——谁的中山北路?》,左岸文化(台北),2006 年,第 92—93 页。

③ 殷宝宁:《情欲·国族·后殖民——谁的中山北路?》,左岸文化(台北),2006 年,第 64—65 页。另外,王聪威对中山北路三段美军顾问团周边地景变迁做了详细考证:"一九五四年,中美协防条约签定,美军顾问团开始在中山北路三段一带盖营区;现在的中山美术公园上曾经有美军协防司令部——也就是后来的彩虹宾馆,她简洁的建筑风格影响了以后几十年台北市的官方建筑。还有一大片木造的美军眷属宿舍、美国士兵专用的六三俱乐部,以及酒泉街口的美军军官俱乐部——后来改为联勤军官俱乐部。美术公园的对面现在是中山足球场,日据时代叫圆山运动场,……美军来了,把她改建为协防司令部的营区,其中有个美军福利站:美国军邮海外供应处 P.X.,里面有电影院、购物中心、酒吧。连小教室都有。"引自王聪威:《美国大兵天堂》,《中山北路行七摆》,INK 印刻出版(台北),2005 年,第 93 页。

青年思想情感息息相关。70年代的知识青年热衷于音乐、电影等新文艺事物。他们上晴光市场找唱片，到中山北路上的西书店、美新处图书馆找英文书，在士林美国学校看布纽尔的电影并兴起了"试片间文化"，甚至到美军顾问团找电影看，到"哥伦比亚"咖啡厅谈音乐等。在知识青年追慕美国文化的步伐中，中山北路扮演了极为重要的角色。

中山北路一带的书肆与唱片行在这段时期是整个盗版文化的重要源头，所卖所印绝大多数是通俗小说或教科书、词典语言教学之类；偶尔会卖点严肃，也大都是经典文学，少有今日所谓的当代思潮之类的书籍。这其实也蛮正常，这些书肆原本就是以一般美国人为主要客户而兼及想学习英语的中国客户，大众文化书刊自然也就成为主类。……如果说中山北路贩售、推广美国的大众文化，那么美新处的文化推展策略明白的定位在精英文化层面，一方面向此地文化界推展美国的"现代"福音，另一方面则透过画廊举办画展、讲演活动培养本土的文化精英。美新画廊在当时是唯一的替代展览空间，所举办的洪通展览即是这种策略下开出的奇花异果。①

中山北路的文化空间不仅在兜售美式的流行文化，也在搬演美式的大众生活方式和价值观念。而这些，对于尚处于国民党威权统治的台湾市民而言，都具有一种追求现代化的魔力。当然，中山北路的文化空间不止于此，作为推展精英文化的美新处，更具有培育台湾社会精英形成美国＝现代化的使命。

美新处与其下各类文化出版机构（如当年的今日世界出版社）倾销美式自由、民主的价值，可谓不遗余力。一九七三年，我进大学，入

___
① 陈传兴：《横躺的通天塔》，见杨泽编：《七〇年代：忏情录》，时报文化（台北），1994年，第34页。

外文系，其后七、八年，常到南海路美新处看书、听演讲、看画展（包括洪通画展和其他新生代画家的前卫作品）。南海路的图书馆与画廊，一如罗斯福路上的耕莘文教院，二者对于七〇年代台湾新崛起的文化艺术有份策应、掩护的贡献——这我至今深信不疑。①

　　浸淫在美国文化机构传播的知识世界里，台北知识青年直接感受到美国式的大众和精英文化、美国式的民主与自由气氛；或者说中山北路已经提前预演了一个现代的、民主的政治体制和社会生活。这正是台北知识青年所向往与期待的。从寻找美国电影、摇滚音乐、英文图书，到兴起试片间文化，再到湖口村实地拍摄与筹办音乐大餐，台北知识青年以半地下化的方式反抗着威权体制与思想压制，这一过程逐渐形成群体与自我的认同。在喧闹的摇滚音乐与电影中流淌的是骚动不安的青春气息。70年代，许多青年以电影或者摄影作为一生的志业，这是时代潮流所致；但更重要的原因是，"电影摄影（动的或不动的）在彼时正是'现代'同意语。一如抽象画与现代诗之于五〇年代，七〇年代的台湾开始起动加速，先前诉求永恒的静态图像自然不适于蓬蓬勃勃的加速度时代，追求片刻的自我荒颓正是当时青年心底所藏的共同欲望。套个流行的辞汇，沉迷在机械影像与摇滚音乐的七〇年代的台湾少年，淋漓尽致地'复制'生活，复制自己，复制一切，毫不保留地快乐、活过盗版翻印仿制的海盗年代"②。在还是威权专制的台湾社会，知识青年无法找到知识、思想的本土根基；而几十年来，美国又被塑造成为自由、民主、开放、多元甚至社会公平的现代化国家形象；因此，知识青年只能将认同指向美国、指向"现代"，靠复制大众流

①　杨泽：《有关年代与世代的》，见杨泽编：《七〇年代：忏情录》，时报文化（台北），1994年，第6页。
②　陈传兴：《横躺的通天塔》，见杨泽编：《七〇年代：忏情录》，时报文化（台北），1994年，第34页。

行文化来复制西方的生活与价值形态。这种对威权/父权的叛逆、对本土文化的淡漠、对美国现代文化的梦幻迷醉,加上青春期思想的苦闷与心理的压抑杂糅而成的感觉结构,是 70 年代台湾知识青年所独具的。

(二) 异国情调与梦幻空间

20 世纪六七十年代,中山北路二、三段上的空间建制和知识世界,也表征着"异国的情调"与未来的梦幻都市。

中山北路,对于那个时代身穿牛仔裤,一早醒过来就按下收音机听美军电台的长发青年而言是一种愉悦,一种境内偷渡的爽快,不纯然是殖民地租界的异国情趣,而是"期待"的提前预演。逛书店买几张盗版的新唱片,一两本洋书,走在少有的林荫道上洋人群中,再加头上呼啸而过的喷射机;无疑地,"未来"就在那里。在七〇年代成长的那一代,有一大部分人在数年后,方才几分延迟地向当年的虚构未来报到。①

70 年代的中山北路二、三段,实际上扮演了双重角色,一个是异国形象即美国形象,它是与台湾现实迥异的他者世界;另一个是台湾的未来形象,被提前展示的现代化都市。这双重形象与价值的微妙转换,让人产生真实而又梦幻的错乱感。

当廖咸浩第一次经过中山北路时,他竟然怀疑这条街的真实性:"方才经过的这条街,可是一条真实的街? 那会不会是一场灿烂的梦,……"②因为中山北路的异国气息,与平庸的现实不同,它泛着梦

---

① 陈传兴:《横躺的通天塔》,见杨泽编:《七〇年代:忏情录》,时报文化(台北),1994年,第32页。
② 廖咸浩:《迷蝶》,INK 印刻出版(台北),2003 年,第28页。

境的光晕,有着一种"向未来开展的气韵"①。而这种未来感和梦的气息与当时绝大部分的台湾城市迥然有别。比如基隆,它是"比较像属于过去的"城市:"殖民时期建筑风格的火车站和港务局、老式而不断喘息的公车、岸边水声有点慵懒的港口、翻覆在大马路中间的牛车、港边街上一字排开的酒吧和它们俗丽的招牌、加了香菜的刁家清蒸牛肉面香以及店里北方人的吆喝声……"②。殖民建筑、乡土景观、世俗世界以及那种慵懒的气息是属于基隆城的现实世界,但对廖咸浩而言,它们也意味着闭塞和平庸。此时,城市的街道成为时间的扮演者,一条伸向过去,一条延向未来。

中山北路上的落叶、人行道、精品店、咖啡店、酒吧、美军顾问团、西书店、仿洋的建筑等共同氤氲成一种气氛,这种气氛酝酿出属于异国的梦境体验:"酒吧和顾问团不可解的地方是在环境的营造上。原本不陌生的人进到漆黑霓亮强烈对比的烟硝小屋内,或者是走在绿油无垠的阳光草地上,似乎就是失去了与我们共同的生活背景,而化成电影、梦境的一部分。"③这种梦境空间,也意味着身体的自由与解放:"你可以肆意拥抱假日、拥抱阳光,完全接受中山北路虚幻的异国情调强烈的暗示。"④异国情调和梦境空间,似乎让置身其中的人暂时摆脱了尚处于威权统治下的现实时空而尽情游乐于充满阳光和自由的梦幻世界。然而,不管是身临其境还是冷眼旁观,未来和梦境,都成为人们所亟欲窥探的世界。它是如此真实却又如此虚幻,它属于当下的却又来自未来,它是一条真实的不存在的街道。这种时空混淆的街道,既是城市现代化过程中错置的异国空间,也是人们追慕现代化与自由化世界的心灵空间。

---

① 廖咸浩:《迷蝶》,INK 印刻出版(台北),2003 年,第 29 页。
② 同上。
③ 杨照:《迷路的诗》,联合文学,1996 年,第 29 页。
④ 廖咸浩:《迷蝶》,INK 印刻出版(台北),2003 年,第 31 页。

中山北路的时空形态是如此真实与梦幻，就连街道上的恋情也染上了相同属性："因为 V 曾陪你走过中山北路，那儿的一切变得愈发真实，也愈发虚幻。因为她是那么的属于中山北路，不属于其他地方。"恋情的甜蜜与纠葛、真实与飘忽，也竟如中山北路一般，绚烂如梦境。多年以后，廖咸浩甚至冷静地写道："在中山北路，所有的爱欲与付出、出卖与背叛，都曾被允许、却未必都清楚。因为她并不存在，所以一切都轻若鸿毛。"①恋情、爱欲如斯，时代、社会亦如斯。当思绪在不同时空穿越，真实与虚幻，存在与不存在，都已经失去了清晰的界限，就连现实都变得模糊而虚幻。《中山北路，一条真实的不存在的街》一文用"你"来指称作者，也用来指称那个世代的青年，他们经历了如梦似幻的年代，也经历了似真亦假的爱情，他们有着大致共同的真实而梦幻体验。这是作为"租界区"的中山北路所制造出来的梦幻感觉，也是苦涩爱情酝酿出来的情感幻觉。因此，中山北路，不仅仅是一条既真亦幻的物理时空，也是凝聚特定世代的爱欲、信仰和梦的心灵时空。

四、结　语

作为一条标志性街道，中山北路的百年形象，不仅是台北乃至台湾百年形象的缩影，其混杂矛盾的精神品格也象征着台湾社会百年来的心路历程。

从日据时期高度现代化的"敕使街道"，到国民党统治时期作为"国家"形象代表的"国道"、"官道"，再到越战时期作为美军休假中心的情色街区以及与之相伴生的异国情调和梦幻空间，中山北路繁复的空间形象，是在台湾特殊的历史情境中孕育而成的。它高度浓缩了台湾社会自乙未割台以来所受压迫与寻求反抗的空间政治形态。

---

①　廖咸浩:《迷蝶》，INK 印刻出版(台北)，2003 年，第 31 页。

　　不仅如此，在每一次国际与岛内空间政治格局的定型与演替之中，世代居民的感觉结构都被无形地塑造。而这也集中体现在散文家对不同时期中山北路的书写中。作为殖民空间，中山北路成为市民朝拜日本神社的必经之路。道路的高度现代化与殖民地的身体宰制、灵魂压迫竟然如此诡异地纠结在一起。而作为国民党统治的威权空间，身体禁忌与恐怖体验，也成为市民们难以摆脱的心结。至于情色空间，女性所遭受的屈辱，正是台湾依附美国的政治隐喻。令人震惊的是，现代化的空间幽灵始终隐藏在这三种空间形象背后，若隐若现。追求自由、平等与独立的现代精神附着其间螺旋攀升；于是，异国情调、梦幻想象成为一个时代的精神标记。

　　总而言之，散文文本所表征的中山北路空间形象，既是真实的历史形象，也是想象的象征空间，是世代居民在压迫与抗争、依附与屈辱、苦闷与叛逆、梦幻与追求中凝结而成的文化精魂。

市井生存与民国政治的沟通：
想象天津的一种方式

李永东[*]

一、引　言

　　近代天津的城市性格显得极为"各色"。在政权更替、租界林立的背景下，近代天津比上海、汉口等租界城市容纳了更多的旧朝遗民和更庞杂的殖民势力。在天津，朝野、中外势力时而勾结、时而对抗，洋务运动与仇洋事件同样引人瞩目。天津不是政治中心，却是政治交易的后台，各个租界接纳了众多下野的军阀和前朝的遗民；天津未能引领新文化运动，却是北方新闻事业和市民文学的重镇。天津华界不像上海那样走向了租界化①，天津城与外国租界虽比邻，却又相距遥远，存在空间权力、文化心理、生活样态等诸多分隔；也没有像北京那样延续传统城市的整体格调，天津九国租界的空间规模远远超过了天津城，三不管与小洋楼文化共存，各种势力交错纠缠，盘吸在繁荣混乱的城市肌体上。

　　天津的"各色"，不仅指向城市的历史风貌，也指向看待城市历史

---

*　李永东，西南大学文学院教授。本文原载《中山大学学报》2016 年第 2 期。

①　李永东：《租界文化与 30 年代文学》，上海三联书店 2006 年版，第 29 页。

的方式。理查德·利罕"把城市看作文学想象的产物"，"把城市当作文本来考察"，"将城市文本化，既创造出自己的现实，也成为看待城市的一种方式"①。近代天津辟有"九国租界"，应该是一座非常洋派的城市，然而在文学想象中，天津往往被写成混混、拳师、妓女、姨太太、纨绔少爷、街头闲人、市井高人、逊清遗老的世界。哪怕是写洋行买办、租界华商的长篇小说《买办之家》（林希）、《乱世津门》（陈守信），也溢满了大宅院或江湖情义的味道。同样是租界城市，近代上海被贴上"摩登"的标签，在记忆与想象中总是与"十里洋场""东方巴黎""小资情调"等联系在一起。而天津"洋"的一面被贬抑，"土"的一面被放大②。肖克凡认为"天津卫处处都是俗人"③，林希说天津是"平民文化的大本营"④，吴若增把天津本土的主流文化概括为"以贫苦移民为基本载体的行帮文化"⑤。对旧天津文化品格的体认，规约了新时期小说想象天津的方式。正如丁帆论述地域文化小说时所指出："地域文化小说不仅是小说中'现实文化地理'的表现者，同时亦是'历史文化地理'的内在描摹者。"⑥新时期小说对旧天津的想象，非常信赖晚清民国文人对天津的塑形，承续了《沽水旧闻》《津门杂记》和刘云若的社会言情小说所定影的城市格调，面向本土传统，偏重市井趣味。总体来看，新时期小说的旧天津想象，尤其倾心于市井生活的书写，具有传奇的色彩，可以用"市井传奇"一词来概括。新时期作家不仅热衷于为旧天津的市井生存立此存照，还念念不忘在俗世故事中掺入民族国家叙事的元素，由此生发出想象天津的一种方式——市井生存与民国政治的联结叙事。

———

① ［美］理查德·利罕著，吴子枫译：《文学中的城市：知识与文化的历史》，上海人民出版社2009年版，第383页。
② 藏策：《"津味"到底什么味儿》，《小说评论》2008年第4期。
③ 肖克凡：《人间城郭：肖克凡津味小说精选》，百花文艺出版社2005年版，第2页。
④ 林希：《老天津：津门旧事》，江苏美术出版社1998年版，第239页。
⑤ 林霆：《天津小说三十年的文学史观察》，《小说评论》2008年第4期。
⑥ 丁帆：《总序》，林希：《天津闲人》，北京出版社1998年版，第1—2页。

二、"乱市"天津与市井政治

按照空间的性质和阶层的区隔,中国传统文化可以分为宫廷文化、士林文化、市井文化与乡土文化①。一般城市存在的主要是士林文化和市井文化,只有一国之都才会出现宫廷文化、士林文化和市井文化共存的局面。这些文化类型各有一套观念体系和礼仪制度,文化主体的身份界限分明,不容僭越。然而,在畿辅门户天津,九国租界的存在为逊清王爷贵族提供了庇护所,为北洋政府在位或下野的大员提供了进退的回旋空间,因而近代天津同时容纳了宫廷文化、士林文化、市井文化和殖民文化的元素。在乱世中想入住租界的人很多,逊清遗老寓居租界,能获得一种特别的心理上的满足与安定,他们"能拒不承认民国政权的正统而同时又有置身于民国的法律之外的满足"②。托庇天津租界的北洋下野政要,有着类似的心态。但是,无论逊清遗老还是北洋旧人,都不得不及时降低姿态,收敛锋芒,作出闹市隐逸的姿态。"天津是一个平民城市"③,前朝旧臣跨出紫禁城,下移天津租界以后,已失去以往特权赖以存在的基础,李治邦《津门十八街》中的王爷、御厨,林希《北洋遗怨》中的下野总统、总理,存在过往身份与现实处境的逆差,决定了他们的黄昏人生、惶恐心理、危机处境和投机空间。

在传统中国社会,各级衙门与地方士绅维持着城乡的秩序,形成

---

① 参见《中国文学概论》(袁行霈著,高等教育出版社 1990 年版,第 48—75 页)、《市井文化》(蒋和宝、俞家栋编著,中国经济出版社 1995 年版,第 3 页)、《市井文化与市民心态》(赵伯陶著,湖北教育出版社 1996 年版,第 4—5 页)、《市井》(周时奋著,山东画报出版社 2003 年版,第 5 页)等。

② [美]周明之:《近代中国的文化危机:逊清遗老的精神世界》,山东大学出版社 2009 年版,第 56 页。

③ 林希:《天津人》,浙江人民出版社 1997 年版,第 66 页。

稳定的四民社会结构,政统与道统合一的士大夫阶层①是治理地方、约束民众和协调矛盾的主体力量,士农工商、三教九流各安其分,各谋其事。治国安邦、政治操作乃朝廷的独家权力,权柄不可下移。权谋机变与市井人物无关,市井人物在权力运作和政治变革中扮演着局外人或消极被动的角色。尽管历史演义中的农民暴动或朝代更替故事把民间英雄推向前台,但他们是以群体力量来冲击既有王权,诠释的是乱自上作、官民对立、忠奸斗争的政治模式。历史小说《水浒传》《三国演义》《洪秀全演义》和历史著述《史记·陈涉世家》皆如此。

在近代天津,租界的商业主义和洋人势力具有重组城市社会的功能,原有的社会分层受到冲击,宫廷文化、士林文化、市井文化、殖民文化之间的森严界线被撬动,在某些方面形成了沟通的渠道。多种文化和各色人等碰头的通道就是天津的市井社会。正如周海波所论:"上至皇室贵族,皇亲国舅,达官贵人,下至青皮混混,烟花女子,三教九流,应有尽有,构成天津卫一道独特的风景。但天津卫的特点还不仅在于有这么多人和物,更在于各色人等都可以在天津特定的生活环境中上下沟通,相互交往,都容纳于天津市井社会的大格局中。"②如此天津,为市井通向民族国家政治的书写提供了现实逻辑。在天津想象中,庙堂与民间、洋派与旧习、大雅与大俗、极善与极恶,总是能以市井传奇的方式联系在一起。《天津大码头》中的华界混混卢振天与英租界买办洋教李竟能结成姻亲;《四凤楼》中的连喜喜既是色魔、疯狂复仇者,又是救助难民的大善人;《高买》中的小偷陈三能与直隶总督袁世凯、翰林院杨编修、逊清贝勒爷对上话,扯上事,并最终成为夺回国宝的民族英雄;《津门十八街》中的王爷与御厨的儿子争风吃醋;《龙嘴

---

① 罗志田:《乱世潜流——民族主义与民国政治》,中国人民大学出版社 2013 年版,第 1 页。

② 周海波:《津味,一种民俗的文化阐释——林希小说读札》,《当代作家评论》1999 年第 4 期。

大铜壶》中的杨翰林隔三差五到杨四的街边小摊喝茶汤。市井与政治的关系构成旧天津文学想象的重要一脉，形成了一道独特的文学景观。在想象旧天津的小说中，如林希的《天津闲人》《一杠一花》，周凡恺、王上的《四凤楼》，李治邦的《津门十八街》等小说，市井人物得以掺合社会权力的运作和城市形象的建构，市井叙事得以触碰、窥探天津甚至国家的权谋机变和内外纷争，民族国家观念的表述在市井叙事中生发出另一种形态。这不能笼统地归于新历史主义的影响，更多的是天津城市的独特显影。

市井细民得以掺合权力运作和内外纷争，与近代天津是一个"乱市"有关。天津之乱首先与空间权力的分割有关。从权力主体与空间的关系看，近代天津一分为二：一是天津城，为绅商、世家、权贵的天津；一是九国租界，为洋人以及买办、军阀、遗老的天津。在这二者之间，还夹杂存在着一个"三不管"地带，即日租界与天津城之间的南市，此为"混混"①、闲人的天津。权力空间的切割把近代天津带入了混乱的境地，中国作家关于民国天津的文学想象，总体来说是利用三个权力空间的人物关系来生发故事。杂乱的天津进一步催长了市井的活力和能量。"三不管"地带为市井闲人、混混提供了折腾的空间，动荡的时局为市井闲人、能人带来了生事的"良机"。朝野、中外、官商、新旧势力沟通或冲突的需要，则把市井闲人、能人卷入时代大势或城市事件中，身不由己或始料未及地掺合了国家大事和民族政治。更何况，天津原本就是"平民文化的大本营"，民国时期的天津流行的是刘云若、宫白羽等的言情和武侠小说，新文学很不景气；新时期的天津书

---

① 混混，即混星子。《津门杂记》(1884)对之的解释："天津土棍之多，甲于各省。有等市民无赖游民，同居伙食，称为锅伙。自谓混混儿，又名混星子。皆憨不畏死之徒，把持行市，扰害商民，结党成群，借端肇衅。每呼朋引类，集指臂之助，人亦乐于效劳，谓之充光棍。"（张焘：《津门杂记》，天津：天津古籍出版社，1986年，第87页。）《沽水旧闻》(1934)对之的解释："混混，一称混星子，天津之特产也。渊源燕赵多悲歌之士，故遑其轨外游侠伎俩。一言不合，以刀枪相见，刹那间，生死立判，战时视死如归，被逮后甘刑如饴，诚异秉也。"（戴愚庵：《沽水旧闻》，张宪春点校，天津古籍出版社，1986年，第158页。）

写更是着意挖掘"老城里""三不管"的"津味"，"五大道""小洋楼"的"津味"显得稀薄①。如此，市井生存与民国政治的书写模式，在天津想象中愈加得到强化。由于混混、闲人、能人、妓女等市井人物的参与，天津的民族国家叙事被世俗化，市井叙事与民族国家叙事融为一炉，色彩斑驳。下面两部分以林希的小说为主要对象，讨论天津想象如何实现市井生存与民国政治的对接。

三、天津闲人与民国政治：被"乱市"裹挟、被权贵利用的闲人故事

新时期想象天津的小说，尤其是津味浓厚的那些小说，有相当一部分讲述的是乱世中"乱市"天津的闲人、能人故事。乱世为时间标示，指向军阀纷争、日寇侵华的民国时代；"乱市"为空间标示，指向新旧、朝野、中外势力盘根错节的天津。乱世与乱市的时空对接，造就了津门闲人、能人。这些闲人、能人的市井生存，通朝野、扰津门、干国运。由此，天津想象在市井、城市与民族国家之间建立了奇特的故事模式。

作为北方第一商埠的近代天津，五方杂处、商业繁盛、军阀云集、逊清贵族扎堆、外国势力蜂聚、帮派横行、强民嚣张，各种势力形成了错综复杂的权力制约关系。在这混杂的权势网络中，恰恰留下了市井闲人腾挪的空间。多数情形下，各种势力存在沟通的障碍，例如《天津闲人》中的报社主笔、颜料厂老板、北洋前总理、大律师、"放鸽子"的女人等，各有各的生存空间和交际范围，原本坐不到一块，但是天津闲人一搅和，市井的敲诈与要人的投敌这两件风马牛不相及的事件就发生了关联，天津闲人像穿针引线一样把各怀鬼胎的实力人物缝合在一起。

---

① 藏策：《"津味"到底什么味儿》，《小说评论》2008 年第 4 期。

在天津想象中,市井的活力被放大。市井原本集中了民间的生存智慧和活力。周时奋在《市井》一书中写道:"市井就像一块魔地","在这里首要的条件不是资产和资本,只要市井这块魔地存在,也就是说只要这里直接的市井式供需关系存在,市民就能够通过卖货、卖力、卖艺、卖色、卖智、卖乖、卖巧以至卖恶、卖奸、卖无赖而获得生存的形式、取得生存的权利,这就是真正具有独立文化意义的'市民'阶层的特殊活法。"①天津闲人,就是不直接参与市井交易,没有正儿八经营生的一类人,他们是靠"卖智、卖乖、卖巧以至卖恶、卖奸、卖无赖而获得生存的形式、取得生存的权利",简称"混事由"。他们在五方杂处的"乱市"权力网络的间隙中找到了立足之地,并被乱世所裹挟,为谋生不自觉地闯入军政人物的游戏中,成了天津政治权谋中的卒子。《天津闲人》《丑末寅初》《一杠一花》《三一部队》等小说建构的正是乱世民国的天津闲人故事。

由天津闲人引发的天津故事,往往采取"风起于青萍之末,舞于松柏之下"的演进方式,由小人物牵出关涉国家政局或城市安定的大事件,从而在市井闲人与民族国家之间建立观念联络。《天津闲人》②以一具无名尸为故事端绪,巧妙地把闲人、妓女的日常谋生与前总理大臣卖国投靠的大事件掺合在一起。闲人苏鸿达之所以假装了解无名尸的一点由头,只不过因他正饥肠辘辘,想骗报馆主笔的一顿午饭;风尘女子俞秋娘冒充死者的妻子,也不过想讹诈一笔小钱来开销。这是天津闲人找饭辙的惯用伎俩,或者说是天津闲人的生存写照。这是前台故事——市井生存的故事。日本觊觎华北之际,闲人找饭辙的日常事件,却为前朝总理暗通伪满洲国带来了遮人耳目的良机。天津政要的卖国交易是幕后的故事。前台故事与幕后故事借一桩无名尸案,得以编织在一起,天津闲人、风尘女子、报刊主笔、大律师、前总理大臣、

---

① 周时奋:《市井》,山东画报出版社 2003 年版,第 28 页。
② 林希:《天津闲人》,《中篇小说选刊》1992 年第 6 期。

伪满洲国醇亲王等人物牵扯到了一起，低等闲人的生存故事与政要权贵卖国投靠的故事实现了巧妙嫁接。个个都以为在无名尸案中扮演了玩弄人的高手，最终被玩弄的、倒霉的还是小人物。即使能调解大事的"大了"之类的闲人，最终仍然属于被利用的人物。《三一部队》①中的闲人侯明志，不仅能调停民事，还能在民家与兵家之间做"大了"，似乎战乱不已的天津非依仗侯明志出面维持不可。然而抗战结束，侯明志才发现，正邪合流把他一脚踢开了——他被玩了。侯明志自以为能"了"天津卫的大小事，最终他还是被乱世中善变的体面人物戏要了。小说由侯明志的"大了"身份和"托管"国军司令的小情人的事件说起，带出抗战时期天津大人物的所作所为：他们毫无民族国家观念，危险时期各求自保，卖国求荣，抗战胜利后却纷纷摇身一变，一个个成了抗战功臣。闲人的生存状态与民族抗战的大事件相组合之后，闲人的作为具有了政治意义，民族国家事件则带有了市井趣味。

《丑末寅初》②有明暗两条故事线索，有前台故事和后台故事。后台故事是程议长要整治被烟赌毒嫖、坑蒙拐骗弄得一团糟的天津南市，为此，以袁五爷为首的江湖黑帮势力与以程议长为代表的新派政治领袖较上了劲。应该说后台故事属于城市现代化变革的重大政治事件。然而，小说的明线和前台故事却从市井小人物——靠"打飞虫"谋生的朱七着笔。因岳父过生日，"短衣帮"朱七借了邻居的一件毛料长衫来挣面子，正是这件身份错位的长衫，不断节外生枝，让朱七窥探到邪恶横行、怪相丛生的天津的隐秘世态，不明就里地卷入城市权力争夺的事件中。一件长衫，把控制南市的袁五爷与主张整治南市的程议长的矛盾白热化了，然而，最终两人相安无事，南市仍然一如既往的混乱不堪。一件长衫，烛照出底层闲人朱七要面子、充大爷的国民性问题，以及由此引发的人生悲喜剧；一件长衫，更是揭穿了国民参政制

---

① 林希：《三一部队》，《长江文艺》1995 年第 3 期。
② 林希：《丑末寅初》，《中国作家》1992 年第 4 期。

度的虚假,新旧、黑白势力乃一家,南市的现代治理不过梦一场。《丑末寅初》由低等闲人朱七的日常生存写起,层层递推,巧妙地引向天津权势阶层纷争的大事件,小说可以概括为"一件长衫引发的天津黑白两派的权势之争"。

市井生存与民国政治的大跨度对接,之所以能做到严丝合缝,除了有天津特有的"乱市"语境做底子,还与作家在叙事中善于借"道具"来谋篇构思有关。"道具"本是佛家应用的器物,后来指戏剧演出中所需的舞台用品,并被挪用到小说叙事中①。小说中的道具,"既具有'故事情节性'也具有'文学意味性'"②。在天津想象中,道具除了具有通常的表意功能之外,还是沟通市井生活与庙堂政治的中介物。在天津想象中,道具能组织人物关系,把身份悬殊、职业分割的各类天津人物牵扯到一起,并映照出世道人心,彰显出时代政治。冯骥才《神鞭》中的辫子,张仲《龙嘴大铜壶》中的龙嘴大铜壶,林希《买办之家》中的龙凤宝石戒指,林希《高买》中的国宝"绿天鸡壶",李治邦《津门十八街》中的故宫宝物子母玉,皆有此功用。天津市井闲人与民国政治的叙事,更是把道具的结构功能发挥到了极致。《天津闲人》《丑末寅初》借一具无名尸、一件长衫就编织出了民国政治的乱象,津味十足。

同样,《一杠一花》中的一顶军帽就制造了奉军将要洗劫天津的谣言,扰乱了天津市面。而起始原因,乃妓女宋四妹从陈老六弄来的奉军军帽看到了商机,让陈老六戴着军帽到处晃荡,引发奉军将来天津的谣言,天津民心慌乱,妓女的生意在乱世中才好做,闲人陈老六也乐得白花宋四妹奉送的小费。这原本是两个天津小人物自导自演的一场谋生小戏。然而,事情发展却超出了小人物的掌控,演变成了区公所和天津商会的利益之争。区公所所长于敬如借保一方平安的名义

① 陈公水、徐文明:《论道具在〈聊斋志异〉中的美学功能》,《蒲松龄研究》2003年第3期。

② 李裴:《小说结构与审美》,贵州人民出版社2003年版,第80页。

增税加捐、盘剥商民。

"这出戏唱到这里，陈老六才看出来一点眉目，合算，一切一切全都是人家做好的圈套，用自己这顶一杠一花的奉军军帽，搅起来一个奉军就要进关的消息，闹得天津卫人心惶惶，日月不宁；这样，市面上一吃紧，区公所就趁机发财。商会想出面干涉，好办，于敬如买出来八个姐儿，陪着商会会长余子鹏一干人等下杭州，半个月时间，于敬如敛足了钱，余子鹏回来再出面一说话，一场虚惊云消雾散，发财的发财了，开心的开心了，倒霉的只是小商号，赔了老本，误了生意，几年的苦心经营，全泡汤了。而最倒霉的还是老百姓，三天一次保安费，被区公所搜刮得一干二净。"①虚假战事与城市政治的故事，就在市井生存与官僚贪腐之间神奇般地展开了。这些小说总是从闲人的日常谋生来开启故事，通达的却是天津政治生态的表达。

闲人的街头瞎混能够搅动津门、联系朝野、关涉国运，需要获得特定的话语场的支持。这类小说在关键人物／事物的组成上形成了较为固定的模式，故事情节在五个因素的交织中推进。这五个因素为：一个混事由的闲人，一个不安分的风尘女子，一两个幕后大人物，一个道具和一份报纸。闲人谋生是事件的引子；风尘女子导致事件的转向；道具把各路人物联系起来；因大人物的存在，市井生存事件与城市政治事件搭上了关系，事件的发展为大人物所操控；报纸新闻是事件的催化剂和权力较量的风向标。各类人物的性格是固定的，在小说中并没有发展，这就使得闲人、混混、大人物、律师、风尘女子、新闻记者所组成的众生相与天津形象之间有着对接关系，所塑造的天津形象是市井的，又是现代的。现代政治改革或政治交易为市井趋利避害的生存原则所控制，使得现代新闻和现代法律成为市井文化的装饰。天津形象因此是市井的、江湖的、灰色的。不过，由于从被权势碾压的底层闲

---

① 林希：《一杠一花》，《江南》1997 年第 2 期。

人的角度来体验、评述发酵的政治事件,故这些小说超越了通俗文学的境界,不仅从道德上、政治上嘲弄了权势阶层,对于裹入时代风潮中的市井细民,亦"哀其不幸",描摹出旧天津混混文化把市井生存推入不自觉的悲哀境地。

四、天津能人操纵国事的方式

天津下等闲人卷入政治事件,带有被动性、盲目性、偶然性,且被利用、被戏弄。天津能人则清醒地、机智地周旋于个人生存与政治风云的夹缝中,审时度势,顺势而动,应对天津市面的重大变动,甚至影响军政行动。实际上,天津能人既不是手握兵符的将军,也不是以笔为旗的文人,他们与治国安邦沾不上边,因为从身份上看,新时期小说中的天津能人不过是三教九流之类的江湖人士,如小偷、相士、习武者等。他们身处军阀横行、外侨嚣张、内战不已的乱世,却能得以保全,一则他们具有不凡的市井智慧和江湖技艺,二则他们把握了乱世奸雄的人性弱点,灵活利用乱市天津的新旧人物,应对有方,进退有度,故敢于与军政要人玩手段而不致引火烧身。

《堂会》①的话语风格是诙谐的、夸饰的,涂抹出的民国政治生态是灰色的,有黑色幽默的意味。具有南北统一意义的大革命,其结果是革命政府的行辕主席与北洋残匪的将军握手言欢,所谓南北统一、革故鼎新的大革命,不过是新旧军阀的一场交易和权力重组,其神圣性荡然无存。小说叙述彪炳史册的北伐革命,既不着眼于战场拼杀,又不抒写民族大义。小说把革命降低为人情世故、饮食男女的故事,把革命变成天津市井的一次"操作"——余三能操办的一场堂会。

余三能乃天津能人,以给天津的豪门权贵操办堂会混口饭吃。这

---

① 林希:《堂会》,《上海文学》2002 年第 8 期。

次轮到给前北洋政府的常将军操办六十大寿的堂会——这原本是余三能的日常业务，然而，在天津叙事中，市井生存、日常生活通达的却是江山社稷的大势。余三能替常将军操办庆寿的堂会，遇到了点小麻烦，即将军府管事的陈副官不乐意，原因是北伐革命的大局已定，常将军在西北的旧部成了残匪流寇，粮饷全无，领兵的陈副官前途无望。要把堂会弄成，就得让陈副官和残匪流寇有出路，余三能想到了革命政府的华北行辕主席。为了把"为王"的行辕主席与"为寇"的常将军拉扯到一起，余三能找到了主席的相好——花界女子花艳容，并想尽办法让名角齐老板答应在堂会上屈尊与花艳容配戏。将军府举办堂会时，革命政府的行辕主席为花艳容捧场，违背常例与前北洋的常将军坐到了一起。天津能人余三能操办的这一场堂会，"使一个落草的流寇得以荣任革命军旅长，还使得北洋下野的军阀和北伐军拉上了关系"，蒙在鼓里的学生还上街游行庆祝"北伐军第三十九旅"（陈副官旧部）进驻古北口。小说写余三能操办堂会，也就是写民国政治的运作，正如小说写道："操办堂会，类若率兵打仗，类若组织内阁，更类若兴邦治国"，操办堂会，也就是"操纵天下兴衰"。小说演绎了天津能人参与民国政治的方式，在天津市井的堂会故事中推论出革命政治叙事，对新旧合流的革命进行了嘲弄。

《相士无非子》中的相士无非子对军阀战争的卜算与干预，既带有戏说历史的成分，又是基于对近代社会和天津城市语境的独特理解。天津紧靠京城，能迅速传递时局动荡的讯息，清末至北洋军阀时代的历史风云在天津刻下了种种痕迹。由此，天津就成了近代政治纷争的观测点。天津是民国时代含混性社会结构的交汇点，沉渣泛起。无非子位于繁华闹市的相室，容纳了天津的各路人物，包括政坛的得势者与失意者，前朝的遗老与本地的混混，经学硕儒与香艳交际花，报界巨子与算命术士。这些人物不伦不类、毫不抵牾地聚集于无非子的相室，使得相室成为天津社会众生相的缩影。身处时代的观测点和社会关系的缩微空间，无非子能够联络雅俗、朝野、新旧各方神圣，左右逢源，虽处相室而知军阀政客的野心和政治纷争的动向，再加上无非子知识广博、熟研时事、随机应变，故"二十年来中国社会的风起云涌、盛衰成败、兴亡胜负"①，皆在他的运筹帷幄中，他"不仅拨弄着求卦者的人生，甚至影响到战局利钝，宦海浮沉"②。时局被一江湖术士所拨弄，这不仅表明无非子的高明心智，更批判了军政要人的穷兵黩武、愚顽迷信和时代政局的动荡不安、乱象纷呈。

"小盗窃钩，大盗窃国"。窃钩是市井之徒的伎俩，窃国则是权力阶层的手段，二者不可同日而语。《高买》③则把窃钩者和窃国者一锅炖，从高买（小偷）的角度进入底层的生存、城市的面子、民族的尊严等宏大主题。这三个主题的叠加，足够贴上"史诗性"的标签了，然而，这一切都依靠高买陈三的人生事迹来串联，使得小说的"史诗性"被野史格调、市井趣味所消解。小说以小博大，以俗承雅，以诙谐寓沉重，以个人观时代，这一切全落在高买陈三形象的塑造上。在小说中，窃钩者与窃国者相互牵连，高买的故事和时代、民族国家的故事融为一炉，以此构设出天津的市井传奇。小偷勾当，何其卑贱低劣，而朝廷实行新政、袁世凯复辟、列强觊觎中华等历史事件，何其重大。重大历史把陈三卷了进来，并被陈三所掌控。与故事题材相适应，小说开头就使用类似于"话说天下大势"的夸饰笔调引出陈三："公元一千九百零一年，清光绪二十七年，有几桩非凡的事件震惊了天津卫的三教九流父老乡亲，也震惊了古国中华的天朝龙庭。一时之间沸沸扬扬，很是让天津城和天津卫的老少爷们儿出尽了风头。"

由此说到清末变法，袁世凯在天津推行新政，整治混混、盗贼、鸦片和娼妓。表面看这是现代城市治理的善举，然而，陈三和瘪蛋姐弟

---

① 林希：《相士无非子》，《中国作家》1990 年第 2 期。
② 《中国作家》1990 年第 2 期"扉页"。
③ 林希：《高买》，《中国作家》1991 年第 1 期。

的遭遇，确证了盗贼和娼妓的存在恰恰是奸雄当道造成的。"窃国者为诸侯"的袁世凯以好听的名义来整治盗贼，将把小偷逼向谋生的绝境，陈三的抵制因而带有了某种正义性。这是陈三为一个行业的生存作出的举动。陈三与海派贼王的交手，则维护了天津这座城市的面子。陈三最光辉的事迹，当属偷窃国宝"绿天鸡壶"。袁世凯窃国，倒卖国宝"绿天鸡壶"作为称帝的资本，前朝的老编修杨甲之不顾一切想阻挡国宝被租界洋人买走，却无力回天，痛感这是中国人的耻辱。陈三被其感化，趁乱把洋人在拍卖现场拍得的国宝窃走，送到杨编修府上，这是他做贼三十年唯一一次自愿偷窃。一个前朝遗老与一个贼王的神奇联手，最终破坏了国宝外流的卖国行径。袁世凯窃国，陈三反窃国，民族国家观念借一个贼的行为得到了诠释。陈三的偷窃，具有了反帝与反国贼的意味，被杨编修称为"义侠"。陈三对袁世凯治贼、出卖国宝行为的阻遏，实现了市井生存与国家政治的直接通达。

跑演出的余三能、算卦的无非子、偷东西的陈三，都是天津的市井能人。在旧天津想象中，这些市井能人乘乱世和乱市之风，以市井的方式窥破、干预地方事务和军事纷争，使得民族国家政治这样宏大、庄严的主题，在天津市井生存的尘埃里开出怪异之花，读之五味杂陈。

五、漫漶奇特的市井叙事

天津想象与民族国家叙事，沿用的既不是知识分子的现代性话语模式，也不是大众、阶级话语模式，更不是政党话语模式，而是天津独有的市井话语模式。这种话语模式虽独特，却不属先锋叙事的范畴。林希的小说是奇特的，它的奇特是漫漶的奇特，不是硬戳戳的奇特。硬戳戳的奇特容易辨识，容易解说，鲁迅的《狂人日记》、郁达夫的《沉沦》、张爱玲的《金锁记》、莫言的《红高粱》、韩少功的《马桥词典》、张承志的《心灵史》、贾平凹的《废都》、阿来的《尘埃落定》等小说，在题材观念和艺术形式等方面都具有硬戳戳的独特之处，从而成为文学史上熠熠生辉的经典之作。想要用一两句话来标记林希小说的各色之处，是一件令人困窘的事情。因为我们并不难从林希的小说中找到文学史的投影。他的小说脱离了阅读经验的旧有路数、创作观念的因袭模式和文学史的陈规话语。他的市井叙事，虽涉及商人、浪荡公子与妓女、戏子的男女关系，笔墨间却毫无窥视情色、展览城市隐秘的动机，其趣味既不停留在津津乐道的赏鉴层面，亦无意于执行道德的审判，更缺乏才子佳人的浪漫色彩，这就与《三言二拍》、狎邪小说、鸳蝴小说等通俗文学拉开了距离。

　　林希的小说常常为晚清重臣、北洋要人、津门权贵绘影描形，却与晚清谴责小说"揭发伏藏，显其弊恶"的道德化、隐私化写作有别。并不是说林希的写作回归到"新文学"趣味的行列。他的买办世家故事存在主人与仆人的身份区分，却无阶级情感的干预；存在父子冲突，但并不与反封建、反家族制度以及个性解放的主题有实质性的瓜葛。例如，林希有关侯家故事的书写，部分人物和情节似乎接近了"新文学"的套路，最终却分道扬镳。长篇小说《天津卫的金枝玉叶》关于六叔萌之退婚与开祠堂惩戒的叙述，原本属于新文学反家族制度的好素材，小说却把它处理成家族势力与新潮青年共谋的一场喜剧；关于新女性苏燕的出走故事，最初的情节仿佛是五四观念的翻版，但是后面的情节发展和"爱"的观念解构了苏燕的新女性形象——抗战结束后，当年的新女性苏燕成了国民党高官的夫人，为了自己的"声誉"不受影响，她竟然不愿与离别多年的女儿菊儿当面相认。同样，林希小说中的市井能人、闲人掺合到军阀混战、政治交易、城市整治的时局中，但是小说无意于表达神圣革命的观念，也不是像老舍的《茶馆》那样在黑暗旧时代与光明新时代之间建立隐秘的观念逻辑。他的小说也难以寻觅到人性、个性、自由、生命尊严的压抑与舒张的新文艺腔。尽管如此，试图挪用通俗文学的批评观念或研究套路来解读林希的小说，我们又会感到迷惘。

　　冯骥才的《三寸金莲》、肖克凡的《天津大码头》以及周凡恺、王上的《四凤楼》等津味小说同样具有类似的特性。《三寸金莲》发表后，冯骥才觉得评论家们对他的"这玩意儿'无处下嘴'"，这与《三寸金莲》的怪异、混杂的风格有关，冯骥才有意"把这东西摞在不同人不同认识层次不同审美标准的交叉点上"，"极自觉清醒地想创造一个新的样式。既写实荒诞浪漫寓言通俗黑色幽默，又非写实非荒诞非浪漫非寓言非通俗非黑色幽默。来个四不像模样。接受传统又抗拒传统，拿来欧美又蔑视欧美"①。冯骥才的这种创作意识及其呈现的思想艺术风貌，可以看作津味小说创作的共有秘籍，也是冯骥才、林希、肖克凡、龙一等作家天津想象的共同文化趣味，既通俗又高雅，接受传统又抗拒传统，拿来欧美又蔑视欧美，在中西、古今、新旧的交叉点构设津味小说。

　　《三寸金莲》让评论家"无处下嘴"，林希作品同样让研究者难以逞才使气、见微知著。诗人邵燕祥认为："林希的小说得到了识者的赏鉴，然而我以为其相当部分堪称杰作的作品，还远远没有得到应有的足够的评价。"②相对于林希的文学成就来说，学术界对林希小说的研究尚显得寥落，或许，这与林希小说漫漶的奇特性有关，与他的创作无意于"与时俱进"、跟进潮流有关，他的笔墨总是停留在乱世的晚清民国时代。他为何那么钟情于写乱世人生？因为乱世给了他驰骋笔墨的自由放任姿态，他是以含混的笔墨来写乱世。正如他自己所说："想一想这段历史时期真令人神往，腐朽的在死亡，新兴的在诞生，黑暗消褪，曙光升起，英雄豪杰、志士仁人、夫子圣人、王公贵胄、前朝遗老、洋场恶少、神仙老虎狗、生旦净末丑，无论你如何描绘都不会过分，无论你怎样离题都仍合情合理，而且无论怎样的情感，怎样的悟彻都可以

---

　　①　冯骥才：《我为什么写〈三寸金莲〉》，《文艺报》第 2 版，1987 年 9 月 19 日。
　　②　邵燕祥：《诗人林希》，《时代文学》1999 年第 1 期。

以它作载体，天公厚爱，吾焉能再有它求？"①林希的这段表白同样适合其他作家的天津书写。

天津想象不是借宏大叙事来承载民族国家观念，而是兼顾了市井生存和民国政治的主题。相关小说往往有明暗两条故事线索，市井生存属于前台故事，是小说叙事的起点，并为两条线索的交汇提供叙事动力，带出的后台故事则关乎庙堂政治。因此，无论市井闲人被政治拨弄，还是市井能人拨弄政治，都使得民国政治的叙述浸透了市井味。

市井与政治的联结叙事，是天津想象对中国现当代文学的一大独特贡献。在现代文学中，"市井"并没有引起新文学家的特别关注。"市井"含有"街市、市场"以及"粗俗鄙陋"之意②，新文学家的出生和处境使得他们并不熟悉市井社会，倒是通俗作家包天笑、张恨水等对市井着墨较多，但通俗小说主要是从道德善恶的角度来打量市井社会和市井人物。介于雅俗之间的张爱玲在《桂花蒸　阿小悲秋》《金锁记》等小说中潜入都市男女的世俗心理，构设出一个个市井传奇故事，她对饮食男女、日常琐碎的市井生活的叙述，刻意疏离民族国家的政治话语。新文学家也不是完全放弃市井生存的书写，张天翼的《包氏父子》，沙汀的《在其香居茶馆里》、夏衍的《上海屋檐下》、李劼人的《死水微澜》和老舍的《骆驼祥子》《四世同堂》《月牙儿》等小说，所提供的门房、袍哥、车夫、妓女、戏子、地方豪绅等等人物形象，都属于市井人物。然而，在新文学家的笔下，市井人生是被审视的对象，是社会不公的佐证，是需要启蒙之光加以照亮的灰色地带，作品通达的是底层的苦难、政权的腐败、国民的劣根性、文化的反思等启蒙主题或革命主题，"市井味"并不浓郁。这类小说也会涉及到市井与政治的关系，但仍不脱文化启蒙和社会批判的主题框架。到了新时期，新写实小说和京味小说把创作的笔触伸向了武汉、北京、长沙等城市的市井生活，池

---

① 林希：《诡辩的文化与文化的诡辩》，《中篇小说选刊》1990年第4期。
② 王冬梅：《中国古代文化与文学》，河北人民出版社2007年版，第213页。

莉、方方、何顿、王朔、邓友梅、汪曾祺、叶广芩等是其中的代表。他们的作品或是表现由商业的、物质的观念所操控的都市世俗生存，或是进入传统文化人格与现代社会的交接仪式，或是以粗鄙的话语解构崇高、权威。新写实小说和京味小说基本上是只谈生活，不谈政治，虽然市井人物也难免与时代政治发生关系，但时代政治只是他们生存的整体背景，间接而笼统地影响着他们的命运。

市井与民族国家政治的联结叙述，尽管在天津之外的地域书写中也隐约存在，但是其情形、旨趣与天津想象不可等量齐观。只有在天津想象中，市井人物既不被精英主义的启蒙观念所审视，也不被世俗庸常的生活流的描写所挤压，他们既可怜又可敬，既自得又自危，既玩人又被玩。只有在天津想象中，市井生存的书写超越了"小街小巷小市"①的空间格局，超越了鸡毛蒜皮、耍奸使坏、恩怨纠葛的情节模式，超越了阶级冲突、文化启蒙的精英立场。在天津想象中，市井有着独立的文化意义和特殊的社会规则，散发着巨大的能量，把各阶层的人物都囊括其中，从而也把市井生存推入乱世天津、乱世民国的"大势"和"大事"之中，并从市井人物的角度来感受、理解城市变革、权力纷争和民族危机。由此，天津想象在市井人物与民国政治之间建立了一种互观的关系。在互观中，实现了"市井政治"的含混表述；在互观中，天津想象呈现出漫漶奇特的文学风格。市井生存与民国政治的沟通，既是想象天津的一种方式，也是重新理解民族国家历史的一种方式。

---

① 肖佩华：《中国现代小说的市井叙事》，学苑出版社 2008 年版，第 1 页。

第 三 部 分

文学上海

论海派文学的传统

陈思和*

"海派"这个词,原先含有文化性格的概念,老派的上海人形容某种举止豪迈、出手大方、或者夸夸其谈的吹牛性格,常常用一个词叫"海威",我以为这是沪语中"海湾"的变音,海湾水势浩大,惊涛拍岸,有时用来形容某大亨是:"这个大老倌交关海威。"现在"海威"这个词已经淡出,由"海派"取而代之。老辈人形容某人性格说,"这个人做起事体来蛮海派格",往往也是指其性格中的豪迈、大方和夸夸其谈。把这个词用在文学艺术上,先是出现在绘画领域,接着又出现在戏曲领域,而在文学上确定其名则比较迟,大约到 20 世纪 30 年代才有海派之说。但像上海这样一个城市,其自身的历史风貌和文化形象在文学创作上获得艺术再现并不是一个 30 年代才出现的要求,而是开埠以来的洋场生活逐渐对文学创作发生影响的长期结果,就其具体所指的风格内涵来说,则与上海人口中一般所指的"海派"有较大的区别。

一

自近代上海开埠以来,中西文化的冲撞一直激荡不断,逐渐形成

* 陈思和,复旦大学中文系教授。本文原载《杭州师范学院学报》2002 年第 1 期。

了以西方殖民话语为主导的所谓"现代性"的文化特征。在传统文化的观念里，中国文人对这种现代性历史怀有极为复杂的心情——现在上海人常引为自豪的昔日繁华的"家底"，正是在丧权辱国的租界阴影下形成的。

半殖民地的统治者不会真正按照西方文明的标准来塑造上海，它们所需要的，一是在殖民地维持宗主国尊严的形象，二是使殖民地变成一个他们即使在自己的国土里也不便放纵的情欲乐土。前者使他们在殖民地建造了许多与西方接轨的文明设施，成就了文明与发展的标志；而后者，则在文明设施中寄予了畸形的原始欲望，就像一个在庄严的大家庭里循规蹈矩的男人难免在外面格外胡作非为一样，一切在法律或者教规禁止以内的情欲因素都可能在殖民地领土上变本加厉地膨胀。① 所以，当上海被西方冒险家们称作为"东方的魔都"时，它已经自然而然地担当起西方文明的情欲排泄口的功能，西方冒险精神正是在这种种犯罪欲望的刺激下变得生气勃勃，风情万种。

另一方面来看，殖民地固有文化的种种弱点也不会因为西方文明的进入而自然消亡，对处于弱势地位的本土文化而言，文化冲撞中首先被消灭的往往是文化中的精英成分或是传统的核心，至于文化渣滓与泡沫非但不会被淘汰，反而顺理成章地融入强势文化的情欲体系，作为异国情调而得到变相的鼓励。这就是为什么像亚洲地区的雏妓、人妖、二奶、吸毒、赌博、迷信等等所谓国粹级的文化现象即使在经济发达以后也始终得不到根除的原因之一。欲望鼓励了经济上的冒险与繁荣，也鼓励了种种情欲肆无忌惮地畸形膨胀，构成了典型的东方

---

① 正如贝蒂·佩一狄·魏(Betty Peh — T I Wei)在《上海：现代中国的熔炉》中所指出的，这种外来的异性因素在其本身的文化传统，即以基督教为中心的正统价值体系中也可能是异端，如对于世俗欲望的无止境的追求和商业主义。见 Betty Peh— T' I Wei："Shanghai：Crucible of Modern China".P1，Oxford University Press，1987。事实上中西方交通的历史上存在着这样的事例：当一种思想(即使这种思想曾经是主流)在本土受到怀疑或排挤时，便寻求向外发展的途径，当代西方对自身环境的保护和节约资源的主导思想可能使之向外寻求资源，进行资源掠夺，即在其他国家表现出对资源的滥用和环境的破坏。

殖民地的文化奇观。这种文化之所以在上海这个东方城市中发展得比较充分，是因为上海本来就地处东海边陲，国家权力控制不严密，传统文化根基也不深厚，再加上经济开发带来人口流动，五湖四海的地方民间文化都以弱势的身份参与了新文化的形成，因此，西方强势文化的进入不曾得到本土精英文化的丝毫阻挡。

这一文化特征反映在文学艺术创作中，构成了"海派"文学的最大特色——繁华与靡烂的同体文化模式：强势文化以充满阳刚的侵犯性侵入柔软靡烂的弱势文化，在毁灭中迸发出新的生命的再生殖，灿烂与罪恶交织成不解的孽缘。当我们在讨论海派文学的渊源时，似乎很难摆脱这样两种文化的同体现象，也可以说是"恶之花"的现象。但上海与波德莱尔笔下的巴黎不一样，巴黎从来就是世界文明的发射地，它的罪恶与灿烂之花产生在自己体腔内部，具有资本主义文化与生俱来的强势特性，它既主动又单一，构成对他者侵犯的发射性行为，而在上海这块东方的土地上，它的"恶之花"产生于本土与外来异质文化掺杂在一起的文化场上，接受与迎合、屈辱与欢悦、灿烂与靡烂同时发生在同体的文化模式中。本土文化突然冲破传统的压抑爆发出追求生命享受的欲望，外来文化也同样在异质环境的强刺激下爆发了放纵自我的欲望，所谓的海派都市文学就是在这样两种欲望的结合下创造了独特的文化个性。

二

当文学面对的是这样一种复杂的文化现象时，它所展示的形象画面必然是意义含混、色调暧昧的。在近现代中国的现代化进程里，西方文明一直是作为知识分子所向往所追求的目标出现的，为知识分子的启蒙提供了遥远、朦胧而美好的参照系，但在海派文学里，现代化的意象却要复杂得多，也含混得多。从 19 世纪末期的海派小说《海上花列传》（韩邦庆）到 20 世纪中期的市井小说《亭子间嫂嫂》（周天籁），这之间构成了一组以上海各色妓女为主题的故事系列，其中引人入胜的是，作者叙述语言竟是用香艳娇软的吴方言。作为一种靡靡之音，它曾经弥漫在上海的情色场所，形成了感性的、肉欲的、对所谓"现代性"只是充满物质欲望的人性因素，用这种方言写的小说与以北方官话为主体的政治小说之间自然划出了一道明显的鸿沟。也许正是它所显示的异端性，《海上花列传》在正统的晚清文学史上没有很高的地位，正如《亭子间嫂嫂》在 40 年代的文学史上名不见经传一样。由此所形成的一个海派文学的创作传统，在五四新文学传统中也是受尽鄙视与轻蔑，在陈独秀、周作人、郁达夫等新文学主将的笔底下，上海的文化与风尚一直是以不光彩的形象被描述出来的。①

　　如果我们仅仅把《海上花列传》所代表的美学风格视为海派小说的唯一传统当然是不全面的，因为当时的上海也同样活跃着各类批判现状的通俗革命小说，表现出上海文化多元与开放的特性，也许我们把所有这些异端色彩的作品统称为"海派小说"更为适宜些。然而《海上花列传》在表现上海这个城市"恶之花"的文化特征方面，被人认作为"海派文学"的早期代表作则是当之无愧的。上海情色故事自然含有更多的繁华与糜烂的都市文化特色，《海上花列传》明显高于其他地区创作的狭邪小说之处，就是它的"恶之花"中包含了"现代性"的蓓蕾。在它所展示的嫖客与妓女的故事里，传统才子佳人的成分减少了，活跃在情色场所的是一帮近代商人，他们不仅仅把情色作为个人感情世界的补充，而更加看重为商务活动中不可缺少的一环，使现代

---

　　① 陈独秀在《上海社会》中指出："上海社会，分析起来，一大部分是困苦卖力毫无知识的劳动者；一部分是直接或间接在外国资本势力底下讨生活的奸商；一部分是卖伪造的西洋药品发财票的诈欺取财者；一部分是淫业妇人；一部分是无恶不作的流氓，包打听，拆白党；一部分是做红男绿女小说，做种种宝鉴秘诀，做冒牌新杂志骗钱的黑幕文人和书贾；一部分是流氓政客；青年有志的学生只居一小部分，——处在这种环境里，仅仅有自保的力量，还没有征服环境的力量。"见《独秀文存》，上海亚东图书馆 1922 年初版，周作人和郁达夫也有相似的议论，不一一列举。

经济运作与道德糜烂具体结合在一起。小说里描写一个醋罐子姚二奶奶，她大闹妓院反而自讨没趣，阻止不了丈夫的问花寻柳，因为她知道，她丈夫要"巴结生意，免不得与几个体面的往来于把势场中"，就与现在做生意的部分商人也免不了要"腐败"一下有异曲同工的道理。再者对妓女形象的刻画，韩邦庆也打破了传统才子佳人小说过于浪漫的想象，恢复"平淡而近自然"的写实手法，这也是现代社会的复杂性决定了作家的艺术表现。本来晚清盛行的狭邪小说，不过是言情小说的翻版，因为自《红楼梦》后家庭爱情已被写尽，伦理束缚又不敢突破，只好把情色场景从家庭换到妓院，男女可以混杂在一起，但故事仍不免伤感虚幻之气弥漫，所谓嫖客妓女的故事仍然是才子对佳人的浪漫幻想。而《海上花列传》则以平实的笔调打破这一幻想境界，实实在在地写出了妓家的奸谲和不幸，小说里的妓女作为近代上海商业环境下的真实剪影，她们既有普通人的欲望、企盼和向往，也有近代商业社会沾染的唯利是图、敲诈勒索、欺骗嫖客等恶行，她们对男性的爱情早已让位给对金钱的骗取。虽然作者的描绘里包含了"劝诫"的意思，但其意义远在一般劝诫之上，贴近了近代上海都市转型中的文化特征。

《海上花列传》是一部空前绝后的文学杰作，它不仅揭示出上海经济繁华现象中的"现代性"蓓蕾，同时将现代都市的经济繁华与这个城市文化固有的糜烂紧密联系在一起，两者浑然不分。在《海上花列传》之前，是充满了伤感言情的虚假浪漫小说，在它之后是朝着黑幕一路发展下去的海派狭邪小说。其前者仅仅是传统社会束缚下末流文人的感情余波，而后者则是现代都市文化中现代性与糜烂性相分离的结果。当时有另一部海派小说《海上繁华梦》（孙玉声）便是在这基础上着重于表现糜烂的因素，成为一部专揭花界黑幕的通俗读物。吊诡的是，在上海比较发达的商业经济的刺激下，大众文化消费市场宁可认同《海上繁华梦》揭发隐私的黑幕道路，使海派小说在发轫之初就在媚俗趣味上越走越远。① 长期以来海派小说被排斥于新文学的阵容之外，与充斥于大众文化市场的通俗读物为伍，正是与这种市场选择有直接的关系。

三

五四新文学运动发动以来，海派小说的传统一度受到打击，新文学发起者对上海作家竭尽嘲讽之能事。如郭沫若等创造社发迹于上海，刘半农教授就嘲笑他为"上海滩的诗人"；[1] 到了鲁迅来概括上海文人时就干脆用"才子加流氓"一锤而定音[2]。其实在北京的文人中，刘半农和鲁迅都是来自南方，更像是"海派"一些。而郭沫若一面被别人当作海派骂，一面也跟着瞧不起海派，在一首题为《上海印象》的诗里，他对上海人比谁都骂得凶："游闲的尸／淫嚣的肉／长的男袍／短的女袖／满目都是骷髅／满街都是灵柩／乱闯／乱走。"[3]

就在阵阵讨伐声中，一种新的海派小说出现了，那就是创造社的主将郁达夫的小说。郁在日本留学时期开始创作，他的忧郁、孤独、自戕都染上世纪末的国际症候，与本土文化没有直接的影响。郁达夫对上海没有好感，对上海的文化基本持批判的态度，但这种批判精神使他写出一篇与上海有密切关系的小说《春风沉醉的晚上》。这部作品依然未脱旧传统才子佳人模式，但身份又有了变化，男的成为一个流浪型的现代知识分子，女的则是一个上海香烟厂的女工，也许是从农

---

① 据陈伯海、袁进主编的《上海近代文学史》中所说："在狭邪小说中，当时只有《海上花列传》走的是表现人生的路子，而与《海上花列传》差不多同时创作的《海上繁华梦》，走的便是单纯暴露妓家奸诡，揭露其欺骗嫖客伎俩的'溢恶'路子。只是海上小说后来的发展，反倒是《海上繁华梦》'溢恶'、'媚俗'的通俗小说渐成气候，而《海上花列传》那种艺术地再现人生的写法还未形成气候，便由于'小说界革命'的问世而中断了。"（上海人民出版社1993年，240页）《海上花列传》当时销路并不好，据颠公《懒窝随笔》记载：该书连载于《海上奇书》时，"惜彼时小说风气未尽开，购阅者鲜，又以出版屡屡愆期，尤不为阅者所喜，销路平平实由于此"。

村来城市打工的外来妹。上海经济繁荣吸引了无数外来体力劳动者，而不再是像《海上花列传》里赵朴斋兄妹那样沉溺于花天酒地的物质迷醉之中的消费者，他们依靠出卖劳动力来换取生活资源，以艰苦的工作精神与朴素的生活方式直接参与了这个城市的经济建设，成为这个城市里的新人类——最原始的工人阶级。在现代都市文化格局里不可能没有工人的位置，一旦这种新人类出现在文学作品里，都市文化的性质将会发生变化。郁达夫未必意识到他笔下人物所具有的新的阶级素质，但是他第一次以平等、尊重和美好的心理描述了这个女性，写出了知识分子与女工相濡以沫的友好情谊。

郁达夫笔下的流浪知识分子还不具备自觉的革命意识，他与女工对社会的仇恨都是停留在朴素的正义与反抗的立场上。但是随着20年代大革命风起云涌，革命意识越来越成为市民们所关心的主题，许多激进的知识分子不但被卷进去，而且还成为民众意识中的英雄。尤其在上海那样一座有着庞大工人队伍的城市里，革命风云不可避免地从此而起。在新文学发展到"革命文学"阶段里，上海的作家们沿着郁达夫的浪漫抒情道路创作了一大批流行文学，主人公是清一色的革命知识分子，他们在这个城市里浪漫成性，不断吸引着摩登热情的都市女郎，不倦地演出一幕幕"革命加爱情"的活话剧。依然是纠缠不清的多角恋爱的幻想，依然是才子佳人现代版的情欲尖叫，丁玲、蒋光慈、巴金、潘汉年、叶灵凤等时髦的作家无不以上海为题材，创造了新的革命的海派文学。很显然，新的海派文学也敏感地写到了上海的现代性，那些男女主人公既是现代物质生活的享受者与消费者，同时又是这种现代性的反抗者与审判者。与老的海派作家不同，他们对于这个城市中繁华与糜烂的"恶之花"不再施以欣赏或艳羡的眼光，而是努力用人道的观念对其作阶级的分野，他们似乎在努力做一件事：在肯定这个城市的现代性发展的同时，希望尽可能地根除其糜烂与罪恶的因素。

上海是一个开放型的城市，由于租界的存在，近在咫尺的南京政府无法把它完全控制在国家权力的阴影下面；中西文化的密集交流与全方位的对外开放，又使同步发生在世界上的各种政治文化资讯能够及时地传入上海，因此，思想界的活跃完全可以与世界接轨，形形色色的文学思潮和新名词新意识，都层出不穷地冒出来，马克思主义与无政府主义等左翼文化思潮左右了上海文学的流行话语，与在军阀势力高压下的北京死气沉沉的文人意识相比，确实显得生气勃勃，孔武有力。所谓京派与海派之争，与其说是艺术化与商业化之争，还不如说是五四新文学运动以来不同的意识形态之间的争论。

四

现在我们可以来讨论海派文学的传统。自《海上花列传》以来，海派文学出现了两种传统：一种以繁华与糜烂同体的文化模式描述出极为复杂的都市文化的现代性图像，姑且称其为突出现代性的传统；另一种以左翼文化立场揭示出现代都市文化的阶级分野及其人道主义的批判，姑且称其为突出批判性的传统。30 年代的文学史是两种海派文学传统同时得到充分发展的年代，前者的代表作品有刘呐鸥、穆时英、施蛰存等"新感觉派"作家的作品；后者的代表作品有茅盾的《子夜》。但需要强调的是，两者虽然代表了海派文学的不同倾向，但在许多方面都不是截然分开的。比如关于现代性的刻画也是《子夜》的艺术特色之一，现代性使小说充满动感，封建僵尸似的吴老太爷刚到上海就被"现代性"刺激而死，本身就是极具象征性的细节。同样，在新感觉派作品里，阶级意识有时与上海都市文化中的"恶之花"结合为一体，如穆时英的《上海的狐步舞》《夜总会里的五个人》等许多小说里关于贫富对照的细节描写就是明显的例子。

过去学术界对海派文学多少有些轻视，有意回避左翼文学在海派中的地位，却忽视了左翼文学正是海派的传统之一，它的激进的都市文化立场、对现代性既迎合又批判的双重态度，甚至才子佳人的现代版结构，都与传统海派有千丝万缕的联系。《子夜》描写的上海的民族资本家与外国财团利益的斗争细节及其场所（如丧事与跳舞、交际花的间谍战、太太客厅的隐私、交易所里的战争、宾馆的豪华包房、丽娃河上的狂欢以及种种情色描写），体现的正是典型的繁华与糜烂同体模式结构。茅盾以留学德国的资本家来代替流浪知识分子，以周旋于阔人之间的交际花代替旧式妓女，其间展开的情色故事从心理到场面都要远远高于一般的海派小说。只是作家为了突出左翼的批判立场，才不顾自己对工人生活的不熟悉，特意安排了工人罢工斗争和共产党内两条路线斗争的章节，但这方面他写得并不成功。所以，从本质上说《子夜》只是一部站在左翼立场上揭示现代都市文化的海派小说。

比较怪诞的是新感觉派刘呐鸥的作品，这位出身于日据时期台南世家的年轻作家，从小在日本接受教育，中国文化甚至语言都不是与生俱来的素养，尤其不谙现代汉语的运用，但他直线地从西方—日本引进了"新感觉"的现代主义的艺术技巧，用来表达他对上海现代都市的特殊敏感。当我们读着他的小说里那种洋腔洋调、别扭生硬的句子时，立刻会唤起一种与绵软吴方言的通俗小说和五四新文艺腔的白话小说截然不同的审美体味，他的小说与另一位中国传统文化修养极差、但也是直接模仿了西方现代派文学艺术的作家穆时英①的创作结合在一起，构成了一幅殖民地上海的外来移植文化的图景。海派文学从通俗小说走到五四小说再走到完全欧化的小说，其实也暗示性地提示了上海都市文化发展的几个阶段。刘呐鸥的海派小说里呈现的都

---

① 穆时英（1912—1940）浙江慈溪人。上海 30 年代新感觉派的主将。据说他在上海光华大学中文系读书时，国文教授是钱基博，他每学期成绩都不及格。他的朋友回忆说，他的古典文学和文言知识水平低得有时还不如一个中学生。直到 1932 年，他的小说里还把先考写成先妣，原来考妣两字他还分不清。（见施蛰存《我们经营过的三个书店》，《新文学史料》1985 年第 1 期）

市文化图像自然不会脱离繁华与糜烂的同体模式，但他并不有意留心于此道，更在意的是都市压榨下的人心麻木与枯涩，并怀着淘气孩子似的天真呼唤着心灵自由的荡漾，一次偷情、一次寻欢、甚至一次男女邂逅，在他的笔底都是感受自由的天机，以此来抗衡社会的高度压抑。他从糜烂中走出来，通过对肉欲的执着追求，隐喻着更高的心灵的境界。当时的上海读者读到这些怪怪的语句和出格的叙述内容，不但不会像对待《海上花列传》或者郁达夫、茅盾的小说那样欢迎它，而且会感到别扭邪气，极不舒服，那是因为刘呐鸥把都市文化的本质高扬到极致，达到了现代人性异化的表现高度。

刘呐鸥创作《都市风景线》时，现代文学大师沈从文指责刘的小说"邪僻"。这也是具有高雅正统艺术趣味的知识分子向异端的邪气的艺术另类所发起的一场论战。但真正的有识之士已经对这场争论给予公正的评价，如上海张国安教授曾指出："就对生活的观照态度来看，刘呐鸥和沈从文，应当说是在同一地平线上的。善恶美丑是非等等，这些价值观念，在他们单纯和全然的观照态度中纯属多余。不过，刘呐鸥的单纯和全然是都市化的，沈从文则散发着泥土的芳香。刘呐鸥和沈从文，都缺完美，他们最吸引人的是单纯和全然。……沈从文的单纯和全然是自然而然的，刘呐鸥的则矫揉造作，是造作人为的单纯和全然。正如湘西的山山水水和人物，都原本是自然地与自然一体的，而都市风景全是人为。"[4] 把刘呐鸥的生活观照态度归结为单纯和全然，又将这种单纯和全然的风格与现代都市的人为造作文化联系起来，构成半殖民地上海的独特的风景线，可以说是对以刘呐鸥为代表的海派文学最传神的写照。

五

如果说，20 世纪 30 年代是新感觉派与左翼文化把海派文学的两个传统推向顶峰的年代,那么,40 年代的海派小说则在忍辱负重中达到了成熟与完美。如果说,刘呐鸥与茅盾从各自的来自西方的立场出发强化了上海都市文化的殖民地素质,那么,40 年代的上海作家们却又重新回到《海上花列传》的起点,还原出一个民间都市的空间。接下来我们要讨论的两个作家是周天籁和张爱玲。

我在叙述海派文学的演变过程时,有意无意地忽略了海派文学早期的一个特征,那就是民间性。当晚清海派小说从《海上花列传》滑向《海上繁华梦》的通俗文学道路时,我宁可重砌炉灶,论述五四一代作家创作的新海派小说如何移植了外来革命思潮,却放过了长期被遮蔽的民间通俗文学的自在发展。我有意用这种叙事视角来保持与五四新文学传统的一致性。到了 40 年代上海沦陷期间,知识分子的精英力量受到沉重打击,都市民间文化才被有意突兀而现。事实上,这种以吴方言写作的通俗小说一直延续到 40 年代的上海,比较出色的作品有周天籁的《亭子间嫂嫂》。这部以一个住在石库门亭子间里的私娼为题材的长篇连载小说,作家的艺术处理非常别致,小说里嫖客与妓女的情色故事都放在舞台背后,而通篇叙述的却是一个旁观者的观察与旁白。这种人物结构关系有似郁达夫笔下的流浪知识分子与女工的单一结构,叙述者虽然是个有着明确职业的知识分子,但叙述者的主体因素并不强烈,基本上不产生单独的故事意义,他所叙述的故事都有着广泛的社会内容,在私娼与社会各色人士的遭遇中,从伪君子的学者名流到江湖气的流氓地痞,林林总总地展览了一舞台的市民众生相。

我把《亭子间嫂嫂》引入海派文学的研究视野,就是因为它在其中隐含了一个新的表现空间。由于上海是一个中西文化不断冲撞的开放型的城市,也由于五四以来的新文学基本上是一个欧化的传统,所以海派小说的主人公主要是与"西方"密切相关的资产阶级、知识分子及其消费圈子,而普通市民在海派小说里只是作为消极的市侩形象而出现。像《亭子间嫂嫂》一类的通俗作品却相反，上海普通市民形象始终占了主要的地位，他们似乎更加本质地制约了上海这个城市里的大多数阅读趣味。这样两种不同的审美趣味在 40 年代大紫大红的张爱玲小说里获得了统一。张爱玲是一个深受五四新文学影响的女作家，但她一开始创作就有意识地摆脱新文学的西化腔，自觉在传统民间文学里寻找自己的发展可能。她早期的小说，如《沉香屑·第一炉香》中描写女主人公如何在现代物质诱惑下层层褪去纯洁外衣的病态心理，仍然未脱海派小说的繁华与糜烂的同体模式，但是她很快就超越了一般海派文学的传统，从艺术气质上把握了市民阶级的心理，开拓出都市民间的新空间。

我在另外一些文章里论述过都市民间的性质与意义，在此简要地说，像上海这样一种移民城市，它的许多文化现象都是随着移民文化逐渐形成的，它本身没有现成的文化传统，只能是综合了各种破碎的本土的民间文化。与农村民间文化相比，它不是以完整形态出现的，只是深藏于各类都市居民的记忆当中，形成一种虚拟性的文化记忆，因而都市民间必然是个人性的、破碎不全的。张爱玲头一个捡拾起这种破碎的个人家族记忆，写出了《金锁记》《倾城之恋》这样的海派风格的作品。由于张爱玲对现代性的来临一直怀着隐隐约约的恐惧感，及时行乐的世纪末情绪与古老家族衰败的隐喻贯串了她全部的个人记忆，一方面是对物质欲望疯狂的追求，又一方面是对享乐的稍纵即逝的恐惧，正是沦陷区都市居民沉醉于"好花不常开"的肺腑之痛，被张爱玲上升到精神层面上给以深刻的表现。张爱玲对都市现代性的糜烂性既不迷醉也不批判，她用市民精神超越并消解了两种海派的传统，独创了以都市民间文化为主体的海派小说的美学。

如果说，韩邦庆的嫖客与妓女传奇难免媚俗、郁达夫的流浪文人与女工的故事难免浅薄、茅盾的资本家与交际花的纠葛难免受到政治意识形态的制约、刘呐鸥穆时英的情色男女种种难免过于另类、周天籁的小报记者与私娼的隐私难免通俗文学的局限……这将近半个世纪的传奇故事,终于在张爱玲的艺术世界里获得了新的升华,海派小说的各种传统也终于在都市民间的空间里综合地形成了比较稳定的审美范畴。因此,当我们今天旧事重提再论海派文学时,就不能不意识到,它依然是在其传统的阴影里生长着。

从"淮海路"到"梅家桥"

——从王安忆小说创作的转变谈起

王晓明 *

　　一个素来小心翼翼的人,忽然变得大大咧咧,满不在乎;一个作家写着写着,忽然换了笔法,弄得他的作品的这一部分,和前面的部分明显不同。你遇见这种事情,一定会停下脚步、多瞧他几眼,或者合上书页,凝神思忖:"他为什么要这样做?"读完王安忆写于 2000 年初春的长篇小说《富萍》①,我正是起了这样的感觉。

　　《富萍》的篇幅不长,十七万字,讲述一个农家姑娘到上海谋生的故事。这姑娘就叫"富萍",来自"扬州乡下",勤快,结实,却并不笨:在王安忆的小说世界里,这样的人物已经有不少,富萍并不是新面孔。她到上海的第一站,是投靠给人做保姆的"奶奶","奶奶"的东家住在淮海路,她就由此进入这"上流"地段的弄堂,见识了其中形形色色的人物:这也是王安忆小说中常见的情景,她笔下有多少人物,一直就穿行在这样的弄堂里。富萍接着找到了她在苏州河上当船工的舅舅,于是搬去那河边的船民区,很快熟悉了那些依旧保持着不少乡村生活习惯的居民:王安忆曾经在淮北"插队落户"过三年,青年时代的记忆

---

　　* 王晓明,上海大学文学院教授。本文原载《文学评论》2002 年第 3 期。
　　① 本文所引《富萍》的文字,均出于《富萍》,王安忆著,湖南文艺出版社 2000 年 9 月版。

太深刻了,她虽然回到了上海,二十年来,还是不断往小说里引入淮北的农民,或者是类似这农民的人物,富萍在舅舅家看到的场景,王安忆的读者早已经见过多次了。

不但场景是熟悉的,作家的态度也是熟悉的。毕竟出身于上海西区的弄堂,王安忆对这弄堂里的生活,总是有几分亲近。但她又有一份近乎天生的敏锐和细致,这两样结合起来,就造成她一种特别的态度:总是怀着善意去刻画人物,却又不断在这里那里揭出他的一点毛病;即便是动情地歌咏弄堂深处的荫凉和静谧,她也要捎上一笔,指出后窗上有油垢,阴沟边还有烂菜皮。在她迄今为止所有描写上海弄堂生活的小说中,你几乎都能看到这种混合着欣赏和挑剔的笔致。惟其欣赏,她每每能写出别人不容易体会的诗意,又惟其挑剔,繁密的叙说就不至于越走越浅,总能保持一定的深度。我觉得,往往正是这些混合型的描写,构成了她作品中最精彩的部分。这在《富萍》中同样很明显。小说一开篇就介绍"奶奶",非常详细地叙说她如何挑拣东家:太清闲的人家不做,东家夫妻之间太肉麻的也不做,"奶奶"的勤勉和自尊,就在这叙述中凸现出来。可是,你读完这一节,会不会又觉得这勤勉和自尊里面,也含着一点狭隘和凄苦呢?"她虽然也不是那么不势利,但她很自尊,见不得太傲势的人",这就是王安忆了,她总要两句话一起说。再来看对富萍的描写:这么年轻的姑娘,作家又欣赏她,就当然会尽力将她写得好看一点,可是,只有当熄了灯、房间里一片漆黑的时候,作家才放纵自己的心意:"她的脸变得生动,浮着一层薄光。她侧身躺着,勾着头,头发顺在耳后,露出腮,看上去很纯净……"一旦富萍走在阳光下,笔触就立刻不同了,虽也要强调她的"妩媚",却同时会写到她的"单眼皮的小眼",甚至直截了当:"有些呆滞"。甚至写到富萍舅舅那些船工的孩子,着力显现他们的质朴和厚道时,作家也不忘记用一个更不幸的孩子的眼光,照出他们的不自觉的傲慢:"他们穿着劳防用品的大头鞋",鄙视穿布鞋的小同学,因为他们的前途"是有保障的"，就是书读得不好，也可以像父母那样当船工，成为国家体制中的一员。这就不只是一般的敏锐，更有几分洞穿人心的犀利了，作家对自己情感的克制，或者说这情感本身的复杂，又一次显露出来。

但是，从小说第十七节开始，一种我们不熟悉的东西出现了。富萍并没有在舅舅家止步，她又走进了一处新的地方：梅家桥。这是一片建在垃圾场上的更破旧的棚屋，居民的生计也很卑琐，过去是拾荒，现在则磨刀、贩小食、折锡箔，当然还有人继续拾垃圾。即如富萍在这里结识的一户人家，孤儿寡母，儿子一条腿还残废，住一间潮湿的披屋，靠糊纸盒为生。在王安忆的小说世界里，我还是第一次看见这样的地方。令人意外的是，富萍在这里"心境很安谧"，"她很快就学会了糊纸盒子"，也很快成了这家庭的新成员。这一片来自扬州乡下的萍叶，在上海西区和苏州河边几经盘旋，终于在梅家桥的一间小披屋里扎下了根。富萍到上海之前，本来是被安排着与人成婚，挑起一大家人的生计，终老田间的。后来她拒绝回乡，也还有两条路可以走：或者如"奶奶"那样与人帮佣，在繁华的上海市区落脚；或者像舅妈一样穿上橡皮背心，加入苏州河船工的队伍。无论选哪条路，似乎都更符合她拒绝回乡时的心愿：不愿如村人一样受穷也罢，向往新世界也罢，王安忆早已看透这姑娘的心思，也让小说的读者都明白了。可是，为什么最终她却让富萍走进梅家桥，加入这一对处境"连她都不如"的母子的生活呢？

还有更重要的变化，就是作家的叙述态度。只要一讲到梅家桥，她似乎就变得天真起来。她专门写了一节，题目就叫"母子"，交代那残废青年的历史。不知道是因为有现成的人物原型，还是想给这青年人一点来历，作家将他的人生起点，放在了上海西区的一所银行宿舍里，还细致地描述他如何坐在带遮阳篷的童车里，被母亲推着去公园。起点是这样，最后却到了梅家桥，其间的过程总该很悲惨吧。可你看王安忆，虽然也写到种种不幸的事情，叙述的重心却明显在另一面：

父亲病故以后,先有旧同事凑钱接济,又有一位老工友长期照顾;母亲是越练越坚强了,儿子更早慧,学什么会什么。才写了一点老家姐姐们的薄情,立刻就补上一句:她们"究竟是被各自的男人辖制着,也不好太过分"。甚至还用了鬼魂托孤的情节,渲染老工友们的仁义。这母子住进梅家桥以后,叙述的偏向就更为明显。儿子拄着小拐走在路上,"冷不防,就会有一双手,粗鲁有劲地将他拎起来,连人带拐往平车,或者三轮车上一墩",送他去目的地;他上学了,邻居们就将拾荒时捡到的书本"送来给他挑选","省得再花钱去买";母亲老了,做不动重活了,又会有"邻人让出纸盒厂的一份计件工",供她维持生计……怎么一进了梅家桥,这孤儿寡母遇到的,就全是这样温暖的事情?

不仅如此,王安忆还让富萍也享受到同样的温暖。她初到梅家桥,就觉得这里的人对她"很友善"。作家接着评论道:这里的人"对外面来的人都有着谦恭的态度。但这并不等于说是卑下,而是含有一种自爱"。他们虽然捡破烂,做粗活,"难免会给人腌臜的印象",但你真正了解了,"便会知道他们一点不腌臜。他们诚实地劳动,挣来衣食,没有一分钱不是用汗水换来的。所以,在这些芜杂琐碎的营生下面,掩着一股踏实、健康、自尊自足的劲头"。"腌臜"的意思是脏、不干净,可你看这些用来证明梅家桥人"不腌臜"的话,完全脱离了"腌臜"的本意,难道作家就没有意识到,这是有点扯偏了吗?她继续夸赞下去:不但梅家桥人"厚道",善待沦落主人,新落户的人也非常"谨慎""识趣",如此一来一往,相扶相应,就造成一种生活的气氛,使那青年"自然而然养成"了一种"弱者的自尊自爱"。莫非正是这样的气氛,迅速吸引住了富萍?不用说,她的加入也反过来增添了小披屋的生气,以致作家再次用上了以光线来烘托诗意的手法:"房间里很静,炉上焖着一锅菜饭,不时从锅盖沿下发出'咝'的一声。她走过去,将饭锅略斜着,慢慢在炉上转着。房间里暗下来,门外却亮着,她的侧影就映在这方亮光里面"。确实是动人的画面,但我依然心存疑惑:怎么一到面对梅家桥人，王安忆就把她描述淮海路时的敏锐和洞察力统统收起来了？《富萍》一共是二十节，梅家桥的故事只是到最后三节才开始，为什么作家要改变那已经覆盖了小说的大部分内容的叙述态度，不惜从多面走向单一，从深刻走向浅描？这个逼仄破陋的梅家桥，有什么值得她这样做？

揣着这份疑惑，我重新打开《富萍》。很奇怪，这虽是一本讲述上海生活的小说，灯光却几乎全都打在这生活的边缘上：乡下来的姑娘，苏州河上的船工，来自浦东的房管所的木匠……就是作为中心人物的"奶奶"和吕凤仙们，也都是当保姆，住在后厢房里，进出于后门口。莫非王安忆不愿意像许多描写上海故事的同行，或者六年前她自己写《长恨歌》的时候那样，再将读者领入公寓、舞场和花园洋房的客厅了？当然，《富萍》的这一段或那一段里，有时也会露出公寓和洋楼的一角。小说介绍"奶奶"的身世时，就讲到一户私人医生，"上下班有汽车接送"，神气俨然，从不与帮佣的"奶奶"说话，"也不同她一桌吃饭"。到了第七节"女骗子"中，更有一段相当细致的文字，展示那出身贫苦、迹近孤儿的女学生陶雪萍踏进一幢公寓大楼之后的感受："她走在大理石的楼梯上，听得见自己的脚步从高大的穹顶上碰回来的声音，有一股森严的空气笼罩了她。"这家的主人回来了："戴一副金丝边的眼镜……从她身边走过去，看都没看她一眼。陶雪萍不由便瑟缩起来。看大楼的老头，看她的眼光也是冷漠的，她不敢与他多说话"，"只有这家的老太对她热切，虽然很多变。这一回与她说很多话，下一回却像不认识她似的……"可你看，虽然是描画公寓大楼了，作家真正注意的，却不是那楼里的居民本身，而是他们对"奶奶"们的态度，是"奶奶"们对他们的观感。因此，这些段落最后凸现出来的，依然是"奶奶"们的后厢房，是这后厢房的窗口，是从这窗口望出去的视线，是这视线的受阻，是"奶奶"们收回视线时感到的冷漠和威严。

从《富萍》的其他一些段落里，你有时还能看到另外一个与后厢房不同的世界的一角。小说的第二节题为"东家",详细地描述"奶奶"的东家——一对从解放军转业的干部——的生活:他们生活简朴,大大咧咧,食欲旺盛,口味却不细,来吃饭的客人也一样,"进门就问:'有没有狮子头?'……然后就宽衣脱帽,打仗似地坐到桌旁"。作家更着意显示"奶奶"在这家中领受到的尊重:"他们真把她当自家人呢!"那些客人也"大都从解放军出来,……抱着平等的观念,并不将她当下人看"。这就和那衣着笔挺的公寓主人的冰冷的眼光,形成强烈的对照。有意思的是,作者特地说明,这东家虽是出身解放军,"但籍贯是江浙一带,所以就和那些山东南下的干部不同些。他们很适应上海的生活,在奶奶这样的保姆的指导下,他们的吃穿起居很快就和上海市民没什么两样了"。那么,"从山东南下的干部"的生活世界是怎样的呢?"奶奶"很坚决:那些说山东话的人家,"她是不做的"。她去过虹口区一位解放军司令的家,屋子里布置得像会议室,等级森严,一家人分吃几个食堂。不但院子里空空荡荡,高墙外面的马路也很荒凉,"一辆军车开过去,扫起一片尘土"。这当然是"奶奶"个人的感觉,但这感觉被表达得如此生动,说明作家是很有几分同感的。和东家屋里的情形相比,这虹口大院的森严刻板的气氛,显然更能代表"南下干部"们带进上海的新的生活文化。它虽然和公寓大楼里的生活完全不同,但以"奶奶"和富萍们的感受来说,却同样是一个隔得远远的、对自己居高临下的异己的世界。难怪小说只是粗粗描了一段这世界的轮廓,就再也不提了。

这就很耐人寻味了。上海本来是一个以殖民地式的租界为中心的城市;1949 年 5 月解放军占领上海,共产党的新政府开始用自己理想来改造它。到了《富萍》所描写的 50 年代,上海已经明显地混杂化了。收音机里是字正腔圆的声音在宣读党报的社论,街头有浓眉大眼的炼钢工人从宣传画上俯视行人,几乎所有的商店招牌都添上了"公私合营"的字样,小学生的脖子也都围上了象征革命的红色领巾。但

169

是,在昔日租界的弄堂深处,在淮海路、南京路上的西服店和咖啡馆里,十里洋场的遗风依然顽强地延续着。有一度,甚至一些"南下干部"都会在政府机关的舞会上,笨拙地踏着圆舞曲的节奏摇摆身体,而《富萍》中那位年轻的水上运输工人光明,也喜欢套一条"笔挺的西装裤","梳了一个大大的飞机头",活像"旧上海的一个流氓"。50年代的上海人的生活,正如一方新旧交杂、土洋混合的场地,殖民地的遗风和"社会主义"的时尚,就在其中交手相搏。可是,当在《富萍》中再现50年代上海的生活世界时,王安忆却将这两位主角都推到了边上,另外请出梅家桥那样的棚户区,将这种既非洋场、也不合时尚的生活放置在小说世界的中央。看上去小说的大部分叙述都盘绕在梅家桥之外,可你仔细体味就会发现,它们的意蕴几乎都是指向了梅家桥,恰似一番长长的开场锣鼓,最后是要引出真正的主角。一旦看清楚这一点,我先前的疑问就更往前走了一步:她为什么要撇开那在"历史真实"中更具分量的淮海路和工人新村,另外拖出一个梅家桥式的棚户区来充当上海故事的主角呢?①

这就要说到90年代的上海了。自从70年代末中国社会举着"思想解放"的旗帜开始改革,二十年来,这片土地上的许许多多地方,都发生了堪称巨大的变化。尤其是80年代末和90年代初,国际国内一系列震撼性的大事件,使改革本身也发生了根本的变化。"市场经济"逐渐成为"改革"的主要的形容词,效益、经济增长率、消费、年薪……愈益有力地挤开80年代的流行物:诗、哥德巴赫猜想、美学、存在主义……成为生活中醒目的标志。纽约、洛杉矶、伦敦和东京:这就是"现代化"火车的终点站。"人民公社""焦裕禄""上山下乡",如今统统

---

① 至少从《小鲍庄》的时候开始,王安忆笔下就明显有一类小说,看上去人物故事都很完整,但真正的主角却不是某一个或某一群具体的人物,而是一种抽象的生活氛围、状态、文化,或者一个承载着上述东西的地方。从《长恨歌》开始,王安忆的这个倾向更趋膨胀,本文所论的她的两部新的长篇小说和一些短篇小说,都是如此。

退出了社会的视野。从铺天盖地的商业广告中,从电视节目、报纸和"白领"杂志的彩色画页上,那个西装革履的胖胖的"成功人士"①微笑着向社会招手,向青年人描绘通向"成功"的人生捷径:名牌中学、工商管理的学位、外资公司的"白领"职位、总经理……至少在沿海地区和大中城市,他的号召获得热烈的响应,连小学三年级的孩子都能明确地告诉你:"长大要当总经理!"

正是"改革"之潮在 90 年代初的大转弯,将上海托上了弄潮儿的高位。上海凭借历史、地理和政府投资的三重优势,迅速显示出新的神威。两千多幢高楼拔地而起,四十年没有粉刷过的淮海路被用大理石墙面装潢一新。殖民地时代的老店名纷纷重现街头,权威报纸更以醒目的篇幅报道"百乐门"舞厅的重修工程,粗黑的标题动人心魄:"昔日的夜夜笙歌,今将重现"!仅仅十年时间,上海带动长江三角洲地区,一跃而为中国经济最发达的地区,上海也取代十年前的海口和十五年前的深圳,成为各地走投无路者和跃跃欲试者寻求生计和财路的首选。就在一些钱包日鼓的上海人组团去香港购物的同时,全国最大的十家私人企业,先后将总部迁入浦东。上海市民终于可以扫去四十年封闭的晦气,放开喉咙说:"阿拉上海人……"了。

不过,上海今日的显赫地位却并不仅仅因为经济的繁荣。中国毕竟有这么大一片国土,地区之间的差别本来就很大。就在沿海地区和大中城市在 90 年代扶摇直上的同时,内地和乡村的许多地方却愈显枯竭。当一家国营工厂宣告"改制"甚至"破产",原任和新来的厂长、经理们觥筹交错、举座皆欢的时候,那些预感自己将要"下岗"的工人却为将来的日子暗暗发愁。因此,今日的"改革"不仅需要继续推行实

———

① 这是指 90 年代中期开始,在东南沿海地区和大中城市里,首先由商业广告和传媒制造出来的一种新的形象,它通常形象化为一个红光满面、西装革履,一看就像是"总经理"的中年男人,由此展示一种以富裕的物质生活为基本内容的"成功"的人生状态。对于这种形象及其背后的意识形态涵义的初步分析,见于《上海文学》1999 年第 4—6 期以"当下中国的市场意识形态"为总题的系列文章。

际的社会变动,而且需要对这变动作出令人宽慰的解释。在某种意义上说,重要的已经不仅是社会变动实际上是什么,而也是人们觉得它像什么。这当然是一个讲究实际的时代,但也同时是一个需要意识形态的时代。

正是在这里,上海显出了它或许在今日中国是独一无二的价值。它当然有许多黯淡破败的区域,在高楼的背面蒙尘积垢;它也有庞大的失业和贫困人口,靠着紧缩开支、四处寻觅零散工作而维持生计。要论贫富差异、论对盘剥的痛恨和对将来的迷惘,至少有相当大一个数量的上海人,一点都不比别处的人缺乏感受。但是,上海还有别的可以用来冲淡这感受的东西:它有过在中国规模最大的租界的历史,它不但留下了难以计数的花岗石银行大楼和花园洋房,还留下了它们所培养的生活方式和日常趣味,留下了市民对这方式和趣味的由衷的迷恋;上海还有过广纳南北、甚至外洋的逃亡者和冒险者的历史,它造就了上海人五方杂处、总是朝外面张望的习惯,也造就了他们善于体会、模仿的本领,以及那勇于相信自己就是时尚先锋的气概;上海还有过现代中国最热闹的文化中心的历史,它的遗赠亦相当丰富:不但是那些金融、会计和家政类的专科教育,它们培养出上海中产阶级特有的"实惠"品性,而且是一系列富于"海派"特色的文艺创作,它们共同营造起一种生动、精致和奢靡的气氛,让上海人陶醉于日常生活的细碎诗意,甚至不惜在逐渐临近的社会危机前转过脸去……当然,中国的其他几座大城市里也有过租界,有过洋人和"高等华人"并肩出入花岗石大楼和咖啡馆的历史,但是,能像上海这么炫耀昔日的繁华、这么顽强地迷恋这繁华、又这么自信地以为可以迅速重现这繁华的城市,大概没有第二座了。这城市的历史、民风和生活条件,都使它特别适合新时代的需要,简直无需费什么心计,就能复活、涂改、进而牵引它的记忆和欲望,使它精神振奋,手舞足蹈,置强射灯,铺大草坪,仿佛独得了"全球化"的先机,俨然是"国际大都市"……倘说今日的"市场经济改革"正需要一处地方来酵发人对于"现代化"的崇拜,酿制能安抚人心的意识形态①,那上海无疑是最恰当的地方了。

　　这就是为什么,从 90 年代中期开始,一种新的意识形态,它的最大规模的萌发和扩散,会在上海蓬勃展开。这也就是为什么,那个脸色光鲜的"成功人士",会在上海掀起远远超过别地的浩大声势②。"其他都是空谈,钞票才是真的!""美国那才叫现代,我们这里……""别人关我屁事,我活得好就行了!""现在都放开了,就看你有没有本事,敢不敢博一记!""香港有什么好? 上海很快就超过了,台巴子?哼!"当诸如此类的朴素情感在一般市民间迅速蔓延的时候,这情感的一些较为学术化的表达,也在文化和社会科学界蒸腾不已:"必须和国际接轨!""白领文化,中产阶级,历史规律……""这就是商品经济,自由竞争,现代化嘛!""世俗化、欲望:现代化的真正动力!"从大报的严正的社论,到小杂志的花边新闻,从商家的广告和产品发布会,到文人学者的生花妙笔,这城市的各种文化力量,似乎都一齐加入了由那"成功人士"指挥、以高架吊车的嘎嘎声和淮海路上的刹车声伴奏的大合唱。一种对"冷战"以后的全球新秩序的由衷的赞叹,一种对"市场经济改革"的神力的迹近无限的期许,一种对人生价值的坚决的调整——生命的意义就在于此刻,在于此地,在于能触摸得着的利益,一种对自己终于攀上了"现代化"的末班车的欣慰,就在这合唱声中弥漫开来。就大体而言,上述的这些赞叹、期许、调整和欣慰,早已经汇聚成一套不断膨胀的观念,牢牢地罩住了人心。这十多年来,人们已经习惯于抱怨说,这是一个人心涣散、信仰失尽的时代,可你看上海,看那些与上海相邻或相似的地区,分明有一种新的意识形态,正在相当

----

　　① 此处及本文其他地方的"意识形态"这个词,大体是依照 H·马尔库塞所论述的意义而使用的,即指一种与"真实"并不"相符",但能在一定程度上系统地阐释历史、社会现实和未来、生活的意义和趣味等、且为社会的多数人所不同程度地接受的思想观念。

　　② 对"成功人士"这个符号及其社会、文化原因的分析,最先也是在上海的一部分文学和人文学者中间展开,这正可以反证它在上海地区的流行程度。参见第 171 页注①。

迅速地成形。它当然还没有完成最后的总结，还在不断地变化，但说它已经取代原先那一套"文革"式的权威意识形态，占据了这座城市或这些地区的精神生活的主导权，却是一点都不过分的①。

　　就我对《富萍》的疑问而言，这新意识形态的大合唱当中，就有一个声音特别值得注意：对于旧上海的咏叹。几乎和浦东开发的打桩声同步，在老城区的物质和文化空间里，一股怀旧的气息冉冉升起。开始还有几分小心，只是借着张爱玲的小说、散文的再版，在大学校园和文学人口中暗暗流传。接着可就放肆了，一连串以"1931""30年代"或"时光倒流"为店招的咖啡馆、酒吧、饭店和服装店相继开张，无数仿制的旧桌椅、发黄的月份牌和放大的黑白照片，充斥各种餐饮和娱乐场所。甚至整条街道、大片的屋宇，都被重新改造，再现昔日的洋场情调，"这里原先是××的公馆……"几乎成为所有在旧洋房里开张的新餐馆必亮的广告。在这怀旧之风四处洋溢的过程中，纸上的文字：小说、散文、纪实文学，乃至历史和文字研究著作，始终腾跃在前列。不但十里洋场的几乎所有景物，都蜂拥着重新进入文学，构成许多小说故事的空间背景，那据说是旧上海的极盛时期的20和30年代，也随之成为这些故事发生的基本时间。老爷、少爷、太太、小姐，蓝眼睛的阔人，黄皮肤的舞女，这老上海的形形色色的人物，他们的悲欢离合、戏剧传奇，更是大量被借取、被夸张，既当作虚构的素材，也当作传记的对象。在今天，你随意走进一家书店，都会看到几本以怀旧为主题

　　① 如何描述和分析这个从80年代后期开始、首先在东南沿海和大中城市发展起来的"新意识形态"，是目前思想界非常重要的一个工作。可以将它简述为一组分处于不同层面、互相呼应、但有些也并不十分配合的观念，它们包括：人首先应该追求个人的物质生活的改善；"现代化"是人类共同的理想和必由之路；"世俗化"、"欲望"和改善物质生活的要求才是"现代化"的基本内容和动力；"市场经济改革"体现了"现代化"的潮流，只要这个方向不变，中国将很快赶上西方发达国家，变得富裕和自由；现有的所有社会弊病都是因为"现代化"不充分，没有真正与"国际"接轨，只要人均收入达到两千美元，这些弊病都不难消除；只要"现代化"了，所有的人都至少能成为中产阶级，有汽车和洋房……但应该看到，这些观念边界模糊；它们也并不都有某一明确的学说作为公认的代表，而通常是散布在无数文字、图象和口头的表述当中。

的虚构或纪实作品,摆放在醒目的位置上。差不多十年了,上海人的怀旧热情依然如此旺盛,文学真是功不可没。

不用说,那大合唱的主旋律,也始终贯穿这怀旧的咏叹。它是怀旧,却不会去怀两百年前那城墙弯窄的小县城的旧,也很少怀沦陷时期满街日本军警、路人动辄被搜身那样的旧,它的视线始终流连在20和30年代,仿佛那之前和之后的事情都不曾发生。它是怀上海的旧,但它既不怀苏州河两岸工厂、仓库和棚户区的旧,也很少怀市南、市北那些弯弯曲曲的平房里弄中的贫民生活的旧,甚至也不大怀石库门里"七十二家房客"式的拥挤生活的旧,它的目光只是对准了外滩、霞菲路(今淮海路)和静安寺路(今南京西路),对准了舞厅、咖啡馆和花园洋房。历史上的上海其实是一个多面体,即便是30年代罢,在琳琅满目的繁华旁边,也还有风雨飘摇的动荡,有逼仄破旧的贫穷;这城市的人们一面艳羡着发财和奢华,目睹灯红酒绿、夜夜笙歌,一面却也亲历着破产和逃难。担心闸北地区的炮轰移近家门。可是,在今日的怀旧风中,上海的历史被极大地简化了,而且是一面倒的简化:凡是悲苦的往事,能不提就不提,凡是豪华和繁荣的传奇,则一定着意渲染,详细铺陈。这也难怪,今天的上海正全力打造"国际大都市"的身段,它迫切需要一个"辉煌"的历史给自己垫底;这城市的上上下下,正由衷或努力地相信,今天的目标就是昔日的繁华,岂容你再翻出旧上海的阴暗历史,硬生生去扫人兴致? 发了财的新富人要造家谱,辛苦忙碌的"白领"想入梦,就是那些已经或将要"下岗"的人,多半也愿意上海能"再造辉煌",向他们提供新的生机吧? 在这样的时候,谁又愿意听你讲那些令人泄气的往事,平添一份忧虑或绝望呢? 新的意识形态既已经相当完整地叙说了上海的现状和将来,它用简化和涂改历史的方式,再为这叙述增加一个新段落,也是合乎逻辑、顺理成章的吧。

在新意识形态撰写的上海论述当中,这如此删削而成的关于"老上海"的新段落，正显示出越来越重要的意义。已经到了 20 世纪的最后十年，饱经四十年"革命"悲欢的中国社会，早就丧失了"一张白纸，可以画最新最美的图画"式的激情。尤其在上海，人们对将来的生活的希望当中，始终掺杂着一份历史被割断的无奈。因此，要将这座城市里的人重新集合到一面旗帜下，将他们的视线收聚到"将来"的某一幅"效果图"上，就必须先向他们解释"过去"，化解他们心头的无奈。当然，四十年"教育"下来，上海人已经不怎么知道老上海的事情了，他们的无奈其实十分含糊，自己也不大能够确定。但也惟其如此，重新塑上海社会的历史记忆，再通过这"记忆"来引导它集中视线，排齐队形，反而就比较容易。从 90 年代中期开始，一面是新的"成功人士"在媒体和广告上日渐成形，一面是昔日洋场的大亨故事再次流传；一面是新时代的"上海宝贝"风靡市场，一面是老上海的"风花雪月"被涂描一新；年轻的"白领"环顾着咖啡馆墙上的旧照片憧憬未来，那些已经差不多自暴自弃的中年人，也在街头和电视上的洋场画面的暗示下振作起来，更严厉地督促儿女苦练英文……新的历史"记忆"逐渐覆盖这城市的各个角落，许多上海人面对现实和将来的心情，似乎的确是一天比一天更平和了。

在现代社会里，"意识形态"的感染、浸渗和吸纳力量，几乎无所不在，因此，看到 90 年代的许多叙说老上海故事的文学和非文学作品，都先后被它收编，成为它的某一个段落的或长或短的句子，你其实是不该觉得惊讶的。90 年代的新意识形态就有这样的力量，就在作家自以为是发掘被埋没的生活诗意的同时，它已经悄悄地将若干特别的语法输入你的笔下，不知不觉就引导了你的叙说，甚至改换了作品的基本结构。在这个国家和资本力量犬牙交错、共同布下细密大网的时代，真正能够撕开一个口子、持久地游离其外的作家，又能有多少呢？就是王安忆罢，她的用力甚苦的长篇小说《长恨歌》里，不也有一些部分没能避免那怀旧风的浸染，依然可以在一定程度上被人看成是那些老上海故事的巨型分册吗?①

　　但是,王安忆毕竟是一个警觉、有慧心的作家,虽然可能一下子被强劲的时风扰乱脚步,却终究能够相当迅速地重新站稳。我很少看到她长篇大论地议论新时代,但她对这一场以"现代化"的名义重组生活的浩大变革,却是非常敏感、有自己特别的看法的②。1999 年春天,她以"寻找上海"为题写了一篇短文,直截了当地表示对上海现状的迷惑:从大批印刷精美的老上海的故事里,她"看见的是时尚,不是上海";"再回过头来"看现实,"又发现上海也不在这城市里","新型建筑材料为它筑起一个壳,隔离了感官。这层壳呢? 又不那么贴,老觉得有些虚空。"③那么,通过对流行物的怀疑和挑剔、对被时尚排斥的诗意的敏感、对遭强势压抑的声音的共鸣,打破这隔在我们与真实的世界——"上海"——之间的时尚的"壳",是否就是文学写作在新时代里的新的意义呢? 在今天,如果文学不能创造出与"当代潮流"不同的趣味、悟性和想象,不能向社会提供一个比时尚所勾描的宽广得多的精神视野,它的价值的确是相当可疑。王安忆始终记得母亲告诉她的一个故事:"一个女孩子,患深度近视,因家中十分贫困,无法为她配一副眼镜,所以她便生活在迷蒙中。……"后来终于有亲戚帮她配了一副眼镜,"可是她戴上眼镜,却惊怵地看见千疮百孔的贫民窟景象。这真是很可怕的一幕,世界突然在清晰中破裂开来"④。在某种意义上,我们每个人都曾经是、并且依然是

<hr>

　　① 从《长恨歌》的气势不凡的第一章,其实可以很清楚地看出,作者是想描述一个与流行眼光所看到的完全不同的"上海",一个与"浮在面上"的闪亮的"点和线"不同的、隐在"暗"中的"上海"。可是,由于小说选取了一位"上海小姐"作主人公,又是从电影制片厂、晚会和 40 年代的"百乐门斜对面"的"爱丽丝公寓"一路讲下来,读者就很容易将它与那些一意渲染"风花雪月"、"美人迟暮"的老上海故事混淆起来。

　　② 在 1995 至 1999 年间,王安忆写过一组总名为《屋顶的童话》的散文,其中许多部分都写得相当晦涩,但依然可以看出她对所谓"现代化"的一些远非欢欣的理解。这组散文收入她的《剃度》,南海出版公司 2000 年 12 月初版。

　　③ 《寻找上海》,收入王安忆:《妹头》,南海出版公司 2000 年 1 月初版,第 198—199 页。

　　④ 王安忆:《我读我看》,上海人民出版社 2001 年 8 月初版,第 8—9 页,189 页、194 页、336 页、354 页、363 页。

度数不等的近视眼，一旦由于某种机缘，突然看清了人生的真相，那就无论多么"惊怵"，也再难返回那幸福的"迷蒙"了，所以王安忆说："真是很可怕"。但是，这"惊怵"却是你必得要承担的，因为正是它打开了你通向真实的人生的大门。于是王安忆这样来比较苏青和张爱玲了：苏青是"缺少回味，是真正入世的兴致"，"张爱玲却不是，她对现实生活的爱好是出于对人生的恐惧，她对世界的看法是虚无的"①。她甚至更进一步，这样来比较张爱玲和鲁迅了：张爱玲"略一眺望到人生的虚无，便回缩到俗世之中，而终于放过了人生的更宽阔和深厚的蕴含。……所以，我更加尊敬现实主义的鲁迅，因他是从现实的步骤上，结结实实的走来，所以，他就有了走向虚无的立足点，也有了勇敢"②。"惊怵"了之后却不逃避，而是更深地进入人生，去体味它的更深广的"蕴含"，尽管这可能同时也意味着"走向虚无"。这样借鲁迅来澄清了自己，王安忆就更明白该怎么做了：尽可能地伸展小说的触角，破"壳"而入，汲取实际延续着的人生的丰厚和智慧——她把这样的人生称为"生活"。当然知道这很困难："人们都在滔滔不绝地议论着生活，讲述着生活，……或者给生活下着种种定义，或者就是将自己的经验和盘托出。这种或者是虚或者是实的写作情形，其实说明了'生活'在这个时代里的萎缩和退化"③；"上海这个奇异的城市，处于发展中情形，却飞速走向现代化。于是，每一种诠释都可在强势文化的词典中找到出处，建设起观念的壁垒。感官更加脱离触摸的实体，衰退了功能。人们不是以身体生活。而是以概念、比概念更为简单，是以名词生活。"④但她依然聚精神，要掀开那"强势文化"播撒的厚厚的观念、名词的覆盖层，直接去触摸真的人生。她称赞一位

① 王安忆：《我读我看》，第 189 页。
② 王安忆：《我读我看》，第 194 页。
③ 同上，第 336 页。
④ 同上，第 354 页。

前辈作家白桦："他对世界的浪漫主义的看法,有效地规避了意识形态的影响"①。一种凭感性和诗情去深入"生活"、摆脱"强势文化"的决心,是表达得相当鲜明了。

我对《富萍》的疑问似乎可以找到解答了。心中既然形成了这样的意愿,王安忆就自然要处处与那新意识形态编撰的老上海故事拉开距离。它总是让事情发生在 20 或 30 年代,富萍却偏偏只在 50 年代来到上海;它总是将读者一径领入高楼、酒吧和花园洋房的客厅,富萍却偏偏在这些人家的后门口逗留,后来更干脆不辞而别,直接去了水上工人的居住区;它的上海是外滩、霞菲路和静安寺路,富萍遇见的上海却偏偏多是闸北、是苏州河两岸;它的人物总是听到客厅里的钢琴声、对着爬满藤叶的旧洋房惆怅不已,富萍却偏偏只感觉到棚户区里的艰辛和"仁义",为那一对贫寒母子的安然和自尊所吸引;它的叙述通常都很华丽,富于书卷气,仿佛某个伤感的诗人在感慨世事沧桑,《富萍》的文字却大多很简单,句子短短的,像是口语,叙述的节奏不快,却一点不拖沓,与这农家姑娘的身份很相配……当然,这一切未必都是刻意做成的,但只要王安忆执意远离"物质主义"和"强势文化"的笼罩,她的注意力和兴奋点就势必会掠过洋场和西装革履,下落在截然不同的人事和风俗当中;当几乎所有老上海故事的叙述者,都习惯以美人迟暮式的唏嘘终结全篇的时候,《富萍》就自然要特别彰显一种勤苦、朴素、不卑不亢的"生活"诗意。如果这样来看,王安忆会绕过市中心的花园洋房,特别创造出"梅家桥"这样一片低矮的棚户区;她会改变素来的叙述态度,那样热烈地赞美梅家桥人的生活;她会更改女主人公的心意,让她最后在梅家桥扎根;《富萍》的叙述重心会如此不断转移,由淮海路到苏州河,又从苏州河到梅家桥,都实在是有几分必然的了。

---

① 王安忆:《我读我看》,第 363 页。

　　何止是《富萍》呢？王安忆近期创作的其他小说，都或多或少、或隐或显地讲述着《富萍》式的故事。譬如写于《富萍》之前一两年的那些短篇小说，或者将你领进上海市区一条民工聚集的小弄堂，细细地展示其中一家小饭店的日常情景(《小饭店》)，或者描述苏南农村一位乡村教师的婚宴，将那场面上的人物和气氛呈现得如此逼真，你仿佛也能闻到细细的雨雾和木桌上"四喜丸子"的气味(《喜宴》)；或者写一位能干的农村姑娘为在县城开会的村干部准备晚饭，不厌其烦地描述她如何燃柴、下油、炒腊肉(《开会》)，或者写一对在村里落户的知识青年，如何为招工曲折奋斗、悲欢交集(《招工》)，背景和故事各不相同，但一种着意贴近底层人民的日常生活、努力显现粗陋艰辛中的人情、趣味和生气的努力，愈益执拗地贯穿其中①。2001年9月，王安忆又写出一部长篇小说：《上种红菱下种藕》，让读者跟随一个九岁的女孩子"秧宝宝"，去浙西一座名叫"华舍"的水乡小镇。所有的叙述都是依着"秧宝宝"的视线展开，从她寄读的人家，这人家楼上的租客，到她同学的家，这人家对面的店铺，再到这店铺后面的别的人家，小巷尽头的水泥教堂，"黑洞样"的茶馆、倒闭的织绸厂、河埠头边上的木廊桥……小说几乎没有什么情节，只是领着你在小镇上兜来兜去，有两次好像是走出去了，却很快又折了回来，如果是一个急性子的读者，一定会很不耐烦：你到底要说什么？终于，到了小说的最后一段，作家和盘托出了：这小镇"是那么弯弯绕，一曲一折，一进一出，这儿一堆，那儿一簇。看起来毫无来由，其实是依着生活的需要，一点一点增减，改建，加固。……它忠诚而务实地循着劳动，生计的原则，利用着每一点先天的地理资源。……你要是走出来，离远了看，便会发现惊人的合理，就是由这合理，达到了谐和平衡的美。也是由这合理，体现了对

---

　　① 这里举出的四个短篇小说，均收入《剃度》。

生活和人的深刻的了解。这小镇子真的很了不起,它与居住其中的人,彼此相知,痛痒关乎"①。原来,这小说的真正主角不是"秧宝宝",而是华舍镇,之所以选了"秧宝宝"作领路人,是因为只有这天真的未受时尚污染的小孩子的眼睛,才能看到小镇的生活的"美"。到这时候,你一定已经联想到《富萍》对梅家桥的赞美了吧? 在某种意义上,华舍镇正是又一个梅家桥。

也正是这个华舍镇的故事,让我最终明白了王安忆为什么要创造"梅家桥",当然是要借此叙说一个独特的上海故事,但这梅家桥的寓意,又远远超出了"上海"这一座城市。在一部上海作家的小说选集的序言的结尾,她强调说:"生活以万千种姿态表演出她恒定的性质,就像大地上长出各色花草、果木和庄稼,当然需要辛勤耕作。你去仔细地观察自然,就会惊讶,在这一种单纯的自然力之下,如何会养育出无限的生物。"②她所以要那样渲染梅家桥人的勤苦和"仁义",描绘华舍镇的相貌的"合理",一个基本的用意,不就是要向读者显现"生活"的"恒定的性质"、它的"辛勤"和那透过"辛勤"而显露的"单纯的自然力"吗? 她当然知道,在顶着"现代化"名号的"强势"潮流面前,这"生活"是非常容易被扭曲的,在《上种红菱下种藕》的最后一段,她就感叹道:"可它(指华舍镇)真是小啊,小得经不起世事变迁。如今,单是垃圾就可埋了它,莫说是泥石流般的水泥了。眼看着它被挤歪了形状,半埋半露。它小得叫人心疼。"这笔触细密、充满了诗意的小镇风俗画的忧郁的底色,作家内心深处的悲哀,都由这"心疼"二字,一下子涌现出来。岂止一个华舍镇呢? 整个上海,甚至更大得多的地方,不都在发生、而且势将继续发生种种"泥石流"淹埋大地、"垃圾"覆盖生活的事情么? 在许多地方,这种淹埋和覆盖已经变得稀松平常,人们几乎都

---

① 本文所引《上种红菱下种藕》的文字,均出于《上种红菱下种藕》,王安忆著,南海出版公司 2002 年 1 月初版。

② 王安忆编:《女友间》,上海文艺出版社 2001 年 7 月初版,第 18 页。

熟视无睹、甚至还很有一些欢欣鼓舞呢。华舍华舍，真可以看作是世界上许多地方的共同的缩影！但也惟其如此，王安忆就更要用浓墨和重彩，更加用力地去刻划那"生活"的本相。她给《富萍》和《上种红菱下种藕》这两部小说，都套上一个颇似晚清"社会小说"的风俗画式的结构，就是为了能更充分地展示这"生活"的细节，对于那总要用概述来遮蔽现实的意识形态，多样的细节是最有破坏力的。这是一种重压下的反拨，一种堪称是自觉的对抗，它既是针对身外的恶劣和麻木，也是针对心内的沮丧和悲哀。因为是反拨，便难免有控制不稳的时候，是对抗，也就容易显得夸张，当王安忆称赞白桦的"浪漫主义"的时候，她是否意识到了，自己会从一个与白桦不同的方向，也走入"浪漫主义"呢？"资本主义"、"现代化"、"发展"、"全球化"、"新经济"……当所有顶着上述名号的势力沆瀣一气、席卷世界的时候，当它们不但控制了物质的生活，而且深入人心、要遮没我们的全部视野的时候，几乎所有的反抗都不免会走入"浪漫主义"吧？王安忆生于上海，长居于上海，到目前为止，她讲的最多的也是上海的故事。但是，她的上海故事里的"梅家桥"却清楚地显示了，她对现实变化的敏感、她因此而生的悲哀、她对这悲哀的反抗、她这反抗的"浪漫主义"的情味，都已经远远超出上海，超出城市，也超出了中国广阔的大陆。与十五年前相比，甚至与写《长恨歌》的时候相比，她都明显是变了，我想说，她真是有一点大作家的气象了。

对今天的中国文学来说，王安忆这样的变化有什么重要的意义吗？就她个人的创作而言，这变化中是否也有什么潜在的东西值得警惕呢？要比较清楚地回答这些问题，我还得回过头去，稍微具体一点地谈谈80年代。那可真是一个"浪漫主义"的时代，也是一个中国作家好长时间都没有遇到过的好时机。没有内战，没有大的灾荒，50年代中后期形成的种种物质和精神规范，都开始有了松动。当然还是贫困、匮乏，但整个民族都激动起来了，渴望自由、富足，想张开双臂、拥抱新的生活的冲动,弥漫于社会的上上下下。文学,就自然而然成了表达这些冲动的先锋。从 70 年代末到 80 年代中期,最活跃的作家们大都自觉到文学的这种意义,种种不乏悲苦的个人生活经验,又给了他们敏感社会心声的充沛能力,于是,他们各逞己意,四面出击,文学开拓的精神领域一寸一寸逐渐扩大。创作能及时表达社会的各种冲动,读者就自然给予热烈的响应,文学杂志的销量动辄几十万、上百万。就在那随处可见的思想和技术的幼稚当中,文学的丰富多样的潜力一点一点地冒出头来①。

但我不得不说,80 年代也是"浪漫主义"迅速被收编的时代。从 80 年代中期开始,社会的变化大致沿着两个方向展开,一个是从耽于理想的呐喊转向实际功利的计算,另一个是从朦胧模糊的多样转向明确响亮的单一。譬如"现代化"这一面"改革"的重要旗帜,就和其他的旗帜一起被重新裁剪:在 70 年代末期,它的涵义极其宽泛,从"思想解放"、"美学热"到"联产承包责任制",几乎无所不包,可到 80 年代末期,它却越来越像是专指西方式的"蓝色文明"、资本主义的"市场经济",甚至是专指美国式的物质生活。不用说,正是这两个方向的收缩,合力促成了"改革"之潮在 90 年代初的大转变,而那个被大大剪小了的"现代化",也就理所当然地上升为社会变革的唯一目标,80 年代的散乱无边的"浪漫主义"思绪,现在是被它摘剔、压缩,差不多完全改造成"市场经济"的一圈金色的镶边了。

文学当然也很难逃脱这样的收缩。从 80 年代初关于"现代主义"的争论开始,至少在"文学圈"内,人们对文学现象的描述和评判,就几乎再也没有逾出过新输入的那些欧美理论所提供的词汇。倘说在 70 年代末,评价文学作品的优劣的标准,基本上是系在"暴露/歌颂"这个

---

① 只需想一想,到 80 年代中期,在小说领域里,高晓声、王蒙、汪曾祺、张洁、张承志、阿城、刘索拉、韩少功、王安忆、马原……这些在视野、意趣、风格和技巧上都截然不同的人一齐在写作,而且各自获得不同范围的读者的关注,你就能感觉到这丰富的潜力了。

结子上，那到 80 年代后半期，这个标准已经明显改到了"现代/传统"，具体地说，即是否"现代主义"的结子上。许多新诗人常常这样骄傲地宣布自己和前辈——譬如"朦胧诗"派——诗人的区别："他是浪漫主义，而我是现代主义!"就在《河殇》版的"现代化"教条愈益深入地收编整个社会的思绪的同时，一种"现代"崇拜也在文学领域里大面积蔓延。不用说，这个"现代"也是依照那"收缩"的原则不断被剪小的：首先，它属于"西方"，非西方地区的文学统统不算；其次，就在"西方"文学内部，能称得上"现代"的作家也越来越少。譬如小说，先是排除巴尔扎克、福楼拜、托尔斯泰和索尔仁尼琴……他们太"现实主义"了；接着是剪掉帕斯捷尔纳克、海明威、艾特马托夫……他们太"浪漫主义"了；再后来，连哈代、纪德和麦尔维尔……也不行了，他们太缺乏"形式"! 从 80 年代中期起，在文学杂志、讨论会和大学课堂上，"形式"这个词的涵义飞速膨胀，不但压倒了"内容"，还大有将"思想"、"历史"和"哲学"等都一齐压倒的气势。"现代"似乎仅仅成了"形式"的同义词，这又反过来加剧它自身涵义的进一步缩减：在越来越多的作家、尤其是跃跃欲试的文学新人眼里，伍尔芙和福克纳就只是"意识流"，普鲁斯特就只是铺排卧室里的琐事，罗布，格吕叶就只是时空错位，博尔赫斯也就只是语言"迷宫"……好不容易发现了马尔科斯，却又是因为他得了诺贝尔奖，因为他用"许多年以后……"这样反常的句式开头。"现代主义"作家对资本主义和"现代"主流文化的洞察和绝望，他们对当代生活的各不相同的兴趣、迷惘和悲观，似乎反都成了次要的、常常被忽视的东西。"现代"归结为"形式"，"形式"又被归结为"语言"——这样一个骨骼支离的"现代"被供上高案，成为大批作家追求的几乎唯一的目标。

但是，在整个 80 年代后半期，作家和批评家们却并没有警觉到文学的这种被动的收缩。在某种意义上，他们也似乎有理由这样迟钝。作家是对文字特别敏感的人，他们天生就容易迷恋"语言"和

"形式"。当在坚硬的物质领域里遭受挫折的时候,他们更本能地会缩回文字的世界,往那里面寻觅生存的意义。偏偏在80年代后半期,重新升腾起来的保守气氛盘旋不散,一度还黑云压城、越聚越浓,在刺激人向社会的更深层去发掘那"保守"的"文化"根源的同时,也强化了他们退出直接的思想和政治旋涡的冲动。在我看来,主要正是这深入追究的理性和退缩自保的本能的奇特结合,造成了80年代中期以后文学界对于形式意味的普遍迷恋。物质性的压迫并不重要,重要的是那些在社会深处不断滋养它的精神压迫;外在的专制也不可怕,可怕的是人自己脑子里与它呼应的那些习惯;如果能在微观的思维层面打破桎梏,那就是迈出了在宏观的社会层面争取解放的决定性一步:在80年代后半期,类似这样的看法在文学界非常流行,它们共同构成了许多风行一时的议论背后的一个基本的逻辑。借助新传人的欧美理论、尤其是语言哲学、符号学和叙述学的理论,批评家们很快确定了思维层面的桎梏的基本内容,那就是人们对空间、时间和符号的确定性的迷信。于是,向这样的迷信挑战,打破"确定性",渲染"不确定性",就成了新锐批评家阐释作品的流行视角,也成了年轻的文学教师在讲台上慷慨激昂的流行主题。这一切又反过来影响了作家,催促他们更放肆地"颠覆"读者的阅读习惯,一面释放被成规压抑的灵感,一面也渐渐远离自己各不相同的特质。高晓声式的"为农民叹叹苦经"也罢,张承志式的寻找"九座宫殿"也罢,更不要说白桦式的"苦恋"了,统统都被"马原式"的写作挤到了边上。马原自己呢,也不知不觉疏远了那些最初将他引向写作的特别的情感,越来越贴近那个时势造成的"马原式"的写作。时空错位、情节裂变、意旨飘忽、语言"狂欢"……小说成了创造"不确定性"的圣地,读小说也不知不觉成了艰苦的精神跋涉。太迷恋"不确定性",自不免远离"确定"的现实。跋涉得太艰苦了,就会有许多人放弃阅读。在80年代后半期,文学开始明显遭受社会的冷淡,可文学圈中愿意正视这冷淡的声音却很弱①。许多作家、特别是年轻的作家依然相信读者那种艰苦阅读的社会和政治意义，许多批评家、编辑和大学教师也依然将"马原式"的写作奉为最"现代"的文学。你是不是可以理解那些偏爱"不确定性"的作家的迟钝了？一个人相信自己在艺术上是先锋的，是富于创造性的，在政治上也是前卫的，是具有尖锐的挑战意味的，他为什么还要自我怀疑？

90年代的现实却毫不留情地将作家的这种自信打得粉碎。当文学纠缠于抽象的"确定/不确定"性的时候，现实生活却大开大阖，80年代后半期社会改革"收缩"的全部后果，都逐渐清晰地暴露出来。作家是多么敏感的人，立刻感觉到了现实的逼人力量。可他们转回身来面对现实的时候，却发现很难看清楚它。80年代后半期流行的那一套"现代化"思路："传统/现代"、"计划经济/市场经济"、"专制/民主"、"确定性/不确定性"、"集体/个人"、"社会主义/资本主义"、"黄色文明/蓝色文明"……似乎都和纷乱的现实对不上号。怎么办呢？有一些作家比较勤快，虽然不知道该如何理解，对现实生活的印象却很强烈，那就先写起来吧。平静、舒缓、细致，还有一丝淡淡的无奈：对于这些震慑于现实的变动，却又不知道如何判断的作家来说，这样的无奈恐怕是唯一可以确信的了。另外一些年轻的作家却颇亢奋，凭着一股子青春激情，他们拉开嗓门赞美"欲望"、挖苦"精神"，他们将自己想象成新时代的弄潮儿，其中也真有一些扑下"海"去。不过，他们很快就明白了，这是个错觉，现实远没有这么简单。一旦钱包稍鼓、青春稍逝，种种无聊、迷惘和空虚的情绪，就迅速罩住了他们。当然，也有一

---

① 在整个80年代后半期，许多作家和批评家都不断重复一个说法：随着社会逐渐进入现代状态，各种文化消费渠道相继打开，文学的读者数量必然大幅度减少；而随着各种社会科学的充分发展，文学无需再承担"文学"以外的其他思想和社会功能，也就势难再引起社会的"轰动"。在我看来，这个说法一方面配合了当时文学界对所谓"文学本身"（即"形式"甚至仅仅是"语言"）的热衷，同时也妨碍了文学界从"现代化"的单一视角之外去理解读者的冷淡。

些作家一开始就很在乎自己对现实的异己感。依循在 80 年代后半期养成的文学观念,他们很愿意将这种感觉归类于普鲁斯特、卡夫卡,或者干脆就是加缪;可是,实际的生活经验又使他们觉得如此归类不大合适,他们就这样疑疑惑惑地关闭门窗,收回视线,专心在小说里讲述"我"的故事。这个"我"有许多不同的姓名,却都很像是作家自己:是女性,就描述孤独、发现自己的身体、与男人的战争和与女人的默契;男人呢,则虚构或回味与女人的暧昧交往、激烈的性爱和无谓的写作。细节写得非常感性,整个故事很抽象;他们就用这样的方法与社会巨变保持距离,你甚至会觉得,他们到底还是活在 80 年代后半期的树荫里[①]。但是,新的现实的压力与日俱增。到 90 年代中期,乡村的困窘愈益显露,在许多城市里,作家一推开家门,就满眼是"下岗"、"待业"的凄苦景象了。于是,一些作家开始正面触碰这个现实,或者叙写乡镇上的分化、冲突、新的觥筹交错和新的走投无路,或者刻画国营工厂里的挣扎、愤懑、新的投诉无门和新的英雄主义。但是,这些都只是"触碰",因为它们所凭借的,只是对现实问题的感觉和义愤,而不深思和洞察,与现实旋涡的巨大的复杂叵测相比,这感觉和义愤的力量是太弱了,它们很快就会被转晕、打散,甚至被吸纳、利用。所谓的"现实主义冲击波"在 90 年代晚期的迅速消退,是将文学面对社会巨变不知所措、赤手空拳、几乎一无所凭的被动局面,暴露得再清楚也没有了[②]。

　　人类迄今为止的文学的历史,一再向我们证实了,文学对于人的

---

　　① 　在像中国这样拥有庞大的文学人口的国家里,少数开风气的作家和大批尾随其后的作家之间,总会有相当明显的差别。当 90 年代初,那些最敏感的作家纷纷放弃"马原式"的写作的时候,仍然有大量作家、尤其是新作家继续沿着 80 年代后半期的流行方向往前走。这种情况一直要到 90 年代中期才比较明显地改变。

　　② 　以上这一段有关 90 年代的文学(主要是小说)状况的论述,只是就一些最明显的、带有普遍性的现象来说的,在这一时期,依然有少数比较优秀的作家,例如莫言、李锐、张承志、史铁生、张炜、韩少功、阎连科等,继续表现出各不相同的创作风貌。从他们笔下,你能够强烈地感觉到对于社会的巨变的尖锐的体会和艰苦的思考。但是,除个别情况外,这些作家的创作对整个文学风气的影响都比较弱。

生活是作出了多么重大的承担。最近三百年来，世界各地无数优秀的作家，更以各不相同的创作，持续地挑战愚昧和黑暗。中国现代文学也不例外，即如鲁迅那一代作家开创的"新文学"传统，就直接组成了现代中国人追求自由、解放的艰苦斗争的重要部分。即使到了今天，一切似乎都面目全非了，我仍旧相信，文学的这个精魂依然活着，依然有力地跳动在许多作家的写作当中。事实上，进入90年代以后，一面手足无措、东倒西歪，一面却也屡错屡试、竭力调整，文学始终在本能地挣扎，要回应现实生活的巨大变动。尤其是90年代中期以来，重返当代中国人的生活的现实，重建对最近二十年社会巨变的深入理解，更越来越触目地凸现为文学河流中的两道互相引发的激流。当然，这"生活的现实"绝不仅仅是指一些具体的社会"问题"，而更是指我们的整个生存状态；"二十年社会"的"巨变"，也不仅仅是指发生在这二十年里的事情，而还包括这巨变背后的历史和国际因缘。因此，"重返"和"重建"就不是简单地去记录日常生活、揭发社会弊病、暴露现实"问题"，而是要通过对生活的重新想象和刻画，打开不止一道能由此洞察当代中国人基本生存状况的审美门户，开辟不止一条能据此深思我们的现在、将来和过去的精神思路。由于中国大陆各个地区之间、甚至同一个地区之内，各种差异都已经非常巨大，各地的作家对现实生活和社会变化的感受和想象，就自然很不相同。但是，以我个人的阅读来看，到90年代晚期，那主要是在大批新作家的写作中洇染开来的、刻意营造"不确定性"的"先锋"写作的风气，已经基本消退，一种从雷同化的、与世隔绝的"个人"和迷宫般的"语言"、"形式"那里退出身来，转向更宽阔、也更实在的生活经验和文学想象的强大冲劲，正在越来越多的写作当中显露出来。不用说，这样的写作势必会中止从80年代后半期延续而来的那种不断收缩、越来越狭隘的文学理解，以多样的方式重新定义"生活""现实""政治"和"社会"，也重新定义"语言""形式""孤独"和"个人"……

但是,这一切都会非常困难。我们的身外和身内,有太多的障碍横在那里。在今天,文学写作在种种旧式的限制之外,又添了许多新的限制。看起来是信息爆炸,可实际上信息的情形却极大地助长了王安忆所说的"强势文化"的传播和膨胀,倘若一个作家有意去质疑它,他到哪里去获取真正多样的信息呢?社会生活的分隔已经发展到如此精细的地步,足以使事实上息息相关的人们,在知觉上彼此隔膜。即如我所居住的城市,不同收入的阶层,在衣、食、住、行,几乎所有的方面,都愈益互相远离,在这种情况下,一个习惯于面对书桌的作家,又如何了解和想象其他阶层的生活?今天的生活越来越复杂,政治、经济、文化之间,甚至物质和精神之间,界限都日益模糊,中国的事情也早已不仅仅是中国本身的事情,如果你的兴趣向来比较单一,只是喜欢文学和艺术,甚至只是喜欢读卡夫卡或博尔赫斯一类的作品,那又如何能透视这复杂的人生、感悟多样的心灵?至于那为历史和现实境遇所合力造成的相当普遍的人文意识的淡薄、心灵视野的狭窄和知识结构的老旧,那被"市场经济""大潮"所激发的牟利欲望的膨胀和随之而来的艺术激情枯竭,就更是人所共知,无需多说了。

正是在这样的社会、精神和文学的背景下,王安忆的转变显出了格外重要的意义。她一直都是一个对人生怀着善意的作家,我从未见过她在文学作品中出言激烈、咬牙切齿,好像连紧缩眉头的表情都很少有。但是,就是这样一个温情的作家,现在却相当明确地形成了一种对于当代生活的深具批判意味的理解,一种由此而来的对于文学写作的新的使命的领悟。她不但公开宣布自己的这个理解和领悟,而且在创作中全力去实践它。她的笔触依然舒缓,表情也依然温和,但你从这舒缓和温和的后面,却能感觉到一种过去没有过的紧张,我甚至想说,一种过去没有过的激烈。她的创作的这种新的面貌,犹如荒凉土地上的一簇醒目的新绿,使人不由得要欣然认定,在今日的中国,不是没有这样的作家,能突破"现代化"和新意识形态的重重障碍和诱感，创造出真正多样的情感体验和艺术境界；也不是没有这样的作家，能逾越狭隘的意识形态政治，使写作焕发出广泛的社会政治意义，在更深刻的层面上挑战愚昧和黑暗。王安忆当然不是唯一这样的作家，也不是第一个这样的作家，但是，她写出了《富萍》，紧接着又写出了《上种红菱下种藕》，却会使人——至少是我这样的读者——对当代文学能否洞见社会生活的巨变，能否深入地回应这巨变，增加一份不小的信心吧。

那么，王安忆这创作的转变当中，是否含有某种潜在的危险呢？我觉得也是有的。从《长恨歌》到《上种红菱下种藕》，作家一步一步地竭力远离那新意识形态的老上海，在她和那个老上海故事之间，明显有一种对峙，一种精神的紧张。越是感觉到对立物的强大①，就越不自觉地往相反的方向倾斜——正是这样的情形，一面不断激发新的艺术灵感，一面也会悄悄地删削这灵感：倘若作家过分关注自己和对立物的对峙，一意要与它拉开距离，就很容易丧失对自己的新姿态的反省，减弱文学写作本来可能孕育的更大的丰富性。说到究竟，文学所以有可能抵抗意识形态，就因为它拥有对方不可能拥有的丰富和多样；意识形态的问题也就在于，它常常能将抵抗者拽下居高望远的位置，不知不觉就将它变成仅仅是自己的对手，一个虽然对立、却同样缺乏丰富的事实上的同类。在《富萍》对梅家桥生活的热烈的赞叹当中，在《上种红菱下种藕》的一些过于琐碎的叙述当中，你是否正能看出一丝这样的丧失丰富性的迹象呢？在今天的中国，要成为一个大作家，真是非常不容易的，他不但要穿透各种浮面的繁复，洞察那背后的狭隘和专断，还要能在与狭隘和专断的长期的苦斗当中，始终保持自己的敏感、从容和丰富。看看最近十年的文学和思想界吧，那在抵抗中

---

① 这强大的一个例子是，90年代上海的"怀旧热"，通过对张爱玲的作品的重新解释和包装，相当迅速地"消化"掉了这位作家，将她变成了"新意识形态"的老上海故事的一部分。

不知不觉就移向极端、减弱了艺术想象和思想的丰富和从容的例子，实在是很不少。挡在王安忆面前的这个潜在的危险，其实也正挡在所有优秀的作家、艺术家和思想家面前。

但我仍然要说，至少在整个当代文学的范围内，王安忆近来的小说创作的转变是一个非常重要的事情。它所显示的"浪漫主义"的想象、批判和创造力量，包括它所暗含的潜在的创作障碍，都明显拓宽了人们对于当代文学、社会和精神生活的感受。而从王安忆的一些优秀的同行笔下，正有一些与"梅家桥"和"华舍镇"不同、却同样打动人心、引人深思的人物、故事和场景，已经和将要诞生。这些年来，每当与友朋谈到那些当代生活的主宰势力，听人列举它们的无边法力、断言"你不可能挡得住"的时候，我心中总会冒出一个固执的声音：不见得吧！现在，这个声音是更固执了，从王安忆近来的小说当中，它又一次看到自己的根据。

"文学上海"与城市文化身份建构

陈惠芬*

　　20世纪的最后十年,在未来上海的城市记忆中,想必是一个饶有意味的年代。在这一时刻里,上海不仅以其经济的快速增长再度引起了世界的关注,而且孜孜以求着自我身份的建构。上海的城市身份建构在20世纪的90年代初成了一个迫切而显要的问题,不仅是因为上海从一个小渔村发展为一个现代都市,至今不过百多年的历史,所积累的经验不足,而且在于,其时的上海,正处于一个"空前绝后"的转型时期。"空前"在于,长期的封闭造成了城市在物质和"气质"上的匮乏,都市的经验和灵氛几近于湮没;"绝后"乃是,从"大上海沉没"到重新进行结构性调整,虽然向"国际化大都市"攀升的目标已定,而其间的"缺口"与引发的"震荡"却不谓不大,"兴奋"的同时,迷茫和焦灼也不请自来,正在为之努力和付出代价的未来是怎样的? 上海这张昔日的旧船票还能否赶上时代的新航班? 都是未知的"后事",认同的问题因此凸现出来。按照心理学的说法,"认同"就是解决"我是谁""从哪儿来""到哪儿去"的问题,是对自我"生存的方向性和连续性"①的清晰的主观意识,是必需的自我和社会心理统一的能力——20世纪90

---

　　* 陈惠芬,上海社会科学院文学研究所研究员。本文原载《文学评论》2003年第3期。
　　① 爱理里克逊(美国心理学家):《认同——青年与危机》序言,转引自邵迎建《传奇文学与流言人生》第5页,生活·读书·新知三联书店1998年版。

年代的上海,是怎样实现或寻求这种"统一"的呢?

班纳迪克·安德森说,现代民族国家"认同感"的形成有赖于"想象的共同体"的催生。在一个有效的时空范围内,虽然人们未曾谋面,但某种共同体的"休戚与共"感却仍可以通过传播媒介——特别是想象性的如"小说"与"报纸"这样的"文艺"方式构建出来①。哈贝马斯也曾认为,18世纪英国民众讨论甚至参与政治、经济、思想和文化事务的公共领域得到空前的发展,而文学即是其中一个重要的组成部分。而且这一时期被看作是早期现代英格兰文化的形成时期,其时,全社会正"忙于全面的构建——从民族国家……到文学市场和商品文化,到交通要道和现代主体"②。某种意义而言,这也为认识"文学上海"提供了一个角度。

一、

90年代描写上海的文学大都不是从"当下"写起,而是"时光倒流"式的追念。对某一段消失的历史中繁华景象的追寻占据大部分篇幅:

这个长故事要从旧上海开始说起。繁华如星河灿烂的上海,迷沉如鸦片香的上海,被太平洋战争的滚滚烈焰逼进着的上海,对酒当歌、醉生梦死的上海。那个乱世中的上海,到了现在人的心中,已经包含了许多意义,抱着英雄梦,想象自己一生的人,在那里面看到了壮怀激烈的革命;生活化的人,在里面看到了盛宣怀华丽的大客厅和阳光灿烂的大浴室;向往西方的人,在里面看到了美国丝袜,法国香水,外国学堂,俄国芭蕾舞;就是街头小混混,也在里面找到了黄金荣桂子飘香

---

① 〔美〕班纳迪克·安德森:《想象的共同体:民族主义的起源与散布》,吴叡人译,台北时报文化出版社1999年版。
② 转引自黄梅《十八世纪的英国女性小说家》,《中华读书报》2002年6月19日。

的中国式大园子······

　　一个新音乐制作人,曾在淮海路街口摇着他那一头长发说"上海的三十年代好啊,那时候,你想要成为什么样的人,想要有什么样的生活方式,就去做"。

　　我们的这个长故事,就是开始在如今是如此时髦的年代里。

　　这是陈丹燕《张可女士》①一文的开头,她意图通过这样的表述显示人物所具的历史感,以及作品本身对当今"如此时髦的年代"的疏离。而《上海的风花雪月》从"上海法国城"一路追溯到"1931'S 咖啡馆"、外滩的三轮车、张爱玲的公寓,几乎"囊括"和"复活"了如今正变得时髦的年代的一切"有意味"的"内容"。事实上,在有关老上海的怀旧中,陈丹燕的《上海的风花雪月》等"三部曲"并非始作俑者,1996 年,上海远东出版社即已出版了素素的《前世今生》,这本小书某种程度上开了以文学的方式重写"上海繁华"的先河,而《上海的风花雪月》却是最具"时代"效应的。出版方曾将它的畅销归结为"幽雅的外表,略带感伤、怀旧的内容和轻松流畅的笔调",而对于陈丹燕来说,或许并非仅是出于"时髦",而确有某种"生命感"的投入。她曾多次说到"断裂,和"匮乏"对个人成长的影响,在最近出版的《木已成舟》中,她这样表达:"在我成长的时代,中国的门和窗全都被关死","有时候我想,就是因为我这样长大,才会······如此热衷吧",说的是如何把漫长岁月中接触到的有关欧洲的碎片,"一点一点修补成了精神的故乡"②,移来说明她对昔日上海的热情也同样是合适的。作为城市的"外来户"③,陈

---

　　①　见《上海的风花雪月》,作家出版社 1998 年版。

　　②　见《木已成舟》序言,作家出版社 2002 年 6 月版。

　　③　陈丹燕曾说:"我住在上海。但我们家是一个典型的上海的移民家庭,记得小时候我们家只有朋友,没有亲戚。所以我一直都不认为自己是一个上海本地人,我对上海的了解比本地人了解的要少。上海的家庭之间的来往是非常平淡和客气的方式,不像北方,像我这种家庭的孩子是不能完全进入上海本地人的生活方式的"。《以旅游者角度接近上海本质》,《城市画报》2001 年 12 月 26 日。

丹燕对上海曾有着双重的匮乏感,一是她"荒凉"的青春岁月也正是上海处于封闭的年代,二是因为"外来"的"革命家庭",虽然作为城市的"征服者",却不能不感到和既定"社区"的隔膜。杨东平曾比较"大军入城"的不同,进入北京的军队干部或其他新移民大都以"大院"为聚集地,而上海的南下干部则分散在传统的居民社区里[①]。南下上海的干部分散地进入的社区,大都是有着昔日繁华感痕迹的"优雅"社区。在这样的区域里,"本土"与"外来"、不同阶层、文化乃至阶级间的"较量"往往表现得复杂而暧昧。"外来"的"革命者"无疑有着政治乃至物质上的优势,而"既定的社区"似乎也秉持有一份"与身俱来"的"优越"。"悠久"的历史、"繁华"的底蕴,虽并不形成与外来的"对抗",却足以构成"距离",给初来乍到者以"文化之根悬浮"的压抑感。

然而,陈丹燕对于"匮乏"的反应并非只具个人成长史的意义,毋宁说她的敏感和渴望,将群体、一代人的遭际与当下的社会心理"突出"地呈示出来了,唯其如此,其作品才畅销一时,类似的描写也才风行一时。昔日上海作为"繁华"的代名词,几乎已是"不争"的事实,这一状况引起了一些研究者的注意和批评,认为历史上的上海其实是一个多面体,将目光只是定格于二三十年代以及繁华的大马路、老洋房、咖啡馆,不免将上海片面化了。而在我看来,值得注意的,或许主要的还不在于,在这样的"注目"中,上海的历史是否被简化或片面的处理了,而是它刻意制造出的那种"历史感"和其中的"寄寓"。作为一种历史的"记忆","文学上海"中的有关描写却大都采取了"纪实"的手法,且越来越"较真"。如果说素素的《前世今生》对晚清妓女、上海女学生、女明星以及摩登太太们时尚生活的"纪实"还不过是"纸上得来",来自某些老上海历史/轶闻、掌故的"散文化",而到了《上海的风花雪月》等作品中,则衍化成了某种"现场"的"寻访"。恰如一些推介文字

---

① 见杨东平《城市季风)》,东方出版社 1994 年 10 月版,第 304 页。

所言："陈丹燕以一个探寻者和怀旧者的姿态徜徉于上海的百年历史中，寻访散落在街巷中的历史遗迹"，"在张爱玲、张学良、颜文梁等历史名人住过的老房子里，遥想他们的人生往事，慨叹于无尽的世事沧桑……"①；陈丹燕自己也说："这本书写得比较辛苦，从 1993 年开始，到 1998 年的春节后结束，总也有四年之久，为了这本书的写作，请教了多少人，采访了多少人……已不太能够一一回想起来。"②在晚近出版的程乃珊的《上海探戈》里，作者更是凭借着"老上海后裔"的身份，信心十足地挖掘和"复活"着一个被历史的烟尘掩埋的"如假包换"的"真上海"。作者在"前言"中这样交待："为了令这本书更具魅力，我四下寻觅有关老上海的生活旧相片。历经'文革'，我家的私人相片本几尽毁灭，好在香港的亲友家尚存一些旧照片，另外，承蒙我的忘年交、美籍华裔二战退伍军人吉米钟慷慨借出许多他珍贵的具有历史价值的照片；前淞沪警备司令杨虎将军的儿媳余墨卿女士也借出她珍藏的'文革'中劫后余生的照片……"③。而现居香港的某上海作家的《豪门旧梦》则被冠以了"一个上海老克拉的回忆"④。"亲临现场"的采访，"前朝人物"老照片的佐证，"上海老克拉"身份的出示，无非都是为了"历史感"的营造，以示其"真"和"栩栩如生"。

然而，按照詹明信对怀旧电影的分析，作为后现代主义文化逻辑的重要症候，怀旧就其本质而言，是作为"对于我们失去的历史性，以及我们生活过正在经验的历史的可能性，积极营造出来的一个征状"⑤，简言之，也就是历史感匮乏的表现。那么，有关上海繁华的描写，在多大程度上是历史的"真实"再现呢？说起来，相关的描写似都

---

① 见《上海的风花雪月》封底。

② 《上海的风花雪月·跋》。

③ 见《上海探戈》，学林出版社 2002 年版。

④ 《豪门旧梦》，树芬著，作家出版社 2002 年版。

⑤ 詹明信：《电影：对于现在的怀旧》，吴美真译，《后现代主义或晚期资本主义的文化逻》第 354 页，台北时报文化出版企业股份有限公司 1998 年版。

有着某些可追寻的遗迹,有名有姓的人物,音容宛在的照片和富有象征的纪念物……以至存活于今的证人,然而,证人和纪念物的存在同时也提示着它所纪念的人和物/事的消失。唯其"斯人"已逝,追忆才成为可能。事实上,相关的描写在努力营造出一种历史的"真实感"的同时,也不由自主地裂解着这一历史的"在场":

真正经历了十里洋场的上海老人,住在老公寓里,从英国留学回来的牙医生,下午三点在瘸了一条腿的小圆桌上慢慢喝一杯奶茶、吃用茶泡软的沙利文小圆饼干的老人,却笑了一下说:"70 年代的人,用什么来怀旧呢? 他们又知道什么?"八十岁了的永安公司郭家小姐,燕京大学的毕业生,在 30 年代开着自己的美国汽车的上海名媛,在她桌布老化发硬了的小圆桌前,摇着一头如雪的白发,说:"那个时代早就结束了,不会再来了。"①

甚至昔日的三轮车夫也认为,"从前"已不可再现。站在外滩的东风饭店前,重操"旧业"为人踏车兜风的老人对车上的年轻女性说:"从前这里是最高级的地方呢,上海最有钞票的人去开销的地方,出出进进的全都是头面人物啊。"当车上的人说:"那,你现在高兴了,想去就去",老人却说:"有什么好高兴的,进去的是那个地方,可不一样了啊。从前是什么气派……"②这里有着对于旧上海繁华的近乎神话般的迷恋,即便是在一个昔日的受压迫者的头脑里;而正是这种"迷恋",宣告了"再现"的虚幻。

那么,明知历史的"不可复现",却努力"纪实"出一种历史的"在场"感,其中有着怎样的认同的危机和吊诡呢?

对于"在场"的希求某种程度上可以说是历史感"匮乏"的必然反

---

① 《1931'S 咖啡馆》,见《上海的风花雪月》。
② 《外滩的三轮车》,同上。

应。如同一个弗洛依德意义上的"游戏"，对于"永失的母爱"——母体（子宫）曾有的温暖和安全感的永远的失去，需要以一种象征的方法"找回"，才能获得心灵的安宁，所以"所有的故事都讲述一个俄狄浦斯情结：重回母亲子宫"。而按照拉康的说法："故事起源于匮乏，故事中必定有某种事物丧失或者不在，这样叙述才能展开；如果每件事物都原封不动，那就没有故事可讲。这种丧失是令人痛苦的，但是它也令人激动。欲望是被我们无法完全占有的事物刺激起来的，这是故事给人满足的原因之一。"①上海曾经的匮乏似也需要一种繁华的"重现"与"在场"来"弥补"；而正是在这里，显出了时代和相关描写的一个深深的悖论：一方面，匮乏和"断裂"被认为是上海历史上的一个明显的"诅咒"②，由于"断裂"，上海的繁华、现代性被打断了；另一方面，却又认为昔日的繁华是一个有着不可言说的神秘的超时空存在，是不能被任何力量摧毁的，一旦需要，就能重新找回。这一悖论一定程度上加剧了人们的认同困难：究竟何种才是"真确"的"史实"呢？

"在场"也是消费主义的要求。鲍德里亚认为，"消费的定义，不在我们所消化的食物，所穿的衣服，也不在于我们使用的汽车，影像和讯息的享用"，而是在于"把所有以上这些元素组织为有表达意义功能的实质"，"如果消费这个字眼要有意义，那么它便是一种记号的操控活动"③。记号的操控有赖于感性/"在场"的中介，事实上，在怀旧向消费时尚的发展中，历史的"在场"感始终是个重要的因素，这就是为什么在一些老上海怀旧酒吧里摆满了各种旧日的物件，虽然其中的钟表已经停走，电话亦不能使用，一切只是"摆设"而已，而对意义的"表达"却不可或缺。"文学上海"中，"在场"感也是市场操控的重要手段，"纪

---

① 转引自黎慧《欲望、代码、升华》，《上海文论》1992 年第 2 期。

② 爱理里克逊的重要心理学概念。诅咒，原文"Curse"，指个人生活史中经历的促进心理危机的最具冲击性的事件，转引自《传奇文学与流言人生》。

③ 鲍德里亚：《物体系》，林志明译，台湾时报出版社 1997 年版，第 211 页、212 页。

实"则是其中重要的方式之一。上述"上海老克拉"的一篇由"听来的故事"写成的作品,被某报以"纪实作品"的名义赫然刊登在"大众阅读"版上①,似"稍能"说明"纪实"与"消费"的关系。作者在"题记"中写道:"这则故事是我听来的,讲述的人说内容完全真实,是他的亲身经历。他讲述时已无法确切地说清楚事情是发生在哪一年,只说是'八一三'事变之前的几年里,那便该是 30 年代的初期,那时上海被称为'东方的巴黎'……"有趣的是,这篇讲述一群已然失去了尊贵的白俄贵族,如何在异国他乡的上海以"化装舞会"的方式"重现"昔日繁华的作品,在证实着"东方巴黎"的魅力和无奇不有的同时,无意中却成了历史感"匮乏"的象喻:没有比"化装舞会"更恰切地"表征"出"历史感"的匮乏了。

对"在场"或"历史感"的追求并非真是为了"时光倒流"地回到过去。"怀旧要求'现在是有某种缺陷感的感觉'",它同时是在一个线性的时间概念的环境中,"现在被看作是某一个过去的产物,是一个将要获得的未来",因而它常常发生在"社会被看作是一个从正在定义的某处向将要被定义的某处移动的社会环境这样一种文化环境中"②。如前所说,90 年代初中期的上海正处于一个转型的时期,曾经的匮乏,"跳空"造成的"震荡"加剧了人们对于未来的迷茫。换言之,在这样的时刻里产生的有关的描述便既不会是为了对现代性的批判或呈现一个"完整"的上海,但也不是真要回到那已然逝去的往昔,而是藉此在一个"空茫"的时刻里,以"曾经"的昔日对已被"定义"却尚难"触摸"的未来进行想象,如张爱玲所说:"为了要证实自己的存在,不得不抓住一点真实的、最基本的东西,人类在一切时代之中生活过的记忆,这比

---

① 《文学报》2002 年 11 月 8 日周末版。

② 马尔科姆·蔡斯、克里斯托弗·萧:《怀旧的不同层面》,转引自《上海酒吧》第 137 页,江苏人民出版社 2001 年 9 月版。

瞭望将来要更明晰亲切"①。是"重振"中的上海将昔日的"好时光"投射到关于自己未来发展的想象中，以"满足"那"虚空"，希望尚不可知的"未来"至少与"曾经的繁华"有某种"一脉相承"的联系。有意思的是，在这一寄寓中，人们却似乎越来越"丧失"了未来。如果历史的"在场"相当程度上不过是"焦虑症"和消费主义的产物，本身已是水中月、镜中花，那么以此折射的"未来"，岂不更为虚幻，成了柏拉图所谓的"镜子的镜子"？

　　显然，《上海的风花雪月》等以"纪实"的方式制造出的"历史感"，并没能还原出一个"实存"的"老上海"，也未能为未来找到坚实的基础，却在无意中显露了自身和时代的困窘。

二

　　"纪实"的方式和"意向"某种程度上也是《长恨歌》这样的虚构小说取向。《长恨歌》讲述上海滩一个名叫王琦瑶的女性一生的命运，而故事的"起源"则是来自一个实有的"案例"②。王安忆曾将"纪实与虚构"归结为她"创造世界"的方法"之一种"③，而在她的创作辞典里，"纪实"与其说是与"虚构"相对的另一极，则毋宁说是虚构得以实现的途径之一："我在虚构的时候往往有一种奇妙的逆反心理，越是抽象的虚构，我越是要求有具体的景观作基础"④。这一倾向在《长恨歌》中得到了有力的表现。抽象、虚构的上海弄堂由于王琦瑶"一生"的故事而变得可感可触了。王琦瑶的个人生活虽然始终没有进入历史的主

---

　　① 　张爱玲《流言·自己的文章》。
　　② 　王安忆曾这样谈到《长恨歌》的"诞生"："大概十多年前，我看了一个小报，上有个新闻，是个案例。我也看得很马虎，一眼而过。它让我留下一个非常深刻的印象，它说的是一个上海小姐最后被一个城市社会青年杀掉了……。"
　　③ 　《纪实与虚构·跋》。
　　④ 　同上。

流,而她的故事却呈现在真切的历史纪年之中。

"编年史"中少有时代风云的描述,毋宁说是一部琐屑的日常史。虽然《长恨歌》主要讲述的年代——20世纪的五六十年代,并非是一个波澜不兴的年代,上海和全国一样经历了许多"惊心动魄"的时刻,王安忆也并非没有意识到时代的震荡,在对"空心人"康明逊的描述中,她曾这样写道:"他虽然年轻,却是在时代的衔接口度过,深知这城市的内情。许多人的历史是在一夜之间中断,然后碎个七零八落"①。然而,对于"日常"的兴趣却依然超出了对"时代风云"的关注。与日常世界的细腻描写相比,政权的更易,"文革"的发生和结束,那些重大的历史转折、急风暴雨式的社会变迁,都只是作为一种背景而存在于作品中。在写于一个时代终结处的《叔叔的故事》里,王安忆曾经直接拷问了包括"叔叔"在内的有关历史的重大关节,而在《长恨歌》中却有意无意地"避重就轻"。

在《长恨歌》获奖后的一些受访中,王安忆曾这样表达她对历史的看法:"我眼中的历史是日常的","历史的面目不是由若干重大事件构成的,历史是日复一日、点点滴滴的生活的演变,它只承认那些贴肤可感的日子"②。和《叔叔的故事》相比,对于历史,王安忆显然有了不同的心得,在她看来,历史与其说是"演变"的结果,不如说是"坚韧"的日常生活的累积,尤其是在一个激烈的时代里,那种执着于每一个日子的"抉择",更有可能构成历史的"底子"。这一观念的形成细究起来似可追溯到王安忆成长中的某个"瞬间":"我永远难忘……有一日我走过后弄,从厨房的后窗里,看见阿大母亲(一个布尔乔亚女性——作者注)的情景。她正在红卫兵的监视下淘米。这已经使我很惊讶了,他们竟然还正常地进行一日三餐。更叫人意外的,是她安详的态度。她一边淘米一边回答着红卫兵们的提问,不慌不忙,不卑不亢。并且,她

---

① 《长恨歌》第184页,作家出版社2000年11月版。

② 《我眼中的历史是日常的——与王安忆谈〈长恨歌〉》,《文学报》2000年10月26日。

的衣着整齐,干净,依然美丽……"①,这一经验给予王安忆的印象想必深刻,以至几十年后依然记忆犹新;而同时,却也未尝不是一种"建构"或"认同"的努力。

80年代中后期的上海,曾经出现了"重振海派雄风"的口号和讨论,这一切,固然如有人当时即已指出的:"为什么是在80年代,为什么又独独在上海本地,才有这种'海派'文化的哄谈。这其实在原初本不是个学术问题,而是交织着这个城市里这一代人的理想、愿望,以及看来不甚健康的愤懑、孤独、自惭自怜和自尊"②。长期的计划体制,曾使上海徒具虚名其实一片琐屑和庸常,"大上海沉没"了。而匮乏时代的遗留却如"亡灵"般纠缠着人们,从物质到精神。每一个体都在历史给定的条件下创造,那么上海将如何开始新的创造呢?《长恨歌》正是产生于这一背景下,其独出机杼的描写是对这一氛围的回应,也是对它的反拨。

王安忆曾经坦言,《长恨歌》的目标是写出一个城市的故事:"城市的街道,城市的气氛,城市的思想和精神"③。而如果"大上海"已然"沉没",那么将能如何获得城市的"气氛"、"思想和精神"呢? 当《长恨歌》以王琦瑶这个小女子几十年的日常生活为作品的主要构成时,事实上便隐含了这样的企图:为上海曾经的一切——"落寞"也好、"琐屑"也罢——在"感伤"之外找寻出"意义"。显然,对于曾遭"压抑"的上海来说,没有比一个社会边缘的女性更有象征意义了。在关于欧阳端丽——一个资产阶级的少奶奶如何在"文革"的岁月里成长为自食其力的劳动者的《流逝》中,王安忆曾赋予主人公这样的"人生感悟":一切"要真是这样一无痕迹、一无所得地过去,则是一桩极不合算的事。难道这十年的苦,就这么白白地吃了? 总该留给人们一些什么

---

① 王安忆:《死生契阔,与子相悦》,《寻找上海》,学林出版社2001年11月版,第52页。
② 李天纲文,《上海文化艺术报》1989年10月20日。
③ 齐红、林舟:《王安忆访谈》,《作家》1995年第10期。

吧?"某种程度这也是《长恨歌》写作的"动机"之一。面对普遍的失落感和困惑,王安忆意图通过对建国后的上海历史的重新审视,为困窘的上海从"沉没"中"打捞"出某些可供现实和未来"承继"的东西。显然,在她看来,上海在落寞和困顿中仍然有声有色地延续着的日常世界便是这样一些"东西"。且不说那种勉力而为的精神、对生活品质的坚守,完全可以"交付"给一个新的时代,"别的地方的历史都是循序渐进的,上海城市的历史却好像三级跳那么过来的,所以必须牢牢地抓住做人的最实处,才不至恍惚若梦",只有"格外地将这日月夯得结实,才可有心力体力演绎变故"①;就那些看似琐屑的日常世界本身,又何尝不布满了城市的"气氛、精神和思想"?

然而,《长恨歌》终究未能将"日常"进行到底。对于日常生活在多大程度上可以作为城市气质的支撑,上海几十年计划体制下的琐屑日常能够在多大程度上引起人们的兴趣甚而达到对城市的认同,王安忆似乎并没有太肯定的信心和把握②,她因而不能不求助于"传奇"的出场。"说起来也是,这城市流失了多少人的经历和变故,虽说都是上不了历史书的,只能是街谈巷议,可缺了它,有些事就不好解释","这也就是人们常说的,上海历史的传奇性的意思"③。王琦瑶便是这样一个具有"传奇性"的人物。作为一个昔日的上海小姐,她的出场不仅使城市生活的"细节"和"氛围"得以组织和开展:午后的派对、咖啡的幽香,闺阁和流言,厨房"美学"与"恋爱风波",都因了她的"出场"而得以浮现;而且还"自然"地引起了人们对于"昔日"的联想。王琦瑶虽然已是明日黄花,但她曾有的"辉煌"在那一时代已足够引起人们的"想象",她传奇的一生一方面使"老克腊"们的怀旧变得有"依附"了,一方

---

① 王安忆:《寻找苏青》,《上海文学》1995 年第 6 期。

② 她曾感叹于"城市无故事",见《城市无故事》,《寻找上海》第 147 页,学林出版社 2001 年版。

③ 王安忆:《寻找苏青》,《上海文学》1995 年第 6 期。

面也使作品变得"雅俗共赏"了。日常的琐屑终究要以昔日的繁华为"底本"而"化平淡为神奇"。正是在这里，《长恨歌》某种程度上与《上海的风花雪月》等"殊途同归"了。

其实，比起"上海小姐"的经历和身份，王琦瑶更大的传奇性是在她搬入平安里以后。我们看到，这个本已为历史所抛弃、再也不能整合到新的秩序里去的社会边缘的女性，在那逼仄的、充满了油烟气的空间里，却出演了一幕幕比秩序中人更为"丰富"的人生戏剧。不仅泛起种种"恋爱风波"，非婚而生子，而且自得其所、逍遥自在，外部的世界似乎从来也没有真正能够对她有所非难。当老友程先生，一个与世无争地在城市的某一高处过着隐士般生活的昔日的摄影师也成了"文革"中第一批跳楼者时，她的生存世界依然完好无损。1949 年、1957 年、1966 年这些当代中国历史上的特殊年头她都一一安然度过，直至在 80 年代的"梅开二度"。王琦瑶的传奇人生似让人看到了"张爱玲后"的人物，某种程度填补、演绎了葛薇龙、白流苏们的"遗事"；而张爱玲在昔日的巨变中却这样说道：在未来的时日里，只有蹦蹦花旦这样的女子才能夷然地生存下去。显然，王琦瑶不是蹦蹦花旦。

孟悦在谈到张爱玲的传奇故事时曾说："究竟是安稳的普通社会，'长子偕老'的日常生活对于动荡的中国历史就像一段传奇呢，还是'现代'及现代历史对于中国日常生活是个传奇？"①面对王琦瑶与政治的"两不相干"，"政治"对她这个小女子的一无所'为'，我们或许也当问：究竟频仍不断的政治运动在 20 世纪下半叶的中国，只是个偶然发生的"传奇"；还是王琦瑶式的"安然无恙"更像"传奇"？这里或许隐含着王安忆某种反讽式的对于历史的读解。而这样的设问之为必要，缘于在一个转折时期，如何"拯救"我们曾经的"生活"却不遮蔽历史乃是一个基本的前提。

---

① 孟悦：《中国文学'现代性'与张爱玲》，《批评空间的开创》第 352 页，东方出版社 1998 年版。

三

在心理学意义上，艺术是现实潜隐心理紧张的文化表征。"文学上海"在相当程度上回应了社会的心理需要，唤起了某种"共同体"的"休戚与共感"。在那个"空前绝后"的时刻里，恰是"文学上海"以"纪实"与"虚构"的方式，将城市"既有"的经验：从繁华往昔到日常上海与"流失"的个人"传奇"、包括性别身份等结合一起而提供了人们"想象上海"的"基础"或"依据"，以及同在"上海的屋檐下"和"一条历史长河中"的"认同感"，如果说长期的封闭和压抑曾使城市的经验几近于"无"，那么不可否认，"文学上海"的相关描写在相当程度上唤起了人们对于城市的"记忆"和感受。有关研究指出，20 世纪 90 年代以来，大量老上海题材的出版物不断在商业上获得成功，这一"战绩"对包括老上海酒吧在内的怀旧时尚起到了"示范"和推波助澜的作用[1]。另一个或许不过是"巧合"的例子是，2000 年底，《长恨歌》获得了第五届茅盾文学奖，而几乎就在《长恨歌》获奖的同时，上海出现了一个名为"新天地"的都市新空间。这片原先陈旧的石库门里弄住宅在经过一系列的"整旧如旧"的改建后，成了上海最具特色的都市文化空间，其清水砖墙的石库门建筑也成了地域性知识的"表征"[2]。然而，空间的意义并非只是"构造"的结果，很多时候也是"赋予"的，"环境标志系统几乎是整个社会的产物，对于不熟悉当地文化的外来者常常是无法辨识的"，人们"对于一个聚集地的感知……这种感觉中的元素能够和其相关的时间和空间的精神感受相联接，并进而去理解其非空间的观念和价值"，"这样的感知过程完全仰赖于个人对城市的情感"[3]。或许我

---

① 参见《怀旧的政治：老上海酒吧、精英叙事与知识分子话语》，见《上海酒吧》。

② 参见《新天地成了上海一景》，《环球时报》2002 年 4 月 11 日。

③ 凯文·林奇：《城市形态》，林庆怡等译，华夏出版社 2001 年版，第 99 页，第 93 页，第 105 页。

们不必说事实上也难以确定新天地的改建是否从《长恨歌》获得了"灵感"，但可以肯定的是：当《长恨歌》讲述了王琦瑶的"平安里"故事以后，人们在面对新天地里的石库门里弄建筑时，对其曾经的"沧桑"变得更能"感知"和"想象"了，正如"在印象派们画过巴黎之后，巴黎变得更容易被理解"，"狄更斯和伦敦的建城者同样帮助我们认识了伦敦"①。

但如果说"文学上海"提供了社会转变之际人们想象上海这座城市独特的历史，那么，它也在相当程度上遏制了人们的"想象"。汉德森的话富有启示，重要的是讲述故事的年代，而不是故事讲述的年代。"讲述故事的年代"的氛围，到处弥漫着的对匮乏的"深恶痛绝"和急于为今日的前行找寻到"基础"的需要，使昔日上海无形中成了"神话"之一种。如前所述，这一神话倾向于将昔日上海看作是一个具有无尽繁华和神秘性的存在②。如此的想象不仅存在于对"风花雪月"的追溯上，也发生在"超越"了"时尚"的写作中③。写有《汽车城》的殷慧芬是富于现实感和表现力的作家，然而一个类似《旧上海的故事》中有关"冒险家乐园"的情节或细节：一个技艺高超的旧上海小铜匠，某日被请去开一个保险箱，保险箱里"成捆成捆"的美元和黄金首饰"哗啦啦地滑落下来"，他只要一伸手就可以大发洋财，却几番出现在她的有关作品中④。她描写上海女性的《吉庆里》，作为"新市民小说"的一种，

---

① 凯文·林奇：《城市形态》，林庆怡等译，华夏出版社 2001 年版，第 99 页，第 93 页，第 105 页。

② 这一神话的形成和其时海外的有关研究显然不无关系。李欧梵在《上海，作为香港的它者》中便认为："在我看来，香港大众文化景观的'老上海风尚'不光折射着香港的怀旧或困扰于自身的身份，倒更是因为上海昔日的繁华象征着某种真正的神秘，它不能被历史和革命的官方大叙事所阐释。"

③ 2000 年，《上海文学》开设名为"城市地图"的专栏。编辑者在集辑成册时称，比起"DDS 咖啡馆和霞飞路"的时尚描写，"这部书更真，更有上海独特的体味和呼吸"。下文说到的有关作品即是刊登在"城市地图"中。

④ 见《虹口轶事》，《上海文学》2000 年 10 月。而在《汽车城》中，"黄澄澄的金条"则是藏在福特车的后盖箱里。

则演绎了另一种"上海传奇：没有住过上海石库门弄堂房子的，算不上标准的上海女性。程乃珊的《上海探戈》称得上是最近一部具有生动"史料"的作品，作者对上海工商阶层和城市生活的熟悉，使得它的叙述如数家珍，别具魅力，读来时有所得。然而，当我们听作者说：20世纪五六十年代上海的工商业主，物质上还相当优裕，"只要不乱说乱动，很可以过着世外桃源的生活"①——言辞之中不无自得时，则不能不吃惊于她的"单纯天真"了。当作者的注意力为"神秘"和"传奇"所吸引，历史的创痛就难以触及，历史与现实间真正富有张力的纠葛也就难以展开。进入新世纪以来，有关上海的描写出现了某种程度的"停顿"，除了对"繁华"往昔的再三发掘外，真正具有现实敏感的描写却难以见到，究其原因，和这种迷恋不无关系。

问题也存在于王安忆的相关理解中。近期王安忆关于现实世界与小说创作的见解引起了一些不同意见，其实王安忆对"格式化"的敏感与批评，在全球化急遽发展的今天并非没有依据。尤其在上海这样的城市里，当城市的天际线被不断改变时，某种新的"模式"也在被建构出来。虽然这种"建构"表面看并不具有革命年代的"强制性"，但其自由多元的背后，事实上另有着消费主义的普遍逻辑。然而，对"格式化"的警惕和批判却使王安忆无意中将上海弄堂中"曾有"的态势——那种"埋头于一日一日的生计，从容不迫地三餐一宿"②当作了生活唯一的"常态"。王安忆认为，当今世界的"生活常态已经变异"③了，"景物都是缭乱的"，而在"浮泛的声色下，其实有着一些基本不变的秩序"④，她因此赞赏平实、细致并富有人情味的描写，赞赏与"不变"的秩序一脉相承的日常生活的作品。事实上，生活固然有其"基本不变"

① 《上海滩上老克拉》，见《上海探戈》。
② 见《作家的压力和创作冲动》，《文汇报》2002年7月20日。
③ 见《文汇读书周报》2002年4月5日。
④ 《我看96—97上海作家小说》，《我读我看》，上海人民出版社2001年8月版。

的一面，而变则是更为基本和主要的，在一个"转变"的时代里，便是那"三餐一日"也已经是变化巨大了；"变"才是它的"基本不变"。如果说格式化是现代人的"命定"，那它同时为文学的创造和"解构"提供了机遇抑或挑战。对此，王安忆则似还处于意识的"悲壮的抵抗"①阶段，而尚未进入到创作的状态中去。

"文学上海"引发的问题其实远为复杂，比如，为"神话"所迷恋的仅是上海一地吗？什么时候起"繁华上海"也成了更为广泛的人们追溯的对象？然而，存在一个"共同"的上海吗？像上海这样一个历史复杂、阶层多样、移民历史悠久的城市，可能形成"统一"的城市认同吗？撇除种种对于"繁华"的"共同记忆"，不同阶层乃至性别的个人或群体在城市与自我身份的认同上将发掘出怎样的经验和记忆？这些经验给予城市的认同将是一种"离散"还是新的集聚？即便是昔日繁华，似乎已经讲得很多，然而脱离了中国以至世界的背景，就上海而上海，能够作出清朗的解说吗？这一切似乎超出文学的范畴，然而，文学所具有的"叙述、想象、凝聚和召唤"的功能，却使我们对它不囿于已有的写作疆界仍寄寓了希望。

---

① "悲壮的抵抗"，王安忆某次讲演语。

从"传奇"到"故事"

——《繁花》与上海叙述

黄 平[*]

> 上帝不响,像一切全由我定……
>
> ——《繁花》扉页题记

> 讲得有荤有素,其实是悲的。
>
> ——阿宝,《繁花》第 442 页。

> 不知是/世界离去了我们/还是我们把她遗忘。
>
> ——《苏州河边》歌词,《繁花》第 202 页。

一、"传奇"之外

《繁花》[①]后记,金宇澄以"旧时代每一位苏州说书先生"自喻,表示"我的初衷,是做一个位置极低的说书人"[②]。这部 35 万字的小说叙

---

 * 黄平,华东师范大学中文系教授。本文原刊《当代作家评论》2013 年第 4 期。
 ① 金宇澄著,上海文艺出版社 2013 年版。该小说首发于《收获》2012 年秋冬卷(长篇专号),单行本比《收获》版增加约六万字,本文据单行本,参考《收获》版。
 ② 金宇澄:《繁花》,第 444 页。

述方式很特别，以大量的人物对话与繁密的故事情节，像"说书"一样平静讲述阿宝、沪生、小毛三个童年好友的上海往事，以十岁的阿宝开始，以中年的小毛去世结束，起于 60 年代①，终于 90 年代。其写法，如作者在后记中的概括，"口语铺陈，意气渐平，如何说，如何做，由一件事，带出另一件事，讲完张三，讲李四，以各自语气、行为、穿戴，划分各自环境，过各自生活。对话不分行，标点简单。"②

在"上海叙述"的历史脉络里，《繁花》这种特别的叙述方式值得深入分析，通过形式分析，有可能洞察宰制"上海叙述"的历史哲学变化。这也是笔者读完《繁花》后极感兴趣之所在。不过对于《繁花》，无论作者还是评论家，都不自觉地将其指认为一部地方化的"上海小说"，将小说的历史性笼罩在怀旧的氛围中。比如金宇澄在后记中谈及自己的写法后，马上讲起贝聿铭以上海话接受采访的故事，由此引出感慨，"在国民通晓北方语的今日，用《繁花》的内涵与样式，通融一种微弱的文字信息，会是怎样"。③ 程德培谈《繁花》延续金宇澄这个思路，开篇即谈到，"摆在我们面前的《繁花》无疑是一个特殊的文本，那是因为你如果要感受到其特殊性，就必须要用'上海话'去阅读"。④ 坦率地讲，笔者觉得这种读法把充满丰富性与先锋性的《繁花》读"小"了，把小说单单读成了语言的艺术。容笔者直言，上海文学的一个致命伤，就是从对于上海话乃至于上海风俗文化的无限热爱出发，吊诡地把上海文学变成了地方文学。

正如张屏瑾对于《繁花》的看法，其上海叙述远远超出地域意义，"上海无疑就是研究中国现代转型中的人性和社会过程的实验场所，

---

① 小说第 18 页，写到沪生与阿宝正式交往，同时在买电影票排队中认识了小毛："有天早上，沪生去买票，国泰电影院预售新片《摩雅傣》。"《摩雅傣》系徐韬导演，上海海燕电影制片厂 1960 年出品，由此可推算小说开始时的历史时段。

② 金宇澄：《繁花》，第 443 页。

③ 同上。

④ 程德培：《我讲你讲他讲，闲聊对聊神聊——〈繁花〉的上海叙事》，《收获》2012 年秋冬卷，第 159 页。

而就一个移民城市来说,划地为界也没有多大意义。相反,这一百多年来的现代历史,为上海叙事注入了不可替代的国族寓言意味,这也是今天,在文化、经济和政治建设各方面有所迷惘的我们,依然觉得上海经验与上海叙事是如此重要的原因"。①《繁花》既不能被限定为一部仅仅关乎上海的地域小说,也不能脱离"上海叙述"的历史脉络来理解。换句话说,笔者尝试在文学谱系而非地域文化中解读《繁花》。

在文学谱系的背景下,《繁花》以"故事"隐隐对抗着"上海叙述"的"传奇",但却不是重复"传奇"所对抗的"史诗"的写法。众所周知,张爱玲在著名的《谈音乐》中,以交响乐比喻"五四运动":"大规模的交响乐自然又不同,那是浩浩荡荡五四运动一般地冲了来,把每一个人的声音都变了它的声音。"这种交响乐的写法属于史诗,深植于对于社会总体性想象的自信,构建一个统一的世界。关于上海的史诗,最典型的是《子夜》——在这张宏伟的施工图上,各个人的位置是固定的,"每一现象的生命和意义是通过分派其在世界结构中的位置而直接赋予的"②。《子夜》的阶级分析,就像层层叠上的格子间,把每一个人物的语言、神情、思想、命运安妥好了。借用卢卡奇对于总体性文学的分析,"史诗可从自身出发去塑造完整生活总体的形态"③。张爱玲以"流言"对抗"呐喊",将"史诗"转为"传奇",用"传奇"解构"史诗"的总体性根基,在历史巨手的指缝间,重点描摹从坍塌的"史诗"世界中逃逸出来的"个人",将尘世男女的纠葛写得惊心动魄。世界因为意义的离散已经干枯下去了,守得住的似乎只有寄寓肉身的一点真心。降落到尘世中、沾染着烟火气的爱情,吊诡地成为唯一可靠地摆脱尘世的通道,成为离开失火的伊甸园后一处栖身之地。难得的是,张爱玲老

① 张屏瑾:《日常生活的生理研究——〈繁花〉中的上海经验》,《上海文化》2012年第6期。
② [匈牙利]卢卡奇:《小说理论》,燕宏远、李怀涛译,商务印书馆2012年版,第71页。
③ [匈牙利]卢卡奇:《小说理论》,第53页。

辣的文笔再翻一层，在写作的同时不断拆解，反讽地重写"倾城之恋"，嘲讽这可怜的情爱小宗教。还是借助卢卡奇的说法，张爱玲笔下的人物把世界的某个小角落看作井然有序、百花盛开的花园，并颇受感动地把它提升为唯一的现实，同时张爱玲又让读者看到这个小角落的周围，是无边无际和混乱的天然荒地。① 毕竟，史诗世界里璀璨夺目的意义已经黯淡下去了，"在新世界里做一个人就意味着是孤独的"②。

卓越的张爱玲之后，一切"上海叙述"都要回到张爱玲并再次出发。可惜在"上海叙述"的尺度上，有充沛的艺术能量、可以和张爱玲真正对话的作家不多，笔者就此能想到的是王安忆，从《长恨歌》写到《革命时代》，对于作家本身不亚于一场战争。这场战争很吃力，毕竟我们仍然生活在张爱玲凛冽笔触所揭示的"现代"，个人的孤独无法仅仅通过文学而获救，张爱玲所展开的"现代"将格外漫长。大多数作者，只不过学到张爱玲的皮毛，自怜、自恋地渲染老上海的风情，这类旗袍小说在本质而言都是通俗小说，无法承担任何严肃的历史哲学的考量，毫无能力回应人类的精神史。

在此我们回到《繁花》，小说结尾，阿宝与沪生依照小毛的遗言，去帮助法国人芮福安和安娜，这两位法国青年借宿在小毛的房子里，雄心万丈地准备写一个上海剧本：老上海 1930，苏州河畔，法国工厂主爱上了中国的纺织女。这场对话对于流水般的小说整体显得生硬，这对法国作者对于《繁花》的世界仿佛天外来客，但作者把如此重要的小说结尾交给他们来展开，看中的是这对人物所附着的寓意。阿宝、沪生与芮福安、安娜的对话，作者写得让人忍俊不禁：法国青年满脑子上海传奇，阿宝们不断据史实提醒苏州河畔有中国厂，有日本厂，当年独无法国厂；法国青年安排纺织女轻驾扁舟，阿宝劝道这个女孩子没办法逆流而上；法国青年安排男女主角在装满棉花的驳船里做爱，阿

---

① ［匈牙利］卢卡奇：《小说理论》，第 41 页。
② ［匈牙利］卢卡奇：《小说理论》，第 27 页。

宝表示当时的棉花船上都养着狗,如何避过恶狗耳目,此事殊为不易。安娜辩驳说剧本需要虚构、想象,阿宝与沪生吃几口茶告辞,出门一声叹息:"活的斗不过死的。"①

结尾处这个故事像一出寓言剧,作者暗讽时下流行的上海传奇,不过是一些滥俗的套路,仿佛出自外国人的手笔,对于真实的上海很隔膜。作者以"故事"对抗"传奇",希望藉此写出活的生活,活的上海。然而,何为传奇?何为故事?在《传奇》中,张爱玲认为自己就是在讲故事,"拟说书"的方式在张爱玲的小说中并不鲜见,且回忆:

请您寻出家传的霉绿斑斓的铜香炉,点上一炉沉香屑,听我说一支战前香港的故事。您这一炉沉香屑点完了,我的故事也该完了。

——《沉香屑·第一炉香》

我给您沏的这一壶茉莉香片,也许是太苦了一点。我将要说给您听的一段香港传奇,恐怕也是一样的苦。

——《茉莉香片》

胡琴咿咿哑哑拉着,在万盏灯的夜晚,拉过来又拉过去,说不尽的苍凉的故事——不问也罢!

——《倾城之恋》

无论张爱玲怎样认为自己写的是"故事",这些故事依旧是"传奇"。"故事"与"传奇"的分野,就像"传奇"与"史诗"的分野一样,归根结底在于文本对于人自身的理解、人与世界关系的理解,这是小说的灵魂,并非来自作家的天赋灵感,而是暗地里受着历史潜意识的操纵。张爱玲的小说世界虽然疏离了宏大的意义说辞,但并非没有意义,尘世男女以魔力般的情爱自我灌注,"克林、克赖"的电车声取代了教堂

---

① [匈牙利]卢卡奇:《小说理论》,第441页。

里的管风琴而成为俗世的赞美诗。曹七巧与欲望的搏斗,单凭生命力的蛮悍,活脱脱一个古希腊式的悲剧英雄,"麻油店的女儿"这幅皮囊不过是英雄的尘相。

故而,张爱玲哪怕写到菜场,瞩目的还是从菜场呼啸而过的少年。① 《繁花》则不同,小说第一行,沪生就来到了菜场,被卖大闸蟹的朋友陶陶拉进摊位攀谈。陶陶对沪生大吐苦水,抱怨性生活过度亢奋的老婆。"引子"结尾处,沪生再次在菜场被陶陶拉住,这次陶陶津津有味讲起弄堂里的捉奸故事。这个疲沓的男人没有力气超脱,陷在满地鱼腥与皮渣的菜场里了。小说临近结尾时陶陶幻想借小琴的爱情奋力一跃,作者却冷冷地通过小琴的日记告诉大家,这场陶陶心中壮丽的私奔,不过是小琴虚与委蛇的圈套。而真实的小琴,又在陶陶和发妻芳妹离婚当天,天谴般地撞上松动的栏杆坠楼而死,这也是飞身一跃,却慌乱狼狈,毫无意义。

这个引子奠定了《繁花》的味道与气息,大上海这纸醉金迷的国际大都会,却像二十年前的《废都》一样,骨子里自有一股颓败。面对废弃的长安城,贾平凹写下"百鬼狰狞,上帝无言";在上海滩的《繁花》中,作者写下了很有意味的扉页题记:"上帝不响,像一切全由我定……"

这句题记十分重要,查小说全文,共出现两次:

第一次在《繁花》第306页,春香结婚:"我对上帝讲,我要结婚了。上帝不响,像一切全由我定。"

第二次在《繁花》第437页,小毛去世:"小毛动了一动,有气无力说,上帝一声不响,像一切全由我定,我恐怕,撑不牢了,各位不要哭,先回去吧。"

何谓"上帝"? 一方面可以解释为基督教话语体系中的上帝,春香是虔诚的基督徒,作为丈夫小毛也受其影响;另一方面更指向高于自

---

① 张爱玲:《更衣记》,刊于1943年12月《古今》(半月刊)第34期。

身的价值律令,生老病死,婚丧嫁娶,上帝从凡人的世界中脱身而去。"上帝之缺席意味着,不再有上帝显明而确实地把人和物聚集在它周围,并且由于这种聚集,把世界历史和人在其中的栖留嵌合为一体。……由于上帝之缺席,世界便失去了它赖以建立的基础。"①回到卢卡奇《小说理论》的卷首,像地图一样指引我们的星光黯淡了。自我与世界变得彼此陌生,诸神升天,上帝无言,在现代社会中,个体选择与承担各自的命运。

意义的悬空导致传奇的瓦解,《繁花》是上海叙述中罕见的从"老上海"结束的时刻讲起的小说,阿宝这群少年少女,算年龄都是共和国生人。由于生活意义的空洞化,这部自叙传式的 50 后成长史,进入 90年代的故事所标志的成人世界后(小说偶数章)越来越变得扁平:从一场饭局到另一场饭局,无论李李的"至真园"还是玲子的"夜东京";从一场偷情到另一场偷情,无论阿宝与李李、陶陶与小琴还是康总与梅瑞、徐总与汪小姐。作为小说的外在形式,传记小说往往指向对于自我的发现,"小说内部形式被理解的那种过程是成问题的个人走向自身的历程,是从模糊地受单纯现存的、自身异质的、对个人无意义的现实之束缚到有明晰自我认识的过程"。②而在《繁花》中,人物在各自人生的跋涉越来越凝滞,最终原地不动,虽生尤死,无聊地消耗着对于孤独的个人过于沉重的时间。阿宝与李李在一起的那一夜,李李在阿宝怀中痛忆堕落风尘的往事,阿宝讲起他心中的天堂真相:

阿宝说,佛菩萨根本是不管的,据说每天,只是看看天堂花园的荷花。李李不响。阿宝说,天堂的水面上,阳光明媚,水深万丈,深到地狱里,冷到极点,暗到极点,一根一根荷花根须,一直伸下去,伸到地狱,根须上,全部吊满了人,拼命往上爬,人人想上来,爬到天堂来看荷

---

① [德]马丁·海德格尔著,孙周兴译:《林中路》,上海译文出版社 2004 年版,281 页。
② [匈牙利]卢卡奇:《小说理论》,第 70 页。

花，争先恐后，吵吵闹闹，好不容易爬了一点，看到上面一点微光，因为人多，毫不相让，分量越来越重，荷花根就断了，大家重新跌到黑暗泥泞里，鬼哭狼嚎，地狱一直就是这种情况，天堂花园里的菩萨，根本是看不见的，只是笑眯眯，发觉天堂空气好，蜜蜂飞，蜻蜓飞，一朵荷花要开了，红花莲子，白花藕。李李说，太残酷了，难道我抱的不是阿宝，是荷花根，阿宝太坏了。阿宝抱了李李，觉得李李的身体，完全软下来。①

这个残酷的寓言再次重述了一百年来关于上海的核心意象之一：上海，造在地狱上的天堂。这个母题在《繁花》中的重现，没有往昔的阶级批判或都市迷惘，而是显示着个人与意义的断裂。《繁花》中成年男女欲望的放纵，不过是贪恋"荷花根"以摆脱黑暗的泥泞，希冀攀上天堂，反而跌下地狱。《繁花》中出场人物繁多，但相貌模糊，面孔浑沌，像一个个影子，交织重叠，绘成一片灰。合乎逻辑，李李在小说最后堕入空门，削发为尼，意义的虚无过于沉重，苦海迷航，在宗教中寻求安慰成为唯一的可能。

二、上海故事的讲法

上帝无言的历史情境，锻造了《繁花》的艺术形式。小说大量使用短句，停留在人与事的表面来描摹，几乎没有任何心理独白，也没有经典现实主义的景物描写。作者在后记中表示，他要放弃"心理层面的幽冥"，向话本小说致敬。但笔者觉得和话本小说比较，《繁花》形似而神非，《繁花》多用三至七言，基本不用"的"字，这些特征如程德培指出符合上海话的句式与口气，注重"对话"对小说的推动，符合话本小说的特征。但是，话本小说引人入胜的对话与情节，一直围绕"礼教"在

① 金宇澄：《繁花》，第239—240页。

旋转,作为一种低级的史诗文类,或者说史诗的残余(如卢卡奇说的主人公不再是国王,而是国王的子民),情节的因果性服膺于伦理的因果性。话本小说无论怎样喧哗,依然是一个秩序井然的世界。诚如赵毅衡的精辟洞见,"俗文学实际上是使中国成为一个礼教国家的强大动力"。①

《繁花》颓然的喋喋不休,则呈现了故事与伦理、人与世界离散后的破碎,《繁花》与其说是"俗文学",不如说是"先锋文学"。在现代的世界里"讲故事"并不容易,金宇澄所引用的"心理层面的幽冥",即来自本雅明著名的《讲故事的人》,这一点论者不可不察。在《讲故事的人》第八节,本雅明开篇写道:"使一个故事能深刻嵌入记忆的,莫过于拒斥心理分析的简洁凝练。讲故事者越是自然地放弃心理层面的幽冥,故事就越能占据听者的记忆,越能充分与听者的经验融为一体,听者也越是愿意日后某时向别人重述这故事。"②对于本雅明的这一分析,不能简单地就这一段来理解,联系上下文来看,本雅明并不是说放弃"心理层面的幽冥",就能重新变成一个"讲故事的人"。本雅明想说的是"讲故事的艺术行将消亡",强调一种原本对我们不可或缺的东西消失了:交流经验的能力。交流经验在现代社会之不可能,在于个人与共同体的疏离,这种疏离最核心的在于"智慧(真理的史诗方面)"③的灭绝。这里所谓的"智慧",可以置换为《繁花》中的"上帝":维系共同体、支撑我们生活的意义轴心。智慧灭绝,上帝无言,不再有所指教。正是在这个逻辑上我们才能理解本雅明的判断:"讲故事者是一个对读者有所指教的人。"④延着这个逻辑,本雅明比较了"小说"

① 赵毅衡:《礼教下延之后:中国文化批判诸问题》,上海文艺出版社 2001 年版,第18 页。

② [德]本雅明:《启迪:本雅明文选》,汉娜·阿伦特编,张旭东、王斑译,三联书店2008 年版,第 102 页。

③ [德]本雅明:《启迪:本雅明文选》,汉娜·阿伦特编,张旭东、王斑译,三联书店2008 年版,第 98 页。

④ 同上。

与"故事"的不同："小说诞生于离群索居的个人。此人已不能通过列举自身最深切的关怀来表达自己，他缺乏指教，对人亦无以教诲。"①

在本雅明的意义上，金宇澄自认为在讲"故事"，其实是在写"小说"，在写真正的现代小说。"故事"与"小说"的分野，与其说是心理层面的探索，不如说是日本学者柄谷行人所谓的"内面的人"的出现——也即作为孤独个体的现代人的诞生。本雅明的文论，归根结底在追索"现代"的"文学"的处境。在《繁花》中，作者既痛惜讲故事的艺术行将消亡，又不愿重复"现代文学"向人的内在深度的开拓，结果面临双重的"荒原"：其一，人物的内在感觉变得麻木，《繁花》中都是缺乏深度内心生活的人；其二，世界变成模糊的背景，《繁花》中的世界是一个无法细致打量的世界。

像深秋时分苏州河弥漫的水雾，《繁花》中的一切都是朦胧的，都只可感，不可触，像一个灰暗的梦。在《讲故事的人》的逻辑上，我们的经验彼此分裂、不可分享，我们可以共享的只有感觉。真正富于现代意味的讲故事的艺术，属于20世纪的叙事机器：电影。西飏在《坐看时间的两岸——读〈繁花〉记》中，触及到了《繁花》和电影的相似，"这是看电影长大的一代人，他们的意识中渗透了电影的种种元素。关于蓓蒂在旧货店寻找钢琴的往事，在沪生和阿宝的回忆里，是镜头的走势，兼顾到色彩、服饰，甚至字幕，他们所描述的马路的画面中，'好钢琴坏钢琴，摆得密密层层'。他们的回忆，经过调整和渲染，非常电影化了。也比如樊师傅巧手将钢板做成流行的美女汽水扳头，在小毛眼里，是'一段动人的纪录电影'。梅瑞讲到姆妈落眼泪时，康总马上就用'像电影'来形容。有时还没等到回忆，眼前就已经是电影了：李李削发为尼的剃度仪式，在阿宝的感觉中当场转化成'西方电影'中'我愿意'画面。在闪烁的瞬间，《繁花》的人物仿佛已在电影中，有时是一

① ［德］本雅明：《启迪：本雅明文选》，汉娜·阿伦特编，张旭东、王斑译，三联书店2008年版，第99页。

个镜头,有时是一组画面"。①

《繁花》少年往事与疲沓中年的对照结构,可以被视为一组"平行蒙太奇":奇数章表现六十年代,偶数章表现九十年代。爱森斯坦认为蒙太奇是电影艺术的基础,电影的魔力不在于单一的镜头(这与照相术不同),而在于镜头和镜头的关系,如路易斯·詹内蒂的概括,"涵义在镜头并列中,而不在单一镜头中。"②以此来读《繁花》的对照结构,其奥妙也在于两组镜头的参差对照。而在每一个大段落内部,则是细碎的分切镜头,表现着几乎无事的生活,因过于安静而有一种甜蜜的忧伤,窗外则是轰轰烈烈的上海史。《繁花》的追忆,由于既告别了"上帝",又匮乏对于深度个人的坚信,故而是双面的单薄。这里的"单薄"不是一个贬义词,而是将一切都细密地编织在人与物的表象。在《繁花》中,生活的河流平坦地流过一切,而不是像《追忆逝水年华》围绕玛德莱娜点心那深不可测的旋转。

值得进一步讨论的是,《繁花》的"表面化",不是一个偶然的选择,而是历史的结果。《繁花》解构了人物的深度模式,拒绝对于内心世界的追问,在小说结尾沪生和阿宝站在苏州河畔,阿宝问道,"阿宝的心里,究竟想啥呢"。阿宝笑笑大家彼此彼此,"搞不懂沪生心里,到底想啥呢"。③ 在 90 年代的故事里,他们无论穿越怎么热闹的生活,骨子里也是沉默的,这份内心的沉默也维系着成年的阿宝与沪生唯一的尊严。无论阿宝还是沪生,他们对于内在自我描述的能力、语言与欲望,遗留在童年的边界。

这需要对照阿宝们的童年与成年去阅读,潜意识没有历史,对于潜意识的压抑则是高度历史化的——这是杰姆逊在《政治无意识》中

---

① 西飏:《坐看时间的两岸——读〈繁花〉记》,《收获》2012 年秋冬卷,第 169 页。
② [美]路易斯·詹内蒂著,崔君衍译:《认识电影》,中国电影出版社 2007 年版,第158 页。
③ 金宇澄:《繁花》,第 442 页。

对于弗洛伊德著名判断的超越。在《繁花》中，正是"文革"的暴力，冲击着阿宝一代人童年的消逝。"人"与"上帝"的解约，在金宇澄这代人看来，是"文革"的结果——某种程度上，"50后"的一代作家无论写什么故事，都和"文革"有关。这不仅体现在阿宝的口头禅"我不禁要问"，"文革"腔调的语言铭刻在灵魂内部；更是在精神分析的意义上体现在"父亲们"的缺席中。在奇数章的童年往事中，作者貌似闲笔地交待着阿宝们的父亲：他们都是一群失败的革命者。沪生的父亲由于是和林彪集团纠葛密切的空军干部，在"文革"后期被打入异类；阿宝的父亲作为大家庭的少爷背叛了自己的出身，投身大革命的洪流，却由于被捕入狱过而遭到无端的怀疑，在"文革"中被发配到曹杨新村的"两万户"。"文革"对于秩序的颠倒，导致阿宝、沪生对于"父之名"（Name-of-the-Father）的秩序认同混乱。而且，阿宝、沪生们爱恋的女孩，无论姝华、蓓蒂，还是雪芝，都是文静、精致、带有冬妮亚气质的①，而这种"爱"被"文革"所禁止。小说中作者写得十分动情的情节，就是蓓蒂在"文革"中无望地寻找她的钢琴。

故而，无论对于"父亲"的认同，还是对于"爱"的渴念，都被"文革"压抑了。阿宝们无法进入"语言"的世界，他们无法言说，只能沉默。作为对照来读小毛的故事，小毛的父亲——曾经的电车司机、上钢八厂的工人——在小说中近乎不存在，小毛娘则信仰天主。小毛工人家庭的出身使得他可以不受"文革"影响，唯一近似父亲角色的拳头师傅是一位习武之人，小说很巧妙地写了一个细节：这位师傅不仅和女徒弟不干不净，而且在师徒聚餐中津津乐道他当年的老师傅怎么让弟子去看女人的裸体。小毛不自知地陷入一种过于自由的处境中，他的欲望因没有约束而沸腾，结果被邻居、海员的妻子银凤所挑逗，在这段偷

---

① 比如小说中如此描述姝华："姝华翻了翻，另一本，同样是民国版，编号431，拉玛尔丁《和声集》，手一碰，封面滑落，看见插图，译文为，教堂立柱光线下，死后少女安详，百合开放在棺椁旁。姝华立刻捧书于胸，意识到夸张，冷静放回去。"（《繁花》，第71页）

情中被成人的欲望所焚毁吞噬。

"文革"之后的 90 年代,无力重建"父之名",而是以经济建设为中心,刺激并引导欲望延着无形的资本流水线流淌。在偶数章的 90 年代故事中,无序的、高度欲望化的生命实践,无法赋予小说以形式,《繁花》的偶数章仿佛讲了很多人很多事,骨子里只是周而复始地重复,除了一场又一场饭局,就是一场又一场偷情。这种基于食色的欲望化的生活既是高度流动的,也是高度静止的,小说意义上的"人"不复存在,生命的成长已然终结,一切支离破碎,狰狞可怖——在腥气阴森的汪小姐的故事中,她怀上的不是孩子,而是双头蛇般的怪胎,对于欲望的追逐最终让人沦为了兽。欲望的故事最终必然走向虚无,临终前的小毛像一个濒死的哲学家一样慨叹,为一代人做出了总结:"上流人必是虚假,下流人必是虚空。"①

三、上海的花朵,或诗意

值得补充的是,《繁花》不是关于上海的"恶之花",上海的花朵,或者说小说的诗意,悄然开放于阿宝们的少年时代。作者写起蓓蒂、雪芝这些少女,笔端充满温情,和他笔下的成年男女比起来完全是两套笔墨。小说中有两处魔幻笔法,其一是汪小姐怀上怪胎;其二是蓓蒂变成金鱼,对比如此显豁。作者就这样让天真的蓓蒂与沧桑的阿婆消失在"文革"的喧嚣中。见到她们最后一面的妹华,向阿宝重述了当晚神奇的蛛丝马迹:

阿宝不响,心里想到了童话选集,想到两条鱼,小猫叼了蓓蒂,阿婆,乘了上海黑夜,上海夜风,一直朝南走,这要穿过多条马路呢,到了

---

① 金宇澄:《繁花》,第 437 页。

黄浦江边，江风扑面，两条鱼跳进水里，岸边是船舶，锚链，缆绳。三只猫一动不动。阿宝说，这肯定是故事，是神话。①

　　这个例子可以被写入卡尔维诺《未来文学千年备忘录》"论轻逸"一章，卡尔维诺通过精读柏修斯（Perseus）斩断美杜萨首级的神话揭示文学的"轻"，"只要人性受到沉重造成的奴役，我想我就应该像柏修斯那样飞入另外一个空间里去"。② 在蛇蝎爬行的世界上，金鱼被小猫叼住，像飞起来一样轻盈地掠过一个又一个屋顶，消失在黄浦江中。这是"故事"飞翔起来后的样子，无论被叫做"童话"还是"神话"。套用纳博科夫的名言，没有这样的童话，世界会显得不真实。

　　同样，阿宝的少年恋情，也像一个童话故事。他第一次见到雪芝时，作者以古典口吻形容："吐嘱温婉，浅笑明眸。"③

　　雪芝也确实像从古典时代穿越到上海的少女，喜欢临帖、打棋谱、集邮，称呼对联为"堂翼"。小说中其他人物都很暗，但是作者笔下的雪芝仿佛被一束光照亮，一切栩栩如生、气韵流动。作者写起雪芝就像雕琢一件艺术珍品，反复回想，似乎渴望雪芝在小说中活过来，贪心地不放过每一处细节：

　　雪芝背了光，回首凝眸，窈窕通明，楚楚夺目，穿一件织锦缎棉袄，袖笼与前胸，留有整齐折痕，是箱子里的过年衣裳，蓝底子夹金，红，黄，紫，绿花草图案，景泰蓝的气质，洒满阳光金星。④

　　而当雪芝与阿宝最终分手时，小说满含深情，回归一种古典式的

　　① 金宇澄：《繁花》，第 169 页。
　　② ［意大利］卡尔维诺：《未来千年文学备忘录》，杨德友译，辽宁教育出版社 1997 年版，第 5 页。
　　③ 金宇澄：《繁花》，第 278 页。
　　④ 金宇澄：《繁花》，第 371 页。

写法,这是小说中极感人的段落之一①:

> 雪芝靠近一点,靠近过来。阿宝朝后退,但雪芝还是贴上来,伸出双手,抱紧了阿宝,面孔紧贴阿宝胸口。阿宝轻声说,松开,松开呀。雪芝不响,阿宝说,全身是油。雪芝一句不响,抱紧了阿宝。阳光淡下来,照亮了台面上,阿宝寄来的信。雪芝几乎埋身于阿宝油腻的工装裤,轻声说,阿宝,不要难过,开心点。雪芝抱紧阿宝。复杂的空气,复杂的气味。阿宝慢慢掰开雪芝的手,朝后退了一步,仔细看雪芝的前襟与袖口。

有意味的是,小说结尾,少年时代的繁花近乎枯萎,作者神来之笔地又布施一点希望,雪芝和阿宝经历了各自人生的历练,在凝滞的中年似乎又出现一丝可能:

> 此刻,河风习习,阿宝接到一个陌生电话,一个女声说,喂喂。阿宝说,我是阿宝。女声说,我雪芝呀。阿宝嗯了一声,回忆涌上心头。阿宝低声说,现在不方便,再讲好吧,再联系。②

尽管雪芝已然嫁作商人妇,但这里的重逢不涉及道德评判,更像是一处隐喻:现代的、太现代的上海人,对于古典时代的怀念。在卢卡奇看来,古典时代是极幸福的时代:"世界广阔无垠,却又像自己的家园一样,因为在心灵里燃烧着的火,像群星一样有同一本性。"③借用特里林在《诚与真》中的论述,那是现代之前的时代,是自我尚未分

---

① 另一处是小毛的妻子春香难产而死,"感动"总是要和"爱"与"死"这类笼罩在"上帝"世界中的永恒主题相关。在"上帝"即核心价值维系的世界里,个体和他人是彼此联系的,我们能够感知陌生人的喜乐悲欢。
② 金宇澄:《繁花》,第442页。
③ [匈牙利]卢卡奇:《小说理论》,第1页。

裂的时代,是高于"真实"与"真诚"的时代。① 在古典的秩序中,"心灵的每一行动都变得充满意义"②上帝所代表的超验秩序的解体,固然是作为现代意识形态核心的个人主义"世界的祛魅"的必然结果,标志着现代小说诞生的鲁宾逊式的"外在于社会而成为完全胜任的人类主体"的个人固然也有其伟大的进步性,但查尔斯·泰勒也深刻地指出,"人们过去常常把自己看成一个较大的秩序的一部分……借助于怀疑这些秩序,现代自由得以产生。但是,这些秩序在限制我们的同时,它们也给世界和社会生活的行为以意义。"③

只有在和少年初恋的重逢中,在和少年老友的重聚中(比如《繁花》第 388 页唐传奇一般的小毛宴客),从这些现代世界的罅隙里,永恒的光才会透进来,让不成熟的、病态的现代自我与更大的价值相遇,卢卡奇意义上的星光铺就的道路重新出现于天宇。相反,成年男女的世界矫揉造作、逢场作戏,空气中充满着腻腻歪歪、令人厌恶的味道,这个小世界让人窒息。《繁花》是一部献给上海童年的小说,像一封成年后寄出的信,寄给消逝的上海。

① 参见[美]莱昂内尔·特里林著,刘佳林译:《诚与真》,江苏教育出版社 2006 年版。
② [匈牙利]卢卡奇:《小说理论》,第 2 页。
③ [加]查尔斯·泰勒著,程炼译:《本真性的伦理》,上海三联书店 2012 年版,第 3 页。

第 四 部 分

全 球 前 沿

文学、阅读与重新发现都市生活：全球城市文学研究前沿综述

李汇川 *

一、文学与城市:"共生的文本"

在当今的学术语境中,城市及其发展与人类的历史文明的关系变得愈发不可分割。在 20 世纪初叶,奥斯瓦尔德·斯宾格勒便在《西方的没落》一书中笃定地说:"世界的历史即是城市的历史。"①刘易斯·芒福德在《城市发展史——起源、演变和前景》的序言中,则更进一步,相信城市将成为世界的未来:"本书开篇叙述了一座城市。这座城市,象征地看,就是一个世界;本书结尾则描述了一个世界,这个世界,从许多实际内容来看,已变为一座城市。"②城市,其作为实体的规模与作为概念的复杂程度,在人类文明的现代性进程中进化迭代,不断地完成着自我超越的壮举。然而如此一种自我超越,也无可避免地使人类对城市的认知在"大象无形"的困境中愈陷愈深。因"难以认知城

　＊　李汇川,上海社会科学院文学研究所助理研究员。

①　［德］奥斯瓦尔德·斯宾格勒著,吴琼译:《西方的没落》(第 2 卷),上海三联书店 2006 年版,第 83 页。

②　［美］刘易斯·芒福德著,宋俊岭、倪文彦译:《城市发展史——起源、演变和前景》,中国建筑工业出版社 2004 年版,序第 6 页。

市"而产生的焦虑,其源头是对"人类失去对城市的控制"的深层心理恐慌。城市的创造与建立,本该为人类发展带来推动,但当城市的发展失去控制,人类却反过来将成为城市的组成零件。当人类被自己发明的各种"自动化力量"所支配时,人性便濒临丧失;我们的情感、创造力甚至思想意识不复存在,世界成为一座"巨大无比的蜂巢",此即芒福德在忧思中为我们描绘的恐怖图景。要抵抗这一危机,自我救赎,我们不得不重新认识城市,重新理解城市与人类的关系。其中的重点之一,便是重新发现城市生活。

城市生活既可以被看作是人与城市之间复杂关系的抽象概括,也可以被视为城市本质概念的重要因子。芒福德用以暗示城市消亡的"巨大蜂巢"这一意象,其所指向的,正是城市生活的消失及其所导致的人类的客体化、工具化。如果我们假设人类与城市之间存在某种对峙态势,那么城市生活的存在,便是此对峙态势中存在一种稳固的主客体秩序的确证。换言之,重新发现城市生活的意义在于,对"人类生活于城市"和"城市服务于人类"这两个命题的再确认。问题是如何在认知系统中构建城市生活的理论模型:过于强调生活的本质性与自在性,那么其概念结构将面临具象而繁复的历史实体的永无休止的冲击;否则,将会失去真实性。"城市"是"城市生活"发生的场所,而"城市生活"也定义着"城市",二者的交互关系与流动状态引发了一种较为普遍的猜想,即"城市"与"城市生活"的概念化过程完成于隐喻层面,而人类通过借助文学和文学作品来认知这一过程及其可能产生的结论。

理查德·利罕(Richard Lehan)在《文学中的城市:知识与文化的历史》(*The City In Literature: An Intellectual and Cultural History*)一书中对城市进行了如下定义:"城市是都市生活加之于文学形式和文学形式加之于都市生活的持续不断的双重建构。"[①]这一定义显然有着

---

① [美]理查德·利罕著,吴子枫译:《文学中的城市:知识与文化的历史》,上海人民出版社 2009 年版,第 3 页。

鲜明的后现代主义特质。在常识维度可以被轻易地指认的"城市"，一旦进入认知系统便被符号化了。当"城市"无法作为一个所谓"先验的能指"承担"锚点"的功能，那么与之相关的一系列其他符号的意义便会开始漂移，变得难以确定。文学的引入，因其独特的话语规则，建构并强化了这一套符码系统的意义结构。尽管这种建构与强化仍然充满不确定，而且存在着过度复杂化的风险，但"城市—城市生活—文学"三者彼此关联的思维体系，确实在基础的层面上保证了城市概念网络的有效性。如果简单地将利罕对城市的定义拆解，那么我们就可以发现数十年来世界范围内关于文学与城市之间关系的研究的两种互相关联的基本范畴：即"文学中的城市"与"城市中的文学"。利罕对此有清晰的认知："当文学给予城市以想象性的现实的同时，城市的变化反过来也促进文学文本的转变。"①他并将这种关系称为"共同的文本性"，即"文学文本与城市文本的共生"。

芒福德在论及戏剧进入古代城市这一问题时，也暗示了城市与文学的文本性"共生"。② 他认为，当戏剧艺术是由祭祀仪式或是竞技仪式进入古代的城市生活后，城市本身便成为了一座戏台，城市生活在这里变得富有戏剧色彩："城市环境的背景本身放大了这些演员们的声音，增大了他们的体量"，"戏剧表演中的这些形式，都一一进入了城市生活"，而"这种生活中的兴奋和紧张又以各种象征和反映形式，具有了更深更重的意义"。在芒福德看来，倘使城市生活中不存在任何"戏剧性场面"，那么其本身的意义和价值便会严重缺失甚至"化为乌有"。据此而言，在以城市为中心的语境里，"艺术源于生活"这一普遍流传的论断，颠倒语序之后似乎仍然可以成立。

沿着芒福德与利罕的思考路径，在文学文本与城市文本的"共同的文本性"基础上审视城市生活，我们会发现，如果说文学与城市

---

① ［美］理查德·利罕：《文学中的城市：知识与文化的历史》，"前言和致谢"第 3 页。
② 参见［美］刘易斯·芒福德：《城市发展史——起源、演变和前景》，第 120—124 页。

具有某种结构性的共生关系，那么空间问题，开始变得不容忽视。不仅因为这关乎城市生活发生的位置（物理的或精神的），更重要之处在于，如雷米·埃斯（Remi Hess）所说："都市社会迫使人们对哲学、艺术和科学都加以重新思考。……都市，就是哲学的起源的问题构成：是它的媒质和中介。"①尽管"城市—城市生活—文学"的概念模型已然可以支撑关于三者及三者之间关系的基础讨论，但这一模型所生效的场域边界，仍需要空间理论的支持，才能在一定程度上得到确定。

二、空间问题：从"他者空间"到
"空间的三元辩证统一"

城市生活作为一种"自然的真实"发生于名为"城市"的物理空间；而在文本与话语中被提炼、概括和建构的城市生活所具有的空间属性，其哲学内涵和阐释意义都发生了明显的嬗变：在文学文本与城市文本交织下所呈现出的城市生活，既是抽象化了的，又是具象化了的——它被剥去了日常生活的外壳，其内核可被精确视为一组或多组（包括政治的、社会的、经济的、情感的等等）关系的集合。文本意义上的城市生活不依附某一个具体的"城市"，而存在于某种多元的、异质的、流动性的空间。此空间是"城市"的某种虚幻的镜像，镜中者并非照镜者的本质之复现，但它以错觉的形式使照镜者产生了对自我空间的认知。

对这样一种"他者空间"，我们当然可以借助米歇尔·福柯的"异托邦"（Heterotopia）理论来加以理解，但值得注意的是，应对该理论中

---

① ［法］雷米·埃斯：《序言：亨利·列斐伏尔与都市》，载［法］亨利·列斐伏尔：《空间与政治》（第二版），李春译，上海人民出版社 2015 年版，序第 3 页。

强烈的批判姿态以及福柯对自己思想的"工具箱"情结①保持理性的谨慎。福柯推动了西方社会批判理论的空间转向，他认为人们过于看重时间的丰富性与生命力，而忽视了空间的重要意义。他于 1967 年在巴黎发表的演讲《关于他者空间》中说："据我们所知，19 世纪很大程度上是迷恋历史……现在的时代也许首先是一个空间的时代。我们处在共时性的时代：我们处在一个并置的时代，一个远与近的时代，一个离散的时代。我相信，我们处于这样的时刻：我们对世界的经验更多地是与由点与点的联结以及它们与我们自己的线索交织构成的网络相联系的，而不是与时间之中的漫长生命相联系的。"②

　　以非物化的眼光看待时间与空间、将二者视作人类社会构造而成的产物这一观点，至少在涂尔干写于 1912 年的《宗教生活的基本要素》中就已经出现，其也在 20 世纪后半成为知识界的共识。戴维·哈维（David Harvey）认为，尽管人们普遍同意社会构造了时间与空间这一结论，但"各种各样的混乱和误解都与这个结论有关"，因而他作出四点澄清：第一，"时间和空间的社会构造物并非无缘无故地产生，而是从时间和空间形式的各种形式中塑造的，人类在他们为生存而进行的斗争中遭遇着这些时空形式"；第二，"空间和时间概念同样地依赖于文化的、比喻的和知识的机能"；第三，"空间和时间的社会构造物，与任何个人和制度皆须回应的全部客观力量一道发挥作用"；第四，"客观的空间和时间的社会定义深深地扎根于社会再生产的过程之中"。这一组论断的精准性，可以在其后大量有关城市的研究中得到验证。哈维在强调时空的被建构性的同时，同样强调二者的客观性，他援引古列维奇（Gurevich）的论述支持自己的主张："把这些范畴的

---

① 参见［法］阿兰·布洛萨（Alain Brossat）：《福柯的异托邦哲学及其问题》，汤明洁译，《清华大学学报（哲学社会科学版）》，2006 年第 5 期，第 161—162 页。

② Michel Foucault, "Of Other Space", *Diacritics*, Spring, 1986. 转引自汪行福：《空间哲学与空间政治——福柯异托邦理论的阐释与批判》，《天津社会科学》2009 年第 3 期，第 13 页。

本质（指时间与空间的概念，引者注）强加到全部社会成员身上"并非
"意味着，通过要求其成员以这种特殊方式来理解世界并对之作出反
应，社会有意识地把这些规范强加在他们身上；无论社会强迫其成员
接受这些范畴和形象，还是他们自觉接受和'吸收'，社会都是无意识
的。"①对时间与空间的"主观"与"客观"、"有意识"与"无意识"的甄
别，有助于揭示这样一种认知：现代哲学与社会批判理论看待时间与
空间的视角，是从价值的生产与建构着眼的。古列维奇之所以认为：
"我们现代的时空范畴与其他历史时期人们理解和体验的时间和空间
几乎没有共同性"②，并非由于时空本身发生了变化，而是价值体系的
差异。从这一层面上来看，福柯对空间价值重要性的强调（以及其他
一些学者的近似观点），与其如爱德华·苏贾（Edward W. Soja，一译
索亚）所说是一种"转向"，倒更近乎对思想界已有的时空价值建构理
论的一种"补完"。事实上，尽管或许如苏贾所说，"空间"在历史决定
论下失语，但似乎并没有足够的证据可以证明，"空间"在传统的社会
批评理论体系中被完全忽视甚至彻底遗忘。当然，福柯对"他者空间"
"异托邦"等思考的表达，其话语策略无疑是激进的，这也是对"空间转
向"思潮的描述与思想史定位得以成立的原因之一。③

　　在空间问题上，列斐伏尔（Henri Lefebvre）显然比福柯更具野心，
他试图借助辩证法与现象学观点，以一种三元论的框架完成其空间本
体论建构。这一理论框架的核心要素是"社会""历史"与"空间"。列
斐伏尔的空间理论演进，由以社会历史解释空间为起点，到以空间解
释社会历史为收束，形成完整自洽的体系。在列斐伏尔看来，人类的

---

　　①　参见［英］戴维·哈维著，胡大平译：《空间和时间的社会建构》，载《西方都市文化研
究读本》（第三卷），广西师范大学出版社 2008 年版，第 92—95 页。原文选自 David Harvey,
Justice, Nature and the Geography of Difference, Blackwell, 1996。

　　②　参见［英］戴维·哈维：《空间和时间的社会建构》，第 95 页。

　　③　詹明信（Fredric Jameson）曾在 20 世纪八十年代的一次访谈中表示，后现代主义已
有被空间与空间逻辑统治的趋势，甚至时间也已空间化了。

生产的中心,已经由"空间中事物的生产"转变为了"空间本身的生产"。作为自然存在的空间,一旦进入人类文明与社会关系的语境,便成为一种社会的产物:这种产物兼有具体与抽象的双向特质,处于一种矛盾的、运动的状态;这种产物在资本主义作用下,更表现出商品特质。他在《空间:社会产物与使用价值》一文中说:"自然空间(Natural Space)已经无可挽回地消逝了。虽然它当然仍是社会过程的起源,自然现在已经被降贬为社会的生产力在其上操弄的物质了。"列斐伏尔眼中的空间,是社会性的、政治性的、经济性的,总的来说是战略性的,它通过一系列的战略而被人为地建立并规划起来。因此空间并不是均质的。在《资产阶级与空间》一文中,他以巴黎这个在他看来"过大的首都"为例,讨论空间是如何被人为地生产并再分配的:"这座首都把一切都向自身吸纳:人口、智力、财富。这是一个决策和舆论的中心。在巴黎周围,分布着一些从属性的、被等级化的空间,这些空间同时又被巴黎统治着、剥削着。"①这实际上可以作为他提出的"空间实践"(Spatial Practice)概念的一个例证。"空间实践"就是空间性生产,这种生产既是物理意义上的,也是社会关系意义上的:一个城市规模的扩张必然伴随着其所占土地面积的扩大与其组织结构关系的拓展——如果我们考虑列斐伏尔将城市与农村视为整个空间的观点,那么城市扩张不只是空间的生产,还是一种空间的征服与再分配。与"空间实践"一起构成列斐伏尔关于空间的三元辩证法的,还有"空间的表征"(Representations of Space)与"再现性空间"(或表征的空间)(Representational Spaces)两个概念。"空间的表征"强调的是空间的概念化过程,这一概念被列斐伏尔用以指称被建构的。作为认知对象存在的空间。在他看来,对空间的建构是建立在社会生产关系之上的,"空间的表征"以一种"真实的空间"的形式进入认知系统,主导着对空

---

① [法]亨利·列斐伏尔:《空间与政治》(第二版),第100页。

间的研究与想象,但这种"真实"是相对的而非绝对的,是历史的而非永恒的。"空间的表征"可以说是由"空间实践"所决定的,但它反过来又会支撑并指导"空间实践"。"再现性空间"则是对"空间的表征"的反抗与超越,它强调空间本身被亲身经历与体验的实际形式。在某种意义上,"再现性空间"存在于"空间实践"之中,但它是对"空间的表征"所呈现的空间秩序的隐秘反抗,是对"空间的表征"的"真实性"的消解或证伪。"空间实践""空间的表征"与"再现性空间"三者的彼此制衡,"社会""历史""空间"达成了某种辩证统一。列斐伏尔的空间理论演进,由以社会历史解释空间为起点,到以空间解释社会历史为收束,形成完整自洽的体系。①

三、作为"战术"的"阅读"：米歇尔·德·赛托
与日常生活实践

列斐伏尔的空间研究对后世数十年间的城市研究产生了巨大影响。正是在他所提出的三元辩证"空间本体论"的思想光芒照耀下,"城市—城市生活—文学"三者之间的彼此作用的复杂关系才得以显现:概念化的"城市"以一种近乎"空间的表征"的形式定义并引领"城市生活",后者的日常实践则作为空间生产的一部分赋予前者以实体;"城市生活"中蕴藏于日常实践中的难以为人发觉的关于"城市"的符号系统,则借助"文学"的创作与接受完成了解码与再编码的过程,并且以隐喻的方式向人们指出"城市"所呈现的"真实"背后,很可能还存在着一个被遮掩着的、超验的真实。

---

① 关于列斐伏尔的空间理论,除其原始著述外,参见包亚明编:《现代性与空间的生产》,上海教育出版社 2003 年版;张子凯:《列斐伏尔〈空间的生产〉述评》,《江苏大学学报(社会科学版)》2007 年第 9 期,第 10—14 页;吴宁:《列斐伏尔的城市空间社会学理论及其中国意义》,《社会》2008 年第 2 期,第 112—127 页;陆扬:《社会空间的生产——析列斐伏尔〈空间的生产〉》,《甘肃社会科学》2008 年第 5 期等。

　　"文学"以描述"城市生活"的方式勾勒着"城市"的样貌，同时却也秘密暗示着"城市生活"对"城市"的抵抗与反叛。如果我们像二十世纪初的新浪漫主义者一样坚信文学与艺术的灵感来自历史悠久的乡村生活，并认为这种生活方式正受到来自城市化进程的毁灭性冲击，那么"文学"与"城市"之间的紧张关系似乎不难理解。

　　但这个问题并非如此简单。现在让我们回到利罕对城市的定义，重新审视他所说的文学与城市的"共同的文本性"问题。利罕认为："城市和关于城市的文学有着相同的文本性（textuality），也就是说，我们阅读文学文本的方法与城市历史学家们阅读城市的方法相类似，共享基于同样假设的模式：或机械的、或有机的、或历史的、或未确定与非连续的。……阅读文本已经成为阅读城市的方式之一。"①值得探讨的是：城市的文本性是如何出现的（城市为何可以被阅读）；或者说，如果我们认同芒福德关于城市是"象征着人类社会中种种关系的总和"的某种"象征形式"②，那么它所被赋予的意义是如何进入人类的认知系统的——这仍然与"城市"这一符号系统的解码与再编码过程相关。

　　对此问题的研究，我们有必要引入法国思想家米歇尔·德·赛托（Michel de Certeau，又译"德赛都"或"德赛图"）提出的关于"日常生活实践"（L'invention du Quotidien）的理论，来进行进一步的思考与探讨。德·赛托拥有敏锐的眼光和强大的分析能力。与他合作完成《日常生活实践》的吕斯·贾尔（Luce Giard）评价他说："他（指德·赛托，引者注）的对象不是每日的废弃物、政治话语的紊乱、人们的哀诉或责备，而是巨大的言语混乱中更加深刻、甚至更加神秘的本质。……在他认为早已察觉的语言与行动的断裂中，赛托……看到了

---

　　①　[美]理查德·利罕：《文学中的城市：知识与文化的历史》，第9页。
　　②　[美]刘易斯·芒福德著，宋俊岭等译：《城市文化》，中国建筑工业出版社2009年版，第3页。

未来的可能性。"①德·赛托在空间实践范畴内研究作为实践的日常生活②，并在其中发现了实践主体看似被权力所规训，然则在机制内寻求一定限度的自我实现的实践状态，他并将这一状态总结为"抵制"（Resistance）。德·赛托提出日常生活中的"抵制"，显然有意回应米歇尔·福柯那句"哪里有权力，哪里就有反抗"的名言。"抵制"是零星的、碎片化的、有限的、不成规模的，在德·赛托看来，对权力规训的反抗并不总是意味着逃离权力效能的作用范围，弱者总是可以通过在细节上使用微小的"战术"（或者说技巧、计策）来以一种相对安全的方式在权力关系的流动中来对强者进行悄然的反抗。

正如中文里"抵制"与"反抗"两个词语间所存在的语义差别，德·赛托的"抵制"概念与一般意义上的"反抗"有所不同，前者由代表"反对"的"抵"，与代表"反对的有限性"的"制"组成，与后者相比，前者更强调"制"所包含的那一种深藏于权力关系中的、微妙的平衡。他在《实践的艺术》的总引言中，通过强调"策略"（即战略）与"战术"两个概念，来对"抵制"的分散性与有限性进行更进一步的说明。在德·赛托看来，"策略"所代表的，是"力量关系的计算"，这一种计算"从意志和权力的主体与'环境'分离开来的那一刻"开始具有存在的可能。"策略"是空间性的，它通过假设一个"可以被限定为'专有的'场所"，来为其实现与外部的联系而奠定基础。"政治、经济或科学的合理性都建立在这个策略模型之上。"③可以较为明显地看出，德·赛托是在列斐伏尔的空间生产理论的基础上，对"策略"这一概念来进行界定，"策

---

① ［法］米歇尔·德·赛托：《日常生活实践 1.实践的艺术》，方琳琳，黄春柳译，南京：南京大学出版社，2015 年，第 5 页。

② 在吴飞看来，德·赛托"部分地继承了列斐伏尔和境遇主义国际（Situationist International）对日常生活程式化、商品化、景观化的论述的观念，但却拒绝接受他们关于总体革命的思想。从某种意义上说，德赛图的'空间'是个人创造的日常生活空间，这是与福柯所说的制度化空间相对的一种存在"。（吴飞：《"空间实践"与诗意的抵抗——解读米歇尔·德赛图的日常生活实践理论》，《社会学研究》2009 年第 2 期，第 185 页）

③ 参见［法］米歇尔·德·赛托：《日常生活实践 1.实践的艺术》，第 39 页。

略"所具有的宏观性与"空间的表征"相关，它是"空间的表征"中的知识权力的具象。

"战术"则与"策略"不同。德·赛托认为"战术"无法依托于某个"专有的"场所来实行，它"只能以他者的场所作为自己的场所"：

> 它成碎片状地渗入进来，无法整体地把握这个空间，也无法远离此空间。它并不拥有一个基础空间以便在其中拓展自己的优势，准备自己的扩张，相对于周围的环境而言，保持自己的独立。"专有"是空间对时间的胜利。相反，战术由于自己不拥有空间，它便依赖于时间，细致地"捕捉"机遇的"翅膀"。无论捕捉到什么，它总是没办法保留住。为了将事件转变为"机遇"，它必须不断地对它们进行加工。弱者必须不断地借助强大的异己力量。当它将不同要素组合到一起的有利时刻，这就有可能实现(于是，在超级市场，家庭主妇面对一些不同的、变化的商品，比如储存进冰箱的食物、客人的口味、食欲和心情、最优质的商品以及所选购的商品与家中已有食物的搭配等)，但是对这些因素进行指挥的综合的形式不是话语，而是决定本身，是抓住"机遇"的行为和方式。①

德·赛托提出"战术"概念的着眼点在于无法掌握资产生产的大众。在他看来，日常生活，尤其是都市日常生活，其实质是某种"专有的"，或者说具备整体一致性的场所。大众在该场所被居于强势地位的权力机制规训着、压制着，他们无法逃离权力效能产生作用的这一场所，呈现出某种被动的、沉默的、被驯服的外表。然而这样一种他者化、客体化的样貌下隐藏的，却是大众在日常生活实践中对权力规训的"抵制"——包括逃避与反制。作为权力关系中的弱者，大众无力掌

---

① 参见［法］米歇尔·德·赛托：《日常生活实践 1.实践的艺术》，第 39 页。

握时间与空间，他们只能以猎人般的狡猾和巧妙的技巧，施展计策的艺术，通过变幻的操作、多样的伪装与兴奋的发现，来对时间与空间的特定结合点进行"加工"。① "加工"的过程也可以理解为"战术"生效的过程，这个过程是修辞意义上的。我们可以将德·赛托所说的"战术"理解为某种"诡辩术"，在时空逻辑的罅隙，弱者凭借这种"诡辩术"，对权力规训的庞大"战略"进行零星的"抵制"。

德·赛托用来作为"战术"类日常实践的例证之一的，是阅读行为。作为主体实践的阅读——无论其对象是图像或是文字——是串联起当代文化生产与文化消费的重要线索。"写作"与"阅读"的关系犹如"生产"与"消费"的关系，大众似乎仍然是被动的、失语的。对这一点，德·赛托的描述十分精彩："从电视到报刊，从广告到商家推出的各类节目，我们的社会使视觉癌变，依据事物展示或被展示的能力来衡量其真实性，并且将交谈也转变为视觉过程。这是一部眼睛的史诗，是阅读冲动的史诗。变成了'符号统治'的经济本身刺激着阅读的迅速扩展。"流行文化与都市文化以不同形式的文本，试图营造某种列斐伏尔所说的"都市幻象"，这种幻象"自称接受、包括与占有一种新的总体性"②。"都市幻象"与其他幻象一样，因权力与知识的结盟而免于遭到反驳，它不会因被阐明而被戳穿。但德·赛托认为事情并非如此单纯。"写作"与"阅读"本是"战略"的组成部分，却因为弱者一方的"战术"，作为日常实践的"阅读"在其发生的节点（时间与空间的特定契合点），作为符号系统的作品/文本被"加工"甚至改变了：

　　爱好读书的行为所展现出的是一个寂静的生产的全部特征：目光穿透纸张，通过阅读者的视线改变文本，从某些词语中立即推断和猜测

---

① 参见[法]米歇尔·德·赛托：《日常生活实践 1.实践的艺术》，第 40 页。
② [法]亨利·列斐伏尔著，刘怀玉等译：《都市革命》，首都师范大学出版社 2018 年版，第 175 页。

出其意义,在书写的字里行间跨越和跳动。不过,既然无法将它们储存起来(除非进行书写或录制),除非通过购买(书籍、图像等)实体,而这些实体仅仅是"流逝的"阅读时刻的替代品(痕迹或承诺),阅读者无法逃脱时间的侵蚀(他在阅读的过程中将自己遗忘或者忘记了自己已经读过的东西)。他将愉悦和挪用的谋略带入他人的文本中:在其中侵犯、转移,如同内部的噪声一样被不断扩散。谋略、隐喻、组合,这一生产同样是记忆的"发明"。它使词语成为无声的历史的出路。可读的内容变成可记忆的内容:巴特在司汤达的文本中阅读普鲁斯特;读者在新闻报道中阅读自己童年的风景。作品薄薄的纸张成了移动的岩层、空间的游戏。在作者的空间中被引入了一个不同的世界(读者的世界)。

德·赛托凭借其天才般的洞察力、想象力与叙事能力,为我们捕捉到了"抵制"发生瞬间的场景。实际上,日常生活实践中的"战术"可以呈现如上精彩的形态,依靠的是修辞学与叙事学。德·赛托认为叙事本身就是都市日常生活实践的一部分,在叙事的作用下,物质空间与隐喻空间有了结合的可能性,而叙事结构则"具有空间句法的价值"。他并说:"人们上班或者回家,就搭乘一辆'隐喻'——一辆公共汽车或火车。叙述也同样可以具有这样一个美丽的名字:每一天,它们穿越着,组织起某些地点;它们对这些地点进行挑选,并且把它们连接为整体;它们以此创造出了句子和路线。这是空间的行程。"①这一

---

① 参见[法]米歇尔·德·赛托:《日常生活实践 1.实践的艺术》,第197页。德·赛托在后文中对"地点"(Place,又译"场所")概念进行了界定:"一个地点就是一种秩序(不管是怎样的秩序),根据这一秩序,各个组成部分被安排到共存的关系之中。于是,两种事物共处一位的可能性被排除了。'专属'的法则统治全局:被考察的部分一个挨着一个,每个部分都处在某个被自己定义了的'专属'而又明显的地方。所以,一个地点就是一种关于位置的瞬时地形。它暗含某种关于稳定性的提示。"(第199—200页)而关于"空间",他则认为:"空间就是一个被实践的地点。因此,在几何学意义上被城市规划定义了的街道,被行人们转变成了空间。同样地,阅读,就是地点实践所产生的空间,而这一地点是由一个符号系统——一部作品所构成的。"(第200页)

观点也与芒福德所认为的，"戏剧性场面"赋予都市生活以意义的观点在一定层面上有共通之处。作为都市日常生活实践的阅读，以"战术"的方式置换、重构了由"战略"结构而成的城市空间，在权力规训下客体化、他者化了的，作为弱者的大众取得了"抵制"的局部性胜利。尽管都市幻象仍然存在，权力规训也决计不会消失，但隐藏于大众又组成了大众的"无名者"们，获得了实现自我价值的可能性。

通过借助福柯、列斐伏尔与德·赛托等人的研究，我们可以在理论层上面对"城市—城市生活—文学"的概念模型进行进一步的完善；同时也可以对城市的概念化过程、城市生活的空间位置以及文学与城市的关系这三个问题有了更深一层的理解。城市之所以可被文本化，成为"可读"的，文学起到了结构性作用。这种作用并非简单的单向或双向的行进，而是由于其想象性力量在对城市生活的隐秘真理解码并再编码的过程中，同时达成了权力效能的"规训—抵制"，以及空间真理的"支配—超越"两组矛盾的平衡。"文学"令"城市"拥有定义"城市生活"的支配力量，同时也使"城市生活"拥有超越"城市"的可能。

四、文学与想象：城市的未来希望

伊塔洛·卡尔维诺(Italo Calvino)在《看不见的城市》的前言中，提出了一个惹人深思的设问："对于我们来说，今天的城市是什么？我认为我写了一种东西，它就像是在越来越难以把城市当作城市来生活的时刻，献给城市的最后一首爱情诗。"[1]他意识到城市有为人类与世界带来灭顶之灾的危险，但他并不愿写一本"预言灾难和世界末日的书"，而是试图告诉他的读者们：

---

① ［意］伊塔洛·卡尔维诺著，张密译：《看不见的城市》，南京：译林出版社 2012 年版，前言第 6—7 页。

我的马可·波罗心中想的是要发现使人们生活在这些城市中的秘密理由，是能够胜过所有这些危机的理由。这些城市是众多事物的一个整体，一种言语的符号的整体；正如所有的经济史书籍所解释的，城市是一些交换的地点，但这些交换并不仅仅是货物的交换，它们还是话语的交换，欲望的交换，记录的交换。我的书在幸福城市的图画上打开并合上，这些幸运城市不断地形成并消失，藏在不幸的城市之中。①

据卡尔维诺说，绝大部分评论都认为《看不见的城市》结尾处的句子②是某种结语。实际上，他在以创造一个拥有一个或多个出口的空间的意愿来进行写作，读者可以以漫游的姿态自行发现书的结构与结论。而该书结尾的句子如果要被视为一个结论，则必须考虑它的双重性，即"它两方面的组成部分都是必不可少的：关于乌托邦的城市（即使我们没有发现它）和关于地狱的城市。"③

这一双重结论仍令我们想到芒福德。他认为人类文明与城市中都存在着两种势力或力量：一种是创造性的正面力量；另一种则是破坏性的反面势力。如果破坏性势力占据了优势，那么"我们的城市，由于轰炸、爆炸和无人居住而变成死者的坟场；人类的居所将让位给阴冷的兽穴，供野兽居住，因为野兽较之人类更少破坏性。"④但他同时也认为这末日并非人类文明的必然归宿，创造性力量将在危急时刻集结生效，当生命之力再一次于文明长河中翻涌奔腾时，人性便终将战胜兽性，"城市文化的特质就会兼具目的和手段的双重职能"。⑤

---

① ［意］伊塔洛·卡尔维诺：《看不见的城市》，前言第7页。
② 即："在地狱里寻找非地狱的人和物，学会辨别他们，使他们存在下去，赋予他们空间。"《看不见的城市》，第166页。
③ ［意］伊塔洛·卡尔维诺：《看不见的城市》，前言第8页。
④ ［美］刘易斯·芒福德：《城市文化》，第11页。
⑤ ［美］刘易斯·芒福德：《城市文化》，第12页。

　　卡尔维诺与芒福德，都在预见到城市与人类文明的危机的情境下，以文学方式描绘出希望。这正是一种象征，文学的想象与制衡，抵制与超越，是城市获得希望的重要途径。知识权力塑造的都市幻象当然不会轻易破碎，文学作品的创作与阅读却能在幻象之上重构关于城市与城市生活的想象——尚未被发现的乌托邦，与地狱中格格不入的异类。

露天历史剧、新浪漫主义与战时英国的城市

李汇川编译

导读：城市化进程中的历史文化传承与城乡协调

现代城市发展和城市化进程，始终与现代性问题密切相关。作为概念的城市，往往被视为经济、政治、文化与社会生活等关系的集合体，而现代性恰是此一系列关系的流动性产物。现代性既是描述当下之存在的话语，又因其对变化/进化的无限追求，成为对未来的某种预言。与过去和历史相关的问题在现代性想象里仍然十分重要，却往往面目多变，难以捉摸。现代性进程不断重构传统，乃至创造新的传统，又不止歇地反叛、扬弃它们。如此一种躁动所产生的张力，在城市发展过程中的主要表现之一，是城乡矛盾。

城市与乡村在现代性语境中所呈现出的紧张关系是多面并复杂的。在文化方面，一个突出的问题是，城市数量与规模的增长压迫了乡村的生存空间，乡村（或乡土）传统所蕴含的关于历史延续性的文化景观与文化想象遭到破坏，这引发了群体性的归属感缺失，以及随之而来的（主要是历史维度的）文化孤立感，它们也往往被视为现代性焦虑的一部分。文学和艺术提供了缓解这种文化上的心里不适的可能

243

性,其超时空特质以及(由阐释和再阐释所形成的)广阔的意义生成空间,为弥合历史延续性的想象性断裂并消除其所可能带来的文化恐慌,提供了话语场域。

由汤姆·赫尔姆所撰,收录于《重演往昔:现代英国的文化、社会与露天历史剧》(*Restaging the Past: Historical Pageants*, *Culture and Society in Modern Britain*, edited by Bartie Angela, Fleming Linda, Freeman Mark, Hutton Alexander, and Readman Paul, 158—79. London:UCL Press, 2020.)一书的文章《露天历史剧、新浪漫主义与战间英国城市》(*Historical Pageants*, *Neo-Romanticism and the City in Interwar Britain*),以在两次世界大战之间流行于英国城市中的大型露天历史剧(Historical Pageants)为主要关注对象,考察了新浪漫主义(Neo-Romanticism)思潮、现代性以及城市发展之间的关联。他在此文中提出:表面上看来是反现代性、反城市化的新浪漫主义思潮,不仅没有减缓20世纪前中期英国城市的进一步发展,还在将城市与乡村的矛盾具象化的基础上,对二者在时空双重维度上再一次定位展开了有价值的思考——这在一定程度上缓和了城乡矛盾,也为城市进化提供了新的理念;而再现往昔的露天历史剧,则也并不单纯是保守主义的产物与宣传品,对一个城市或城镇历史的重演,不仅为解决当地当时所遭遇的困难提供了参考依据(即该城市或城镇在历史上如何自我调整适应并延续至今),庞大规模的演出还强化了当地居民的身份认同、增加了民众在政府层面的影响力、促进了经济的发展(尤其是旅游业)。对如今的现代性研究而言,探索对"传统—现代"二元对立思维框架的超越,已逐渐成为大多数论者的逻辑起点与普遍诉求。赫尔姆此文在这一点上亦不例外。其特点在于以露天历史剧在二十世纪二十至三十年代的流行为案例,以"适应性现代性"(adaptive modernity)概念为核心,较为清晰地点明"传统"与"现代"的复杂纠缠,并阐述了城市发展进程中,在文化层面调和城乡矛盾的历史参考与理论思路。

露天历史剧是一种在室外公开上演的历史题材戏剧,多以演出当地著名历史事件为主要情节。其特点是参与人数众多:演员数量少则逾千人,多则近万人;观众则一般是演员的十倍以上。一战期间,英国的露天历史剧往往被作为一种市政宣传的手段,用以刺激城市萧条的经济。当强调"家园"与"历史"的新浪漫主义思潮萌生,露天历史剧开始被一些新浪漫主义戏剧家用来提倡"逆城市化"以及"复兴传统乡村社区"等理念。赫尔姆认为,当时流行的露天历史剧尽管带有新浪漫主义艺术家反现代性的主观意愿,其产生的文化空间在实质上却为现代性的自我调适创造了条件。

该文分五个部分,从"新浪漫主义城市"(The Neo-Romantic City)"露天历史剧与适应性现代性"(Historical Pageantry and Adaptive Modernity)"市政自治"(Municipal Autonomy)"经济推动主义"(Economic Boosterism)和"普通民众"(The Common People)五个方面进行了论述。此文借鉴新文化史的研究方法,尝试探究并梳理战间英国露天历史剧表面的理念主张,与实际上对城乡发展与大众文化心理转变所产生的结构性影响之间的张力。这一研究在一定程度上阐明了文学活动在现代性进程中的位置:文学活动所生成的公共文化空间为现代性自我调适创造了场域与条件;关于历史的文学性叙事,也为弥合历史延续性的想象性断裂提供了感性资源。

在城市发展进程中如何利用文化公共空间?如何利用现代性话语的适应力特质构建新型的城乡发展结构?如何在文化心态层面缓解城市和乡村的对立与矛盾?对这些问题而言,本文具有一定启发意义。在现代性语境中,关于"历史传统"或"历史文化"的问题,往往是复杂的。超越"传统"与"现代"的二元对立观念格局的理论尝试,不仅应成为审视现代性进程历史的眼光,也应该被用于思考未来发展图景。同时应注意到,无论在城市发展的任何一个阶段,历史文化——

无论是国家的或是地方的——都应得到更多关注与重视。

一、新浪漫主义城市

作者关注到，在 20 世纪二三十年代，露天历史剧活动在英国的城市中心地带格外流行。在 1914 年以前，英国只有两个大城市（利物浦和伦敦）举办过露天历史剧，而且由于当地缺乏兴趣，特别是城市工人阶级的兴趣，都市演剧也有失败的例子。然而，到了 1939 年，情况发生了显著的变化，在英国前二十大城市中，有十四个城市至少举办了一次历史剧演出。北部和中部地区的制造业城市现在已经成为了露天历史剧被广为接受的新家园，而数以千计的演员们则经常以公民历史的名义轻松地举行演剧活动。伴随着这种向城市的转移，演出主持人和剧目制作人行业也随之新兴，他们尤其从弗兰克·拉塞勒斯（Frank Lascelles）那里得到启发（至少受其影响），并在戏剧、政府和商业界进行交易。从早期开始，露天历史剧就具有商业动机，因为历史悠久的小城镇试图刺激不断增长的旅游市场。但在两次战争之间的时期，城市议会和工业家的联盟将其提升到了一个新的水平，在经济萧条时期，利用露天历史剧来促进当地经济的发展。这种策略可以说是源于新兴的"公民宣传"运动，它起源于战时政府的宣传，但特别是在 1924 年伦敦大英帝国展览的推动下。由市政府主导的"公民周"在展览期间举行，随后在英国的重工业地区蔓延开来，将大众娱乐与经济刺激结合起来——其中露天历史剧成为一个重要元素。

作者在接下来的章节中，有计划地详细论述从 1920 年代末到 1930 年代这一时期，英国城市上演的诸多露天历史剧中所描绘的历史主题和思想。在此过程中，作者试图阐明，对过去的表演的流行可以告诉我们很多关于一个复杂、且往往是矛盾的话题：在 20 世纪中期的英国城市中，新浪漫主义的地位以及它与现代性的关系。

作者认为,当浪漫主义在 18 世纪末 19 世纪初作为一场艺术、文学和思想运动出现时,它主要植根于对自然、自然生活和中世纪过去的承诺。因此,它可以被看作是对迅速的工业化和伴随而来的城市化,以及对科学合理化和启蒙运动的一种反应。反过来,城市又为浪漫主义在文学和文化领域的许多成就创造了条件。因此,浪漫主义"并非一场反对城市的运动",而是"一种伴随着大都市生活的兴起而发展,并为之作出贡献的美学"。浪漫主义思想的主要关注点是个人与社会的相互依存关系,以及寻求解决个人与城市的疏离和在城市中的疏离。例如,威廉·华兹华斯不仅是"自然诗人"和所谓未受污染的湖区的赞美者,也是一个可以在伦敦找到刺激和美丽的"狂热的都市人"。相较而言,威廉·布莱克(William Blake)可能更明显地是一位"城市诗人",他可以将城市视为"一个节点,一个裂缝,通过它可以瞥见社会的真正本质"——包括"通过'英格兰绿色宜人之地'的'精神斗争',建立起的新耶路撒冷新千年城市的愿景"。超凡的浪漫主义艺术,通过通常以城市为基础的艺术家或访问艺术家的合作网络而形成,将城市和乡村的紧张关系具象化了。然而,在社会快速变革的时刻,它同时也可以通过设想一个"理想"的城市,成为包容的场所和象征。

作者观察到,城市化进程在 19 世纪有增无减,至世纪之交时更是如此,而这进程也伴随着城市对居民生活、道德和健康影响的争论。随着英国在全球生态和军事竞争时代的竞争能力受到越来越多的关注,这些争论越来越激烈。在随后对理想社会的激烈探索中,理想的"公民"可以过上健康、快乐和合作的生活方式,反城市的"新浪漫主义"艺术家和社会改革家们再次将目光投向乡土景观。乡村不仅仅是艺术和文学的灵感来源,它既被视为基于理想主义的"英国性"(Englishness)概念的可用身份的丰硕来源,也被视为促进健康和社区的休养环境。对于乡村保护的支持者或日益流行的休闲"漫游"的倡导者来说，"堕落"的城市与浪漫的乡村是矛盾的。因此，有"响亮而有影响力"的呼吁，要求扭转城市化的趋势，同时复兴传统的农村社区。新浪漫主义的一个重要逻辑就是转向"家园"和历史，因为作为对未来主义者、漩涡派画家等现代主义团体的革命艺术宣言的回应，新浪漫主义艺术家和作家想知道如何"与被严重遗弃的过去重新连接"。

然而，与最初的浪漫主义一样，新浪漫主义、现代性和城市生活之间的关系很可能是复杂的。当然，城市并没有在 20 世纪消失——无论是在现实中还是在叙述中——反城市和反现代的"英国性"概念并没有被所有人接受。新浪漫主义者和大肆宣扬的城市批评家，以及属于这两类人的个体，都能接受他们不可避免地生活在一个城市—工业时代；实用主义者则意识到，简单地将城市生活"分散"到理想主义的农村社区是不可行的。

替代方案包括建设新型城市和从内部改变城市。前者包括霍华德(Ebenezer Howard)在世纪初提出的"花园城市"(Garden City)模式，该模式试图以新的综合方式调和乡村与城市的利益，并为 20 世纪中叶的城市规划话语提供了参考；同样，威廉·莫里斯(William Morris)在其乌托邦小说《乌有乡消息》(*News From Nowhere*，1890)中提出了社会主义社会的愿景，即伦敦和其他大型制造业中心被规模更小、建设更好、更有凝聚力的城市居民区所取代。在这里，居民因机械化的使用而获得解放，而不是被奴役。在后一类中，作者提出，1930 年代对城市内部贫民窟的拆除，以及对"平房式"社会住房的热衷——或者，正如作者准备在后文中论述的，大众和参与式戏剧的上演。这些活动试图将当今的城市定位在其工业化前的农村历史中，从而在变化和混乱的时期提供一种归属感和连续性。事实上，以城市和郊区观众为对象，战前"心目中的幻想村落"的情感力量，正是在乡村的价值和传统逐渐丧失的时候得到了利用。

二、露天历史剧与适应性现代性

作者提出,关于现代性和新浪漫主义之间的矛盾和复杂关系的学术争论,已经反映在日益增长的历史舞台剧的历史学中,即使只是隐含地反映。对乌托邦、前工业和"快乐英格兰"过去的表演可以被视为对变革的保守反应。现代舞台表演的发明者路易·拿破仑·帕克(Louis Napoleon Parker)在早期的新浪漫主义圈子里活动(尤其是那些民谣复兴运动周边的圈子)。他坦率地说,他希望露天历史剧带来的"社区盛宴"既能缓解阶级之间的紧张关系,又能扼杀"现代化精神",他认为这种精神正在摧毁"所有可爱的东西","而且没有自己的可爱之处",它标志着"对诗歌[和]浪漫的否定"。到了战间时期,露天历史剧无疑是"乡村怀旧情绪和乡村'深沉'的英格兰投影的理想伴侣"——特别是在那些害怕城市的"带状发展"的村镇的演出活动中表现出来。这些村镇,在乡村保护主义者的小册子(如威廉斯·艾利斯写于 1928 年的《英格兰与章鱼》),成为令人叹息的典型。大卫·格拉斯伯格(David Glassberg)将帕克的传统视为对现代性的抗议,通过部署"历史图像的形式来美化遥远的金色手工艺的过去"。事实上,它经历了几次不同的演变——这种演变几乎是在从它被"发明"时起就开始了,并使得简单化的保守/现代二元论变得更加复杂。

作为证据,作者举例:德博拉·苏格·莱恩(Deborah Sugg Ryan)展示了演员兼导演弗兰克·拉塞勒斯如何从 1907 年开始举办大型流行的露天历史剧活动,并形成了自己独特的视觉壮观风格。与帕克不同的是,拉塞勒斯优先考虑的是一大群人在五彩缤纷的舞蹈和游行中的戏剧性动作,而不是口语化的对话,可以说是"拥抱现代性"而不是拒绝现代性。瑞安认为,他的露天历史剧活动应该放在其他当代群众活动的背景下看待,这些活动依赖于成千上万的人聚集在一个空间的视觉冲击力,比如马克斯·莱因哈特(Max Reinhardt)的奇观剧、"长袍剧"、大型展览以及格里菲斯(D. W. Griffith)和德米尔(Cecil B. DeMille)的电影史诗。同样与帕克不同的是,帕克倾向于淡化景物的重要性(他认为景物往往会分散注意力),而拉塞勒斯则鼓励创造整个历史性的景观,这得益于他作为画家的实践,他对前拉斐尔派的兴趣以及他对工艺美术运动的热情。

作者举出的另一个例子,是杰德·埃斯蒂(Jed Esty)。他从另一个角度展示了与 1930 年代英国晚期现代主义相关的作家,如弗吉尼亚·伍尔夫(Virginia Woolf)、福斯特(E. M. Forster)和艾略特(T. S. Eliot),实际上发现露天历史剧的形式是对现代主义思想模式"告别"的一种手段。他们认为,过去的表演是一种积极的"自发的民间真实性"和"可接受的""民族艺术"的版本——它回应了他们日益增长的文化孤立感。新的政治组织,从国际主义的国际联盟到妇女协会,也能够从露天历史剧继承部分基本元素,以促进进步和前瞻性的思想。

作者提出这样一个观点:作为一种形式的露天历史剧,与其说是由固有的保守主义所定义,不如说是由其纯粹的适应性和可塑性来定义的。在大萧条时期的英国工业城市中,露天历史剧活动可以相应地被用来刺激当地的经济,更重要的是,对于这里提出的论点来说,可以提供一种根深蒂固的连续性、稳定性和未来繁荣的感觉。为了达到这个目的,战间时期的露天历史剧大师们采用了新浪漫主义的观点。在这样做的过程中,他们试图克服现代城市生活的现实与他们的露天历史剧所颂扬的前现代历史之间潜在的矛盾或冲突。

正如基蒂·豪瑟(Kitty Hauser)在她对 20 世纪 20 至 50 年代考古摄影的研究中所表明的那样,"新浪漫主义可以被认为是一种观察方式和一种风格",包括"新浪漫主义的观察者和新浪漫主义的艺术家"。对豪瑟来说,这种新浪漫主义的"观看方式"包含了当代人如何在各种媒体形式中识别出对当地场景、自然和景观等主题的描绘所具有的浪漫主义象征意义。豪瑟进一步划分了可能被视为新浪漫主义的两种既流行又对立的话语：一方面是严格的"保存主义"心态，另一方面是更加反思性的"考古学想象力"。在前者那里，现代性被认为是"审美愉悦路上不可移动的障碍"；在后者那里，它是"可以被看穿、越过或绕过的障碍"：过去可能在现代景观中失去了可见性，但它并非"感性地无法恢复"。因此，过去可以作为一种"安慰性的感性"在当下运作。同样，只要历史和历史文化的可破坏性本质得到承认，甚至得到描绘，现代性就可以与越来越不可能的理想历史景观或文化相协调。正是露天历史剧的"考古学想象力"，使得戏剧家们能以一种新浪漫主义观众熟知并认可的方式，上演既向后看又向前看的历史壮观。正如豪瑟所指出的，现代性并没有消除一个地方的历史性，它只是这个地方历史的最新阶段。

作者在此试图强调，历史上的露天历史剧是这一现实的视觉表现。如他所说，事实上，正如保罗·雷德曼（Paul Readman）和其他人所表明的那样，露天历史剧所代表的对过去的兴趣并不一定意味着希望实际回到前工业社会或其价值观。恰恰相反，过去为新的未来提供了灵感，在保护历史景观、习俗和文化的同时，积极地适应了快速而可怕的变化和进步。例如，米克·沃利斯（Mick Wallis）展示了乡村场景中的露天历史剧活动是如何通过诉诸普通劳动者的生活和历史，而不是土地贵族的生活和历史，被视为有可能创造一个新的农村社区。战后的乡村露天历史剧主持人玛丽·凯利（Mary Kelly），"与她许多更怀旧的同时代人不同"，她仍然"认识到阶级冲突和农村贫民被剥夺的历史，并将这些元素融合到她设计的露天历史剧中"。当时，一些人理想化的乡村与其他人对农村持续的经济和道德困境的印象并不一致，凯利的露天历史剧活动弥补了这种差距。

另一方面作者也意识到，对于 20 世纪二三十年代的大型城市露天历史剧来说，对农村和前工业的唤起以其他方式发挥作用。这时，帕克已经完全停止了制作历史性的露天历史剧活动。在他 1928 年的自传中，他抱怨说，一大堆不值得的模仿者已经兴起，并将他的发明商业化，只有一个"光荣的例外"。查尔斯·霍特瑞（Charles Hawtrey），他在 1910 年去世，只担任了三次露天历史剧的主持人。其他一些新的、有气质的演剧主持人在许多方面仍然与帕克的精神相联系，但他们可以说在个人和职业上与拉塞勒斯有更多的共同点。他当时负责了许多在中部和北部城市取得巨大成功的露天历史剧，直到 1934 年去世。

三、城 市 自 治

对于一个依赖贸易并因此遭受困难时期的工业城镇来说，浪漫的前工业时代的过去需要作为一种保证，即这个地方能够在当前的变迁中生存下来——甚至繁荣起来。作者提出，与 1914 年以前的露天历史剧一样，前现代公民生活的历史事件被颂扬——不是因为作者和参与者渴望时光倒流，而是因为这一漫长的年代，能够在时间维度上为当代公民机构和这些机构现在所拥有的权力构建一个谱系。那些看似独特或临时性的东西，反而被描绘成了许多世纪前就开始的过程的累积结果。因此，作者所讨论的是，城市中的露天历史剧往往是为了纪念其过去的集合，并通过一些情节来展示政府和城市发展的历史根源。

1938 年曼彻斯特的大型露天历史剧，在作者看来是一个较为显著的例子。该剧是这座城市百周年纪念活动的一部分，有 1 万名表演者，大约有 10 万人观看。该剧由纽金特·蒙克（Nugent Monck）执导，蒙克是诺里奇 Maddermarke 剧院的创始人，他声称自己的风格没有受到帕克的影响。爱德华·巴林（Edward Baring）协助蒙克，他是一位有 30 年经验的商人和选美制作人。在 20 世纪二三十年代，他与拉塞勒斯形成某种具有搭档性质的关系。曼彻斯特的历史事件包括：

公元 79 年在"曼库尼姆"(Mancunium)建立罗马堡垒;公元 924 年将
"马梅塞斯特"(Mameceaster)纳入盎格鲁-撒克逊国王"长者"爱德华
的领地;以及 1301 年曼彻斯特从托马斯·格雷斯利(Thomas Gresley)
手中获得第一个特许状。在一个中央国家不断发展的时代,人们担心
社会对市政事务的兴趣下降,因此在中世纪庆祝特许状的授予——包
括所有相关的华丽和仪式——旨在鼓励地方人民将他们的市政府视
为一个具有悠久和崇高历史的机构。选择中世纪的情节来展示城市
的重要性和自主性,反映了大卫·马修斯(David Matthews)所称的
"公民中世纪"的持续力量,尽管他认为英国文化的这一方面已于 20
世纪初衰落。

　　不止于此,作者还提到:其他演剧活动也强调了中世纪城市治理
的遗产,并展示了其在后期的演变——特别是在有宪章周年纪念日需
要庆祝的时候。例如,1938 年的伯明翰露天历史剧,就是为了纪念伯
明翰市民特许状颁发 100 周年而组织的:其第二场描述了 1156 年伯
明翰市彼得·德·伯明翰(Peter de Birmingham)被授予市场特许状,
而倒数第二场则展示了 1858 年维多利亚女王来访时,市长和议会对
她的欢迎仪式。这场盛会有 8 000 名演员,有近 140 000 人观看。它
的导演是格温·拉利(Gwen Lally),一位 20 世纪 30 年代越来越重要
的演剧主持人。拉利与拉塞勒斯有很深的渊源:作为赫伯特·比尔
博姆·特里爵士(Sir Herbert Beerbohm Tree,拉塞勒斯的导师)手下
的女演员,她曾在拉塞勒斯 1907 年在牛津执导的露天历史剧中表演
过,并接受了拉塞勒斯对"少量对白"和"宏大场面"的偏好。在 1930
年的索尔福德的历史剧演中也有类似的精神,在索尔福德成为"自由
区"的特许状颁发 700 周年之际,由 6 000 名演员表演。理所当然,有
一场的内容,是切斯特第六代伯爵(1153—1232 年)"Ranulf the Good"
雷纳夫·德·布朗德维尔(Ranulph de Blondeville)授予这个特许状。
其他场景也彰显了王室的赞助,证实了索尔福德悠久的和近代的自治

历史——从 9 世纪阿尔弗雷德大帝国王宣布该镇为"索尔福德郡的首府"，到 18 世纪"英俊王子"查理在"索尔福德十字"受到祝福。

作者阐明，在特定历史时期，对地方政府自治的历史"发明"，被证明是对本郡城镇特别有吸引力的。在 19 世纪末 20 世纪初，交通发展和郊区化推动了"外伦敦"的迅速扩张。起初，评论家们对这种情况可能对非城市的英国产生的影响持谨慎态度。马斯特曼（C. F. G. Masterman），一位安置房工人和后来的内阁级政治家，在《帝国的心脏》（*The Heart of the Empire*，1901）一书中干练地将这些担心集中起来。当马斯特曼将伦敦的郊区描述为"在周围的田野上蔓延着粘稠的手臂的巨大疟原虫"时，他生动地唤起了当代人的担忧——首都的罪恶正在向边界之外渗透。对伦敦发展的分析并不那么戏剧化，比如规划师帕特里克·格迪斯（Patrick Geddes）的分析，他呼吁建立更全面的政府系统，将首都范围内的城市区域连接起来。伦敦郡议会（LCC）的一些政治家和行政人员对此表示赞同。在第一次世界大战期间，进步派和市政改革党之间的联盟协定，其中包括了扩大郡的边界。作为 1919 年通过的一项决议的相应措施，一个新的皇家委员会成立，其职责是思考扩大伦敦的政府的方法与可行性。而随着伦敦市政委员会的扩张主义倾向越来越明显，地区议会越来越多地请求制定新的市镇合并章程，以提供"免受邻近当局攻击的自由"。这些努力是出于鼓励当地居民减少将自己的城镇视为伦敦的"集体宿舍"，而更多地将其视为一个具有悠久而重要的历史的独立地方的愿望，当地的露天历史剧演出就是这种历史的最好证明。在 1930 年的沃尔瑟姆斯托露天历史剧中，600 名儿童为纪念前一年市镇宪章的颁发而表演，剧情旨在展示这个定居点存在的时间——从诺曼人和威尔库梅斯图庄园的拉尔夫·德·托尼勋爵（Lord Ralph de Toni）到 1929 年的"宪章的到来"，这一事件被称为"沃尔瑟姆斯托进步的重要里程碑"。主要情节之间的场景强调了沃尔瑟姆斯托对整个国家的重要性，特别是通过描绘著名人物(塞缪尔·佩皮斯、理查德·特平、本杰明·迪斯雷利和威廉·莫里斯)的访问或居住地。

1931年的巴金露天历史剧同样是为了庆祝市镇特许经营权的授予而举行的,而这次的露天历史剧是在露天历史剧的同一年举行的。由拉塞勒斯执导,由相对少的2 000名演员上演的剧目,对巴金的辉煌历史进行了大量的描述。剧情包括巴金修道院的建立,查理一世的来访,以及1746年由伦敦市长和库克船长(他在圣玛格丽特教堂结婚)等其他知名人士赞助的巴金大集。但它的尾声是服装表演者的游行,最后由新区的市政代表加入,高呼"巴金万岁"。这是一个明显的尝试,将过去的伟大事迹和人物与现在的成功公司和议员联系起来。在达特福德露天历史剧(1932年)的情节中,也有非常类似的精神,其中包括征服者威廉在1066年被迫接受肯特人的特权条款,黑王子爱德华访问贝克斯利大厅并赞扬该地区,亨利八世在1515年5月的王朔节享受当地的狂欢。因此,尽管"外伦敦"盛会的规模不如北部和中部城市的民间盛会,但它们都希望展示当今的权力和声望是如何建立在更为悠久的历史记录之上的。

四、经济推动主义

作者认为,帕克也许会承认并赞同这种继续强调地方民间机构的起源和自治的做法。但其他方面的发展,他则未必如此认同。在战争间歇期,露天历史剧变得更倾向于描绘工业的过去和现在——并(时而含蓄时而明确地)强调两者之间的联系。在这样做的过程中,他们促成了一种日益增长的愿望,即促进当地经济的繁荣,同时化解工人阶级的不满情绪。拉塞勒斯在1931年的布拉德福德举办的露天历史剧有7 500名表演者,约有12万人观看。这是一场在由大萧条带来的社会经济不稳定的背景下,由城市精英组织的演出。剧情从罗马时代开始，经过诺曼人、种植园主和斯图亚特的故事之后，最后一场则是"工业革命的布拉德福德"。这一场景描述了 18 世纪末和 19 世纪毛纺生产的发展，以及 1832 年大改革法案后该镇第一位议员的胜利当选。组织者希望通过展示这样一个故事，将一个分裂的当地社会团结在城市及其治理者的周围。

伯明翰的百年露天历史剧（如作者上所述）为这一议题提供了更为突出的例证。该剧第二场展示了市场特许权的授予，然后是市场蓬勃发展的场景。最后一幕也回到了城市的经济，但描绘的是"今日伯明翰"，完整地展示了城市的重要行业，如电气行业、火器和汽车。作为另一个例子，作者举出，在 1930 年特伦特河畔斯托克，拉塞勒斯组织 5 000 名演员所呈现的露天历史剧证明，历史叙事是将过去的制造业创新者与现在的工业力量联系在一起的有效方式。这个故事讲述了"一个曾经不起眼的地方"如何"成为世界上最著名的工业中心之一"。这出剧目的前半部分中规中矩，它描绘了早期英国人抵抗罗马人、1374 年在图特伯里城堡（Tutbury Castle）的高特约翰（John of Gaunt，斯塔福德郡的强势人物）以及 1549 年赫顿修道院（Hulton Abbey）的解散。而由于演出的那一年正值约西亚·韦奇伍德（Josiah Wedgwood）诞辰 200 周年，该剧下半场集中展示了中部城镇陶器业的崛起。其中一场展示了与陶器相关的"人物"，并描绘了 17 和 18 世纪"农民陶工先驱"的"工作和娱乐"；另一场则展示了"约西亚·韦奇伍德生活和时间中的一些事件"；第三集提供了"现代陶器行业的寓言式描述"。正如观剧手册所解释的那样，寓言在这一情节中是必要的——这也是历史剧的最后一个情节——既是因为"无法通过提及个人与个别公司来描述陶器的发展"，也是因为"工业机器的乏味事实"可以通过"想象力的发挥和艺术家的技巧"更好地展现出来。因此，该剧没有直接描写陶瓷、采煤和冶金等行业，而是以陶瓷皇后和随从、煤王和他的"后代"以及土八该隐（Tubal Cain，《圣经》中的铁匠）为主角。

正如北斯塔福德郡商会主席所说,斯托克露天历史剧是为了"帮助"当地工业,因为当地工业正处于"困难时期",并且越来越"迫切需要"商业。

1932年,马修·安德森(Matthew Anderson)关于兰开夏郡棉花业的演剧(Lancashire Cotton Pageant)或许是露天历史剧中工业描写的巅峰之作,该剧有12 000名演员参与演出。这部剧在曼彻斯特的Belle Vue舞台上演,是一场由棉花贸易组织等地区性工业组织领导的全郡性活动。当曼彻斯特市长埃利斯·格林(Ellis Green)宣布盛会开幕时,他宣称"在所有'炫耀'的背后是一个'潜在的'想法"。兰开夏郡的棉花业必须"做广告,而且要大肆宣传"这个行业,必须"擂鼓",而且要擂得很响。为了达到这个目的,历史剧演出提供了一个事件、主题、乡土和虚构的大杂烩。它的特色"古代"的波斯棉花市场与征服者威廉欢迎佛兰芒织工来到英国,然后跳过8个世纪,来到"工业革命黎明时分的兰开夏",奇怪的是,其中包括麦克贝斯式的女巫在被兰开夏农民赶走之前,骑着扫帚飞行并施展魔法。作者还举出了其他场景的例子,包括北美的小农田(演员戴着黑色面具)和纺织业著名发明家的成就,如约翰·凯(John Kay)、理查德·阿克莱特(Richard Arkwright)和塞缪尔·克朗普顿(Samuel Crompton)。正如《曼彻斯特卫报》所评论的那样,这场盛会"一直在坚持棉花……线是永远不会离开线轴的"。

作者认为,对历史连续性的唤起也可以超越城市的机构和产业。帕克一直热衷于让他的露天历史剧参与者扮演反映他们当前社会地位的角色——市长扮演过去的市长,牧师或神父扮演僧侣,农业工人扮演中世纪的农民,等等。因此,帕克的历史剧演出对当地社会的各个阶层都给予了关注。但重点是他所认为的最重要的历史角色——国王、王后、大主教等,这显然是对社会等级制度的确认而非挑战。但在战争间歇期,颂扬普通民众的生活变得越来越普遍。他们被赋予了更高的能见度和更多的发言角色，并被描绘成在当地生活的展开中具有重要意义。作者举出的例子是，在安德森的棉花盛会中，几乎没有塑造一个真实的历史人物。相反，在后半部分，"市场日""工作中的兰开夏"和"游戏中的兰开夏"等场景则集中表现了具有代表性的劳动人民的生活。对安德森的制片人爱德华·戈恩（Edward Genn）来说，风格的改变是为了制作一部生动活泼、以人为本的作品，与"公民露天历史剧"的"艺术反感"及其"令人厌烦的传统……罗马人、撒克逊人、僧侣和骑士，像迷失的、没有被牧羊人的羊群一样在脆弱的地产城堡前的田野上游荡"完全不同。相反，他希望露天历史剧能展示"兰开夏是一个伟大的省份，它的英雄成就建立在男人、女人和孩子们的奋斗、痛苦和牺牲之上"。

作者认为，戈恩对公民历史的轻率漠视，可能与更广泛意义上的战后趋势脱节，但他对"人民"的强调却引发了更大的共鸣。事实上，根据蒙克的说法，1930 年代"现代露天历史剧的中心主题"是对"群众在市政府中的影响"越来越重视：

从罗马人的法律和秩序，到打碎封建男爵，宪法的建立，再到普选制和国家所有制，是街头的人组织生活的权力越来越大，正是这些人成为了露天历史剧的主要表演者。

多兰（F. E. Doran）是当地的戏剧制作人、牧师和露天历史剧主持人，他提出了与蒙克类似的观点。他在 1926 年举办的曼彻斯特露天历史剧，约有 10 万人观看，其目的是：

将几个世纪以来人民日益增长的力量符号化，以表明曼彻斯特人在塑造国家的思想、制度和商业方面所起的作用，强调在烟幕和烟囱森林之外，我们的公民生活是建立在英雄和浪漫的事件、普通人的努力和斗争基础之上的。

正如罗切斯特主教（Lord Bishop of Rochester）在谈到1932年的达特福德（Dartford）露天历史剧时所说，重演历史有助于"回忆过去历史的辉煌，回忆使这个国家成为今天这个样子的伟大事迹"——包括那些"过去的普通人或平凡人，他们为使我们的国家成为今天这个样子作出了自己的贡献"。从某种意义上说，"城市前"（pre-urban）的生活场景也反映了一种已经确立的趋势，即把农民认定为"高贵的盎格鲁·撒克逊美德的怀旧化身，以及在一个真实而稳定的、完全不受变化影响的黄金时代中的典范人物"。但是，战间的露天历史剧也反映了近来人们对"日常生活"之历史的兴趣有所增长，这种兴趣是由昆奈尔夫妇等社会历史学家和英国广播公司等机构所推动的。将普通人的角色浪漫化，是为了在当今的城市工业工人和他（或她）的农村祖先之间建立一种亲和力，并将这种价值观念投射向未来。

此外，作者认为蒙克提到的选举权和妇女作用的信号也很有启发意义。到了战间，与一战前相比，妇女在露天历史剧委员会的组织结构中的能见度要高得多；她们在演员中的比例也越来越大。在1918年和1928年扩大普选权后，无论是妇女个人还是妇女组织都把露天历史剧的形式看作是一种让自己适应积极公民身份的非争议性角色的方式。正如一家地方报纸在1929年所说，历史剧演出"可能是妇女协会的理想戏剧表现形式"，因为这两种活动都是为了"给农村带来更广泛的文化和同志情谊"，同时也为妇女提供了一个机会，发展她们在制作服装和财产方面的实际技能，并提供了一个表现团队合作的机会。因此，组织露天历史剧活动是该协会"理想的戏剧化"。

同时，农村和城市地区的露天历史剧活动可以让人们注意到妇女的家庭生活以及她们在过去的冲突和政治中所扮演的角色；它们甚至可以表明当代妇女对各种问题的联合反对，如狩猎或战争。在第一次世界大战的大规模参与和牺牲的背景下，将普通人浪漫化也是展示一种较少的精英主义社会意识的一种做法。作者认为，这样的目标，与对工人阶级在法西斯主义和共产主义的背景下，对政治激进主义的所谓敏感性的希望和恐惧结合在了一起。在一个常常是阶级分裂的社会里，他的戏剧盛会的作者和组织者往往强调共同的历史和成就，同时抹平对立的辩论和利益。应该说，并不是所有的表演者或观众都被愚弄了，甚至不一定对这种说法感兴趣。如果有人认为他们隐瞒了城市工人阶级的历史或反抗，剧演组织者可能会面临左翼团体的责难。例如，在 1938 年的曼彻斯特选美期间，人们对叙述中遗漏彼得罗的问题进行了大量的争论；共产党最终上演了他们自己创作的另一种历史剧演出，庆祝工人运动在城市生活中的作用。同样，在 1931 年的布拉德福德，对卢德分子的描述也引起了争议，当地的共产党声称，这场盛会试图颠覆工人权利的目标。

然而，主流露天历史剧活动并不总是羞于将仍然存在的冲突纳入其中。例如，兰开夏郡的棉花选美活动也包括卢德派袭击工厂，以及令人惊讶的，对彼得卢屠杀的血腥重演（最后以"尸体与垂死的男女，以及散落在现场的衣物"结束）。此外，作者认为，必须承认的是，露天历史剧活动可以在观众和表演者中引起多种反应——从快乐与冒险到为自己的目的而暗中破坏信息。观演群众有可能：将一些严肃的场景误解为幽默的场景；利用群众的聚集来进行社会或犯罪行为；或者，单纯地享受场面而不是教育精神。

五、结　论

作者在此认为，对过往历史的表现或重演并不完全是由于落后和反现代的冲动造成的。对于那些正在处理当前困难问题的城市来说——无论是对市政自治的挑战，还是在公民利益明显下降的同时公民的扩张，或者是经济萧条造成的经济状况的波动——过去为城镇和城市在其整个历史上如何调整提供了大量有用的证据。

为了使这样一个论点成立，作者证明了具体的拥有民主政府和现代工业的城市，是如何建立在前城市和前工业时期的基础上的。1987年，戴维·梅勒（David Mellor）策划了一个关于 1935 年至 1955 年间英国新浪漫主义想象力的展览，他将新浪漫主义的定义从狭隘的艺术史中抽离出来，将摄影、诗歌和电影等广泛的媒介纳入其中，从而说明了英国文化中普遍存在的新浪漫主义情感。正如作者在这里所展示的那样，城市露天历史剧活动也可以被添加到这个列表中。露天历史剧主持人、作者和组织者可能并不是任何严格意义上或自我定义意义上的新浪漫主义者，但他们正在处理、并克服在思想和艺术实践中的类似流变。历史上的露天历史剧活动可以实现一种平衡，让新浪漫主义的农村或保守的冲动在现代城市中得到表达，而不仅仅是在其边界之外。

作者提出，将"传统"和"现代"看作是二元对立，在很多情况下都被证明是简单化的。从第一次世界大战的文化记忆到伦敦地铁的品牌，很多例证都可以支撑这样一种判断。作者认为，在更广泛的城市文化中也是如此。城市在战间新浪漫主义思潮中的地位是复杂的，但它不一定完全是消极或矛盾的。安德鲁·拉德福德（Andrew Radford）明确地指出，新浪漫主义的定义和文化遗产都是"众所周知的棘手的，因为该运动的理论分支和难以捉摸的时期化都很纠结"。另外，艾伦·鲍尔斯（Alan Powers）也指出，总是将某些主题或符号与文化传统联系在一起的危险性——比如风景或乡村总是"保守主义和怀旧的密码"。同样的道理，现在值得指出的是，20 世纪二三十年代的工业城市并不总是与民族或地方过去的浪漫观念的死亡联系在一起——尽管英国乡村在"英国性"的建构中具有非常普遍和强大的能量。

谁的大都市？谁的精神生活？
对城市形象中的空间与
本地居民的重新思考

李汇川编译

导读：大都市人的精神生活

20 世纪是全球城市迅猛发展的时代，与赞颂这种发展所带来的便利与机遇相比，研究者们似乎更警惕高速发展的大势大潮之中所潜藏的危险和隐患。生于 1895 年的刘易斯·芒福德在他 66 岁时写出了杰作《城市发展史》。正是危机感，促使他在此书中梳理城市在五千年历史中流变演化，以求用历史的眼光来总结城市及其发展在人类历史上的功过得失。他写道："为使我们对当前的迫切任务又足够的认识，我专门回溯了城市的起源。我们需要构想一种新的秩序，这种秩序须能包括社会组织的和个人的，最后包括人类的全部功能和人物。只有构想出这样一种新秩序，我们才能为城市找到一种新的形式。"此句中的"迫切任务"一词，即他前文所述"迫切抉择"：

这一抉择无论如何终将改造人类。即是说，人类或者全力以赴发展自己最丰富的人性，或者俯首听命，任凭人类自己发动起来的各种自动化力量的支配，最后沦落到丧失人性的地步，成为"同我"（alter ego），即所谓"史后人类"（Post-historic Man）。这后一种抉择将使人类丧失同情心、情感、创造精神，直至最后丧失思想意识。①

值得注意的是，芒福德提到"城市有可能摧毁人性"，这一看似耸人听闻的预言，并不是直到 20 世纪中期方始出现。1890 年代中后期，时任英国伦敦郡议会议长的罗斯伯里勋爵说："在我的脑海中并不因想到伦敦而引以自豪。我经常被伦敦的严重问题所纠缠。非常严酷的事实是，几百万人在这条壮丽的河边犹如遭受灾难般沮丧，各自在孤陋、斗室中工作，彼此互不关心、互不谅解，丝毫也想不到别人的死活——无数的冷漠的受害者。"②几年后，德国社会学家、哲学家格奥尔格·齐美尔（Georg Simmel, 1858—1918，又译格奥尔格·西美尔）在他著名的《大都市和精神生活》中，再次并更加深刻地表达了与罗斯伯里勋爵相似的观点。与芒福德以历史眼光审视宏观上的人类整体不同，齐美尔关注的是城市里每一个"独一无二"又"不可替代"的个体的精神。在他看来，现代社会中，个体的差异性与独特性，取代了"一般人性"而成为人类价值观的承载者。这些个体的人，在大都市中的境况如何？在齐美尔眼中，货币经济主导的大都市，以某种精确而公正的生活方式，抹去了城中人的精神个性：

大都市始终是货币经济的所在地。……货币经济和主导精神在本质上是相互联系的。它们在对待人和事物时都采取实用主义态度；而且在这种态度中，形式公正经常与不为他人着想的冷漠结合在一

① ［美］刘易斯·芒福德著，宋俊岭、倪文彦译：《城市发展史——起源、演变和前景》，中国建筑工业出版社 2004 年版，第 2 页。
② ［英］埃比尼泽·霍华德著，金经元译：《明日的田园城市》，商务印书馆 2010 年版，第 3 页。

起。精神复杂的个人等同于完全真正的个性，因为联系和反映都源自真正的个性，而真正的个性又不可能完全依赖于逻辑性的操作。同理，现象的个性与金钱原则不相称。金钱只关心什么是一切事物共有的：它要求交换价值，它把所有的数量和个性都归纳为一个问题：多少钱？人们所有的亲密的精神关系，都建立在他们的个性基础上，尽管在理性的关系中，人类被看作一个数字、一个本身没什么特别的因素。①

　　齐美尔认为，大都市有着某种他称之为"厌世"的态度——"对刺激反应不灵敏；在精神上拒绝感动，或不能被人们和事物感动，或者是专注人们与事物"；而居住在其中的居民，对彼此的精神态度则是"含蓄"——"不能对其他人作出充分响应"。生活在"厌世"的都市中的"含蓄"的都市人，在小城镇人眼中，其实就是冷酷与冷漠的。

　　齐美尔的观点影响深远，在近百年中不断产生回响。2016 年，"艺术：生活或观念——交互视野下中国和美国的现代艺术"国际学术研讨会在杭州中国美术学院举行。来自密西根大学的瑞贝卡·泽瑞尔（Rebecca Zurier）发表了论文《谁的大都市？谁的精神生活？对城市形象中的空间与本地居民的重新思考》（*Whose Metropolis*，*Whose Mental Life? Rethinking Space and the Local in Urban Imagery*）。该文以艺术、文学作品为例，阐明了都市中的空间体验对都市人精神生活的塑造与改变，以及局部的邻里社区与整体的城市社会之间的关联与张力。

一、艺术现代主义与都市现代性：于烟云中追求坚固

　　作者认为，如果说现代主义是在城市中成长起来的，那么现代艺

---

① ［德］格尔奥格·西美尔：《大都市和精神生活》，郭子林译，《都市文化研究》，2007年 3 月，第 21—22 页。

术和城市化就可以从很多方面给我们以启示。几代艺术史家和城市理论家都引用了相同的社会学作品和前卫艺术作品作为现代性和现代城市意识的例子，他们的结论也互补并彼此支撑。作者写作此篇文章的用意，在于试图通过艺术对城市现代性进行另一种解读，想象一种对地方和当地邻里与城市空间关系的更灵活的理解。其主要目的是利用城市艺术和理论来使二者复杂化，并加强我们对过去150年的城市和艺术的理解。摩天大楼和街道的标志，被城市交通所贯穿，发挥着它们的作用，但被重新混合了自下而上和自上而下的视角。这篇文章所关注与讨论的重点是二十世纪上半叶的纽约市，但也会涉及到可能适用于如今现代化城市的范例。这些例子帮助我们理解这样一种事实，即：现代城市人创造空间的过程并不总是在他们自己选择的结构中。

作者提出了这样一个问题：将艺术现代主义和城市现代性联系起来的强有力的叙述是如何产生的？答案实际上有多种。一种说法是从巴黎开始的。巴黎有时被认为是现代城市和艺术先锋派的发源地，在此诞生了马奈《女神游乐厅酒吧》和一系列艺术史学家和城市理论家都熟悉的标志性片段。这些描述现代城市的空间、时间和意识的状态也被用来解释马奈这部作品的外观和不连贯的感觉。作者提醒读者们注意，这些描述的修辞，实际上将社会分析与艺术实验的语言结合在一起，而这种结合的过程惹人深思。以波德莱尔为例，他描述了一种新的、短暂的感觉，激发了现代生活中画家的灵感："对于热情的观众来说，在人群的中心，在运动的起伏中，在无限逃亡中间安家是一种巨大的快乐。"接下来，德国社会学家格奥尔格·齐美尔（Georg Simmel）于1903年在《大都市与精神生活》中写道，"大都市的个性所赖以建立的心理逻辑基础，是由于外部和内部刺激的迅速和持续转移而导致的情感生活的强化"。齐美尔将"大都市精神生活的本质上的智力特征"与"小城镇的精神生活相比"，并认为"后者更多的是依靠感情和情感关系"。齐美尔认为,在城市中,"货币经济和智力的支配彼此之间的关系最为密切。它们的共同点是在对待人和事物时有一种纯粹的实事求是的态度"——这种态度在《女神游乐厅酒吧》中的酒吧女郎的脸上可以看出来。历史学家马歇尔·伯尔曼更怀希望地解释了现代城市的态度:"有一种重要的经验模式——对空间和时间的经验,对自我和他人的经验,对生活的可能性和危险性的经验——是今天全世界的男人和女人所共有的。我将把这种经验称为'现代性'……它把我们所有人都推向了一个永久的解体和更新的漩涡中……成为现代人就是成为一个统一体的一部分,在这个统一体中,正如马克思所说,'一切坚固的东西都烟消云散了'。"回顾巴黎,社会学家理查德·塞内特拓展了波德莱尔的观点:"接受这个不断变化的场景,而不是寻找某个固定的、稳定的、完整的地方,就是参与到这个城市的生活中。费尔南·莱热画出了这种参与"莱热本人以立体主义角度解读城市的,将之视为一系列碎片的并置。他在 1914 年接受一次采访中说:"如果绘画表达方式发生了变化,那是因为现代生活需要它。现代创作者的存在感比早先几个世纪的人要强烈得多,存在方式也复杂得多……,无数断裂和变化的例子不约而同地出现在我们的视觉意识中……,由现代商业需求决定的广告牌粗暴地划过一道风景……墙上的海报、闪烁的广告牌——都是同样的思想顺序。"莱热的画作《城市》(1919 年,费城艺术博物馆)赞美了那种视觉轰炸。在闪烁的霓虹灯和流动的交通的现代商业环境中,人物被简化为使城市运作的机器的一部分。作者还提及了一件关于莱热的轶事。20 世纪 30 年代,美国艺术家乔治·莫里斯(George L.K. Morris)拜访了莱热,在他巴黎家中的露台上吃午饭。"房子位于一条林荫道上,地铁在这里成为高架,而不再是地铁;每辆经过的火车都会发出相当大的轰鸣声,火花几乎会落在汤里。莱热说他喜欢这种沉浸在机械世界中的感觉,并心满意足地把椅子往后推了推。"

二、被想象的纽约：梦想与恐惧的象征

接下来，作者对 20 世纪初纽约的空间经验的思考展开论述，着重考察了由在移民定居的各族裔飞地长大的人群的口述史和回忆录。首先是贝蒂·陈，她于 1908 年出生在纽约半英里见方的中国城。"在那些日子里，唐人街就是是莫特街、佩尔和多耶尔三条街，仅此而已。我不知道还有其他街道。我的世界非常小。我只是从家里到学校，然后再回来。我有一个犹太朋友，伊娃，她是第一个带我离开街区的人——去了亨利街，我还以为我是在世界的另一个地方。"作者继续以迈克·戈尔德的自传体小说《没有钱的犹太人》为例，他描述了他在几个街区外的下东城主要犹太人社区的童年生活："东城，对孩子来说，是一个陷入永恒战争的世界。走到下一个街区就是自杀。每个街区都是一个独立的国家，当一个陌生男孩出现时，爱国者蜂拥而至。人们愤怒地问道：哪条街来的？男孩颤抖着回答：'克里斯蒂街'。砰！这个答案，就是用棍子、石头、拳头和脚对这个倒霉的外来者进行大规模攻击的信号。"最后是多萝西·格林沃尔德的回忆，她在上西区时尚的"镀金贫民区"长大："我们的邻居是恒定的、安全的，因为我们都是一样的……。直到我长大后，我才去市区冒险。离开社区往往是不被鼓励的，因为那样你会遇到与你的背景不相称的人。"这些对有限的城市空间的描述和前面引用的"逃亡者和无限者"的描述之间的差异提供了重新考虑现代主义形式和现代城市意识之间的平衡的方法。对大都市的抽象设想，就像齐美尔的分析一样，可能不是确定的，而是由阶级、年龄、种族、世代和环境形成的某种理想化和非整体化的想象。这种想象不需要从属于通行的城市经验或精神生活。关于现代性概念的盛大论辩，夸大了其与旧的思想形式和空间经验的区别。如果有一种现代性条件——尽管这命题本身值得怀疑——我们需要一个更

复杂的模型，来容纳并承认"邻里"。"邻里"也即阿尔让·阿帕杜莱所说的"由相对稳定的伙伴、相对已知和共享的历史，以及集体穿越和可辨认的空间和地点构成的生活世界"。邻里之上，存在着一个更大的经济和空间系统，邻里之间的关系是在其统摄中，被想象或维护的。阿帕杜莱将这一过程描述为"地方性生产"，人们通过这一过程在大都市中穿行并做梦。我们可以通过美国现代主义全盛时期的表现来探索这些观点的差异。从1890年代到1940年代，纽约市对美国人来说是未来的象征。对来自海外的观察家来说，更是如此。他们认为纽约市是现代性力量的纯粹表达，而这种力量只能在欧洲城市中部分地被瞥见。这些年，巨大的技术发展勾勒了美国城市的天际线，同时也制造了一波移民高峰——首先是来自欧洲、亚洲和中东的移民，然后是来自南方农村的黑人的"大移民"，这带来了巨大的社会变革。作为对富有冒险精神的艺术家和作家以及数以百万计的其他移民的吸引力，纽约激发了几乎与它的人口一样多样化的图像，这使我们现在可以比较各种说法。许多人描述了离开小城到大都市的经历，其既是损失，也是收获。

作者的研究表明，对于欧洲前卫艺术的成员来说，纽约具有一种特殊的功能——它是一个梦想的城市，是流离失所的恐惧的象征。对于那些感到被困在传统文明中的外来者来说，美国可以被视为一个没有历史的地方，其致力于进步、商业和贪婪。达达主义者乔治·格罗斯(Georg Grosz)和保罗·希特罗恩(Paul Citroen)两位欧洲艺术家，在没有去过纽约的情况下创造了对纽约市的乌托邦式的想象。分裂的摩天大楼、广告、人群和交通在他们的作品中占主导地位。而对于弗朗西斯·皮卡比亚(Francis Picabia)和阿尔伯特·格列兹(Albert Gleizes)这两位真正去过纽约的法国艺术家来说，与欧洲相比，这个地方仍然显得不真实："你们的纽约是立体主义的，是未来主义的城市。"皮卡比亚在1913年如是宣称，"它在其建筑、生活、精神中表达了现代思想。你们……在语言、行动和思想上都是未来主义者"。格列兹的《布鲁克林大桥》传达的并非单纯的建筑，而是一种令人眼花缭乱的复合视觉感觉，它融合了大桥、城市、光线和运动。马塞尔·杜尚（Marcel Duchamp）认为纽约是"一件完整的艺术作品"，而莱热在1931年访问时说："我喜欢这种超负荷的景象，所有那些不受约束的活力，那种致命性——即使它是被误读的。它非常年轻。"

不仅是欧洲游客，美国的现代主义者也不断重复着纽约作为某种未来主义抽象概念的特质。这些艺术家中的一些人离开了外省城镇，到大都市寻求财富，并赞美纽约的与众不同。马克斯·韦伯（Max Weber，美国画家，10岁时从比亚韦斯托克搬到纽约）描述了"这伟大的立方体城市——纽约"，而诗人威廉·卡洛斯·威廉姆斯（William Carlos Williams）则赞扬了画家约翰·马林（John Marin）对繁忙城市的"摩天大楼之汤"描绘。这样的图像为曼哈顿的现代性提供了一个图标，在共时性维度上将现代与未来等同起来。这些欣喜若狂、包罗万象的景象如何能与贝蒂·陈的中国城记忆共存？这仅仅是一个成年艺术家从童年的空间、社会和想象力界限中成熟起来的问题吗？——正如麦克·戈尔德（Mike Gold）和亨利·洛斯（Henry Roth）在纽约的儿童小说中所描述的那样。在那些儿童小说中，主角最终离开了旧的社区，去了曼哈顿的自由。或者说，这种情况与其说是由于年龄，不如说是由于结构性偏见，类似于伍尔芙在她对19世纪巴黎的妇女和现代性文学的研究中所分析的那样，其结论是："现代性文学描述的是男人的经验？"事实很可能并非如此：在纽约的回忆录中，空间限制和行动自由都没有一贯的性别特征。回顾一下戈尔德描述的男孩们为划分帮派地盘而进行的争斗，或者反过来，波希米亚女性对记者的生动讲述，如玛丽·希顿·沃斯（Mary Heaton Vorse）、多萝西·戴（Dorothy Day）和朱娜·巴恩斯（Djuna Barnes），她们在1910年代将漫游城市作为自己的特殊节奏。而在不太文学化的领域里，当时尚人士在购物、戏剧、慈善工作和家庭事务中来回穿梭时，则有无数妇女每天穿越纽约市，从家庭去往工作。

在过去的 50 年里，社会科学已经设计了一些课题，研究城市中的流动性和经验的差异，使列斐伏尔（Henri Lefebvre）曾经提出的想法具体化，即空间是一种社会生产。对美国城市的研究揭示了这种生产运作的一些制约因素。由此产生的一个概念是"心理地图"，城市居民通过它创造了一个功能性的"城市形象"，其特点是"节点"——对每个主体都很重要的地标、"边缘"（或者说边界），以及连接各个地方的"路径"。城市地理学家使用他们自己的抽象视觉语言形式（比如图表和地图），来描绘人们每天在地面上体验城市的方式。例如，在 1970 年代的洛杉矶，一个研究小组要求成年居民绘制他们自己的城市形象。洛杉矶是一个很少作为实体体验的城市。在 GPS 出现之前，居民最常使用的街道地图不是概览，而是以一本一英寸厚的书，将这个地方分成数百个可导航的区域。当地理学家比较了三个不同社区的居民绘制的地图的合成物时，发现了其中的巨大差异。繁荣的韦斯特伍德地区的居民绘制了最广泛的城市图像，其节点沿着文图拉和圣莫尼卡高速公路的水平线串联。在他们所绘制的阿瓦隆——一个以工人阶级为主的非裔美国人的市中心地区——的图像中，中央主干是公共汽车的垂直路线。而在博伊尔高地，一个拉丁裔社区，被绘制的地图则是最小的规模：一个只有几个街区大小的步行城市。在贝蒂·陈的记忆中，那大约是纽约唐人街的大小。最近的研究，表明美国城市中工作机会，与非裔美国人的汽车所有权之间的"空间错配"所造成的不平等。这些研究成果提示我们，一个城市的布局和物理范围的概念在很大程度上取决于观察者的种族或社会和经济环境、文化传统和交通便利程度。美国城市往往带有历史的痕迹，特别是工业化城市为应对20 世纪新移民的涌入而进行的隔离，以及歧视性的住房政策——法律、金融和社会方面均有，由于这些政策，某些种族和民族群体受到威胁,或是被引导到城市的不良区域,并被拒绝进入其他社区。这些研究中的城市"形象"几乎没有普遍性——多种不同形象可以同时存在。城市理论家彼得·马尔库塞(Peter Marcuse)超越了洛杉矶研究中的离散地图理论,提出了"分层城市"概念:不同的群体所同时制定的具有重叠性的路线。这个概念所暗示的是,精英们称之为家的邻里社区,很可能是家庭工人的劳动场所。另一个具有重要效用的多重大都市概念来自城市人类学家和心理学家们,他们追踪个人在城市中移动的情况。他们不仅描述了模式和路线,还描述了与民族社区相关的强烈的"地方依恋"感,甚至在以前的居民搬迁后也是如此。

作者认为,艺术、设计和小说也可以作为"城市形象",来暗示不同的经验或城市空间的概念。当我们思考 20 世纪上半叶某些关于纽约的表述可能基于何种心理地图时,具有相似之处的脉络与联系图景呈现了出来。在某些方面,它们与米歇尔·德·塞托(Michel de Certeau)在概念上的区分相吻合,即游客从摩天大楼上看到的全能景观与居民从人行道上看到的"可读"城市。这些图像中的许多都假定了一个高处的视角,以便在一个全面的场景中包含整个城市。我们可以在不同的作品中看到如标注地图般详绘整个城市的尝试,如格列兹的城市灯光立体画,以及从 22 层高的扁铁大楼顶上看的全景图——其在 1905 年作为杂志插画出版。无论是描绘碎片的旋风还是整齐有序的广袤,这些图像都将"曼哈顿"构想为艺术家目光所涵盖的一个有机实体。英国游客内文森(C. R. W. Nevinson)和美国人希勒(Charles Sheeler)的作品线条简洁,呈现了城市的全景,从摩天大楼的窗户望去,城市只余下高耸的几何形状和纯粹的峡谷,没有人迹。

这种严酷的、广泛的视野极大地吸引了精确主义者乔治亚·奥基夫(Georgia O'Keeffe),她是最早享受摩天大楼住宅和工作室的艺术家之一。她在画作《纽约之夜》(1928—1929 年,谢尔登艺术博物馆,内布拉斯加州)中,假设了一个令人眩晕的双重视角,既仰视又俯视摩天大楼，然后又远眺到远方。奥基夫和她的丈夫阿尔弗雷德·斯蒂格利茨(Alfred Stieglitz)发现他们在希尔顿酒店 30 层的巢穴是完美的城市生活空间，因为它将他们从城市的一个特定地点以及人们中分离出来。斯蒂格利茨欣喜不已。"乔治亚和我似乎并不属于纽约，也不属于任何地方。我们住在希尔顿酒店的高处……。我们感觉就像在大海中一样。"对奥基夫来说，在"靠近大饭店屋顶的地方"工作，为新的城市艺术提供了前所未有的可能性。"我认为这正是今天的艺术家所需要的刺激。他必须要有一个地方，在那里他可以把城市作为一个单元放在眼前。"在洛杉矶的研究中，正如德·塞托的模式一样，这种对"作为一个单位的城市"的广泛看法表明了一种特权地位。在这些画作中，隐含的心理地图使一个城市的所有部分都清晰可见，暗示着某些类型的特权观众：游客、政府官员、着迷的外国游客、寻找新经验的冒险精神等等。在他们的范围内，这些全面的观点忽略了城市邻里的强烈的地方经验：在前面提到的纽约市的回忆录中描绘的节点和边缘的步行城市，并在邻里地方依恋的研究中进行分析。正如格温多林·赖特(Gwendolyn Wright)所认为的，现代主义似乎缺乏"家"的概念，或人与人之间有意义的接触。但是，与其否认城市中的地方性概念，现代主义的城市概念或者可以(相反地)，包含地方或邻里这两种观点？

三、都市与街区：何人体验？谁的空间？

作者认为前文所提到的紧张关系，在纽约的两幅画作中得到了体现。这两个场景都是由从小城市搬到曼哈顿的美国艺术家绘制的，现在都被命名为《中国餐馆》这两幅画都利用了当时美籍华人餐馆中典型的红漆装饰。在这些年里，这个主题以其廉价的食物、富丽堂皇的装饰以及低租金街区的多样性客户群体，吸引了艺术家和妓女的经常光顾。马克斯·韦伯在描述他的画作的灵感时，自称使用人们熟悉的现代主义，将其以碎片化和短暂性的形式作为参考。"从外面的黑夜中进入一家中餐馆时，迷宫般的灯光似乎把室内和里面的东西，人和无生命的东西都分割成碎片。静态暂时变成了瞬息万变和逃逸——斜的平面和轮廓占据了垂直和水平的位置，水平和垂直变成了斜的，光线如此明亮刺眼、颜色如此流淌似水，生命和运动如此令人陶醉！为了表达这一点，必须选择万花筒式的手段。"利用韦伯对四维空间的兴趣，这幅原名为《中国餐馆记忆》的画作将房间的瓷砖地板掀了起来，多个视角并列——因其随着时间的推移而发生的，线条在运动中振动；人的形态只作为重复的部分轮廓表示，靠近右中央。

韦伯的同代人约翰·弗兰奇·斯隆(John French Sloan)则用建筑元素来框定和组合他的人物，进行临时互动。他在 1909 年的日记中，以在第六大道上散步开始，叙述他的画作的绘制过程："我感到不安，所以去了中国餐馆，我很高兴我这样做了，因为我看到了一个醒目的女孩，她的帽子上有红色的羽毛，和餐馆的肥猫玩耍。这将是一件很好的绘画作品。"几周后，他写道："在我的《中国餐馆》图上画了带红羽毛的女孩。我又去那家餐馆吃了晚饭，以助我恢复对这个地方的记忆。真是及时，因为明天他们就要搬到下个街区的拐角（在第 29 街）。"韦伯试图综合记忆中的普遍经验，而斯隆的画——其最初的标题是《第六大道的中国餐馆》——是如此依赖于它的具体地点，以至于当餐馆向南移动一个街区时，他就会失去方向。就像阿什坎画派的许多作品一样，斯隆的这幅看似传统的画作被其标题固定在一个特定的地址上。然而，它也以自己的方式参与了现代城市的错位和迁徙。它探讨了种族群体的混合，因为中国餐馆搬到了上城区第六大道和第 21 街附近的斯隆的社区，从而进入了一种混杂文化。我们看到了陌生人之间临时的、基于现金交易的天性———如齐美尔所描述的那样。仔细观察，我们发现斯隆的画作可能不只是描绘了一个邻里聚会场所的老顾客之间的舒适聚会。戴着礼帽的女人很可能是一个妓女，她的生计依赖于在公共场合吸引陌生人的注意。另一方面，这幅画通过将观众置于场景中，使其具有一种熟悉感，欣赏它的观众似乎就坐在餐厅的邻桌。

作者认为，诸如斯隆的作品，或莫里斯·恩格尔（Morris Engel）1935年拍摄的繁忙的哈林区街道，一群儿童在城市环境中进行有目的的活动（即聊天）这样的场景，有时会被描述为风格上的复古和浪漫，有时又被描述为拒绝承认现代城市条件的混乱随机性、贫困和非人类规模的怀旧。然而，这些作品强调的是特殊性，强调的是在时间上停顿下来，强调的是对某一地点的描述，这些作品传达了现代城市经验的其他方面的有效例子。它们提醒我们，对许多城市居民来说，地方性的依恋，作为在空间中保持位置的需求，其在精神地图上仍然比大都市的普遍化抽象要更加广阔。这些依恋并不完全由种族或经济环境决定——正如多萝西·格林沃尔德（Dorothy Greenwald）的回忆录中所描述的那样，纽约人的视野可能由传统、时尚、礼节、怀旧或个人感觉来塑造。即使在成年后，曼哈顿的中产阶级也会觉得有必要逃离皇后区或回到下东区的老街区。作者对这些比较研究的分析表明，在简单的社区（共同体）/社会二元对立（gemeinschaft-gesell schaftlich binary）中，地方性和普遍性、地方性和空间、种族飞地的同质性和大都市的异质性，或者特殊性与多样性，都是可以彼此替代的。在海伦·莱维特（Helen Levitt）的照片《纽约》（摄于约1945年）中出现了一种更复杂的关系，它描绘了城市街区的男人。虽然这些人物站在一起，也坐在一起，但在莱维特构图时，他们分别注视着不同的方向，似乎在面对镜头，仿佛它是一个入侵者，只有那个透过窗户看的女孩似乎对摄影师感兴趣地打着招呼。这样的图像提醒我们，对地方的依恋有其黑暗的一面：它可以创造社区，但也可以对领土进行防御。政治理论家苏珊·费因斯坦（Susan Fainstein）分析了美国一些封闭的社区中所出现的名为"飞地集群"的丑陋政治,即居民排斥新来者。莱维特的照片将向心力和离心力结合起来的方式也提醒我们,移民社区是短暂的地方,往往在他们自己内部或在种族亚群体之间分裂。邻里之间的情感纽带并不总是限定其居民的视野。大多数城市居民的心理地图上的节点可能是分散的,但却被熟悉的路径所连接,比如当一个人从家里去工作,或在周末离开社区去休闲。同样,社会科学有一个词来形容城市的"多元地方性"经验现象,即沿着交通路线连接的已知地点。住在这样的地方,对某些人来说,并不是要放弃邻里的概念,而是在时间和地点的更大运动中体验它的对立面。就像斯隆的绘画,或者恩格尔和莱维特的照片一样,所有这些想法并不意味着从大都市的超负荷中逃脱。相反,我们可以在他们的作品中看到一种,在情感漩涡中如孤岛般保持连贯性和可识别性的张力。这可能是更典型的、真正的现代心态,即:既不放弃自己,也不回避城市的冲击。

作者举了一个例子,屋顶。屋顶作为具有功能性的概念,可能意味着这样一种可能性:近和远,有界限的地点和无限的空间,可以在一个城市居民的经验中结合起来。在一个拥挤的现代城市中,屋顶可以作为边缘空间,一个介于狭窄和宽敞、近(家)和远(地平线)之间的区域。现代主义艺术家登上屋顶,俯瞰一个被抽象成遥远的几何图形的城市,这些几何图形要么是狂热运动着的(如马林的作品),要么是阴森静止着的(如希勒)。而斯隆则从人类活动和主观性的角度描绘了屋顶的景色。他的小型蚀刻画《屋顶,夏夜》(1906年)几乎抹除了地平线,其画面中充满了人们的身体,他们把毯子带到屋顶上,在露天中边睡边看。如此一来,观众在空间层次上接近了其表达的邻里。而屋顶则表现为其下闷热公寓的拥挤延伸。在关于睡眠的场景中,我们发现有一个人醒着,正在向病房外看。与奥基夫在谢尔顿的公寓的华丽与独立相比,这幅由大量身体组成的幽闭图像,敏锐地提醒了城市空间的社会逻辑事实:在一个拥挤的城市,隐私和不受限制的空间都是珍贵的商品，而穷人却无法享受。

然而，具有讽刺意味的是，驱使贫民窟居民到屋顶的剥夺，也使他们有机会获得一些最有力的宽敞的城市景观的体验。斯隆的同代人玛丽·安廷(Mary Antin)回忆了她十几岁时在波士顿一个拥挤的贫民窟的经历，那里的屋顶为她提供了躲避邻居们霸道存在的庇护。她用全景式的、极富色彩感的散文描述了黎明时分的景色："只需一次飞行就能到达屋顶；这是灵魂的一次飞跃，可以看到太阳升起。晨雾轻盈地停留在烟囱、屋顶和墙壁上，环绕着灯柱，并在街道上漂浮着轻纱般的流线。遥远的建筑物像宫墙一样密集，塔楼和尖顶消失在玫瑰色的云层中。我爱我的美丽的城市，它在我身边蔓延开来。"这种对无限空间的广阔唤醒，以及作为一种占有形式的观看(也即"我的城市")，似乎与地理学家段义孚在《空间与地点》中的断言相抵触，即"富人和权贵不仅比没有特权的人拥有更多的房地产，他们还拥有更多的视觉空间……从他们的住所，富人每次向窗外看，看到他们脚下的世界，都会感到安心。"

奥斯汀的设想，令作者想到了菲斯·林戈尔德(Faith Ringgold)的故事集《焦油海滩》中捕捉到的贫困中的束缚和自由双重感觉同时发生。这幅作品创作于1988年，是基于艺术家对1930年代哈林区的记忆，与莫里斯·恩格尔在那里拍摄照片的时间大致相同。在这些年里，哈林区的人口结构迅速转变，从1900年的种族、收入、人种的分散混杂，到1930年人口普查中所呈现出的"有色人种"占70%的情况。非官方的暴力将非裔美国人从其他地区赶走，银行和房东之间的官方协议阻止他们在其他地方获得住房，以及白人居民最终搬迁到纽约的外围区，这些都促成了一个飞地变成贫民窟的过程。这一过程，为房东创造了高额的租金收入，而作为房客几乎没有其他选择。随着数以万计的非裔美国人从南方移民过来，哈林区的人口膨胀了。在人们的印象中，哈林区是黑人文化和社区的中心，包括富有企业家精神的中产阶层，但同时其过度拥挤的程度令人难以置信，房东的缺席使得建筑物往往因缺少维护而状况堪忧。

这些条件为林戈尔德的回顾性描绘提供了信息，但并没有限定林戈尔德将屋顶描绘成一个被广阔地平线环抱的亲密聚会场所。附带的文字描述了从右侧看到的年轻女孩的有利位置看到的景色："在夜里躺在屋顶上，周围都是星星和摩天大楼，让我感到富有，就像我拥有我所看到的一切。乔治·华盛顿桥是我最珍贵的财产。"在远处，她想象自己在城市景观中飞行，并"拥有"她所看到的每一个地标。尽管受环境所困，但这个孩子幻象在一张无限延伸的地图上，拥有着无边的空间支配权。这些图像表明，与其说德·塞托对从前世贸中心眺望的构想与在街上行走的构想形成了对比，不如说人们可以构想出包含这两个视角的城市经验，然后再返回家中。

四、移动、越界与混杂：现代都市的空间体验

作者提出，考虑到 20 世纪上半叶，艺术作品对城市空间体验不同版本的想象，一对不太可能的现代大都市人的心理地图进一步混淆了精英或世界性的现代主义与当地城市街区传统之间的区别。意大利艺术家福图纳托·德佩罗（Fortunato Depero）在纽约的启发下创造了生动的艺术遗产。作为未来主义运动的年轻成员之一，他曾在罗马和巴黎生活过一段时间，然后在 1928 年到 1930 年间，离开了他在意大利北部小城罗韦雷托的家，来到曼哈顿定居。在纽约，他在双语诗歌、绘画、发表的采访以及用意大利语写给他的未来派同事的信中，用具有现代主义特征的语言赞美了这个城市：美国人"不必每一步都遇到古老的遗迹"，而是看到"强大的摩天大楼、神话般的桥梁、最快速的高架和地下列车、令人印象深刻的现代性展示的船舶森林"。他将纽约描述为一个由"数以百万计的灯光窗户掩盖着数以百万计的微小而忙

碌的人类的大都市,有数以百万计的聚会,数以百万计的爱……,数以百万计睡觉和跳舞的人,使这个立体主义的大都市充满活力,这个崭新而没有边界的巴别塔,看起来像一个疯人院和一个实验室"。像他之前的许多现代主义者一样,德佩罗在乘坐公交车飞快地穿过城市时创造了一个关于城市实体的视界。他从高架列车上欣赏风景,但对进入急速行驶的地铁车厢印象更深。纽约的地铁激发了他创作一系列狂热的 parole in libertà(自由文字)手稿,用字母创造形式和声音,将城市感觉的不同片段折叠成一个集中的旅程,用超大的字母发出了地下的隆隆声。

与德佩罗一样,作者的曾祖父诺特·泽瑞尔(Notte Zurier)也从欧洲来到了纽约。他是来得更早的一代,于 1888 年在城堡花园的移民站登陆并北上。当德佩罗在曼哈顿唱歌时,祖里尔已经在罗德岛的普罗维登斯一个正统的犹太社区范围内生活了 40 年。在传统和语言的束缚下,他的城市生活与德佩罗在纽约经历的广阔视野似乎相去甚远。然而,泽瑞尔和德佩罗一样,也是一个城市交通的爱好者。每周他都会购买一张可以无限次乘坐的无轨电车通行证,他广泛地使用它在整个城市旅行。他的行程是由错位和仪式塑造的。

电车每天三次把作者的曾祖父从他女儿在普罗维登斯的一个新区的房子,送回老犹太区的犹太教堂进行祈祷和学习。在这里,诺特·泽瑞尔的日常通勤超出了"多地方"的范畴,接近于德佩罗对运动和移动的喜悦:在他去犹太教堂的间隙,他似乎用通行证来兜风,每次都是几个小时。有故事说,人们几乎在城市的每个角落都能看到这位长着白色胡子的老人。因此,他的城市心理地图可能包括了整个交通系统。很难说他乘坐电车是为了探索新的领域,访问已知的目的地,只是为了体验运动的感觉,还是出于其他原因。他没有留下任何记录,也没有人敢于猜测他的精神生活。在亲戚们的印象中,他是一个令人敬畏的元老,沉浸在传统中,散发着樟脑丸的气味,但又足够现代,崇拜埃莉诺·罗斯福。作者并不认为,约翰·斯隆、多萝西·陈或菲斯·林戈尔德等人的例子,比德佩罗的更能定义现代意识。

瑞贝卡认为,自 1950 年以来,美国的城市和生活模式发生了变化,这其中有一部分原因是以汽车为基础的文化所带来的郊区理想的吸引力。这些发展是不均衡的。有补贴的抵押贷款、工会的高工资和大规模的郊区建设使美国白人工人阶级在 20 世纪 50—70 年代有了拥有独栋别墅的梦想。然而,在一个被称为"美国种族隔离"的过程中,银行继续延续着"红线歧视",拒绝向大多数有色人种提供抵押贷款;白人居民则威胁着他们不欢迎的新来者。在这些年里,高速公路穿过工人阶级的城市社区,人口的变化,最初被称为"白人逃亡",但后来更多的、不同种族和族裔的美国中产阶级,将家庭迁离被贬称为"内城"的地方。渐渐的,"城市"的文化概念与非裔美国人的邻里关系联系在一起——这一趋势直到最近才发生改变,因为年轻的专业人士被城市的便利和兴奋所吸引,回到了现在正在美化的市中心。同时,在日益全球化的经济中,传统工业离开了大都市,以寻求更便宜的、非工会化的劳动力或自动装配的生产。在这之后,当地的活动家和新一代的规划师们都加倍呼吁建立一个"公正的城市"。

受这些变化和新的视觉技术的启发,当代艺术家现在对城市中的缺席和存在进行了想象。在底特律,一个受到快速和故意的去工业化影响的城市,有争议的摄影师朱莉叶·雷耶斯·陶布曼(Julia Reyes Taubman)从私人直升机上,获得了超越摩天大楼的、更高的空中视野。她的《底特律:138 平方英里》一书中的照片描绘了一个广阔的城市的网格,其中,曾经充满了大大小小的制造厂和一部分独户住宅组成的街区,现在显得空荡荡的。在陶布曼的一些照片中,最主要的颜色是绿色,因为成片的城市街区似乎被大草原所覆盖。从这个高度看,街旁便道这一层次上的活动是缺失的,这些活动,继续并持续发生在这已然成为美国最大的黑人城市之一的地方。与这种远观鸟瞰的视角相反,凯里·詹姆斯·马歇尔(Kerry James Marshall)的大型绘画作品,则向洛杉矶和芝加哥黑人社区的城市生活致敬。*De Style*(1993年,洛杉矶郡立美术馆),其标题和有节奏的原色排列,以及对聚集在理发店的男人们的展示,向二十世纪初的荷兰前卫派运动致以敬意。从近处看,这个庄严的场景是亲密的,但也是具有英雄气质的。

今天,最大的大都市在美国和欧洲之外发展,艺术家们正在设计新的形式来传达他们对城市空间的体验。他们的一些作品与本文中提到的高处的风景、人行道上的风景和城市交通的感觉之间的关系保持着惊人的联系。在非洲大陆,根据麦克·戴维斯(Mike Davis)的说法,全球金融、沙漠化和军阀的侵略促成了"农村劳动力向城市贫民窟的流亡"。朱莉·梅勒图(Julie Mehretu)是一位艺术家,在她还是个孩子的时候,她的家人携她就逃离了埃塞俄比亚。她正在重塑现代主义的碎片城市观,以讲述一个更广泛的故事,其中涉及跨越大陆和时间的人和钱的运动。她的 12 英尺宽的画作《分散》(*Dispersion*,2002 年,私人收藏)涉及移民和流亡的过程。为了制作这幅画和相关的作品,梅勒图开始收集图纸、照片、地形图、历史插图和绘制人口变化的图表。当她研究一个地方的城市规划的发展时,她的工作过程回到了过去,但也向外延伸到了空间领域。她的画作受作为地理学家的她的父亲影响,他使用图表来赋予存在于人类视线之外的各种结构性趋势,例如,人口中收入分配的发展。艺术家将这些形式的视觉信息和其他许多形式的概念分层,呈现在作品的不同角落——从建筑细节的特写轮廓图,到从高处看似乎是人类群落的标记。她将这些与一百年前未来主义者所想象的力线类似的横扫弧线结合起来。由此产生的图像传达了全球化力量,这力量将城市之间连接起来,使人们在世界各地间完成航程,或者伯曼所说,城市随着时间的推移渐渐内坍或衰败的某种"永久解体和更新"。

瑞贝卡认为,梅勒图的作品有时会让观众徒劳地寻找人的故事和人的身体，而驻约翰内斯堡的艺术家凯·哈桑（Kay Hassan）的作品，则致力于表现他所谓的在后种族隔离时代的南非，其"高度紧张的城市景观"中的"日常人"。他的装置作品，以及用撕碎的广告牌制作的拼贴画，用他的话说，表达了"被撕碎又被拼合"的生活。如此创作，哈桑将商业环境带入人们的日常生活中。作者认为哈桑的创作，与阿什坎学派艺术家曾经做过的事情有相似之处。哈桑所描绘的位于南非城市郊区的地点，蕴含着深刻的历史，涉及城市空间和场所的经验。他在一个乡镇长大，在种族隔离制度的严格规定下，他的空间和公民身份的获取受到了严重的限制。可以清楚地看出，大都市是通过距离和迁移来被人们理解的：黑人以及其他"有色人种"白天被允许在城市工作，但晚上不允许留在那里。每天下午五点，作响的警报预示着他们必须返回远在 40 英里之外的乡镇。随着种族隔离制度的瓦解，许多人被强行从乡镇迁移到被称为"家园"的地方，但这些地方根本就不是他们熟悉的社区。哈桑的装置艺术 *Shebeen*（1997 年）的灵感来自于下班后的地下酒吧，"在那里，美好的谈话与绝望交织在一起"。城市交通这一反复出现的现代主题在哈桑的作品中具有特殊意义。*Bus Ride*（1996 年，亚特兰大高等艺术博物馆）所想象的，并非孤独的旅行者对意大利画家卡拉（Carlo Carrà）所描绘的城市景观的转变；相反，它在公交车内，描绘了人们在运动中的临时社区，这里乘坐的是即兴的、非正式的交通工具，将工人从大都市送到生活空间。

五、结　语

最后，作者总结了文章的基本内容与主要观点：从巴黎到约翰内斯堡，从纽约唐人街的人行道到底特律上空的直升机，这篇文章探索了城市的多重视角和现代大都市人在漫长的 20 世纪的经验。从摩天大楼上俯瞰的景色只提供了其中的一部分；街区的想象力在故事中保留了它的存在。第一代现代主义者和城市作家所颂扬的城市自由，可能一直是不平等的或来之不易的。我们已经考虑了人口迁移的影响，但无论是城市间的人口流动，还是全球的移民，他们虽然能部分转变地方性的吸引力，但无法将其完全抹消。现在世界上有一半以上的人口生活在城市，这些不同的心理地图的共存表明，还有更多种类的现代城市经验等待着他们的现代艺术家和城市理论家去发现。